NUOVE VOCI

Riccardo Bertoldi

Ovunque io sia

Torno a prendermi

Rizzoli

Pubblicato per

Rizzoli

da Mondadori Libri S.p.A.

ISBN 978-88-17-17411-4

Prima edizione: ottobre 2023
Seconda edizione: ottobre 2023
Terza edizione: novembre 2023
Quarta edizione: novembre 2023
Quinta edizione: dicembre 2023

Ovunque io sia

A te che non vuoi ondeggiare,
ma ballare.
A te che hai smesso di sorridere
e hai cominciato a ridere.
A te che non piangi più
ma ti commuovi ancora.
A te che preferisci vedere
piuttosto che guardare.
A te che hai smesso di sperare
e hai cominciato a credere.
A te che non viaggi,
ma esplori.
A te che non esisti,
ma vivi.
A te che non ti immergi,
ma ti tuffi.
A te che conosci la differenza
fra toccare e sentire.
Dimenticare e superare.
Raggiungere e conquistare.
Prendersi cura e proteggere.
Perdonare e accettare.
Rinunciare e lasciar andare.

A te che hai smesso di immaginare
e hai cominciato a sognare.

Ho pensato tanto a noi.

Alle promesse che non abbiamo rispettato. A quel "vissero felici e contenti" che non siamo riusciti a tenerci stretto.

Ho pensato a tutti i desideri che abbiamo portato via l'uno all'altra. E ti ho odiato.

Per non aver mantenuto le promesse.

Per la vita che mi hai rubato.

Per avermi fatta sentire sola.

Per avermi fatto odiare me stessa.

Per essere diventata una di quelle donne che veste l'insoddisfazione senza eleganza. Che accusa ma non cambia.

Più passa il tempo, però, più i nostri ricordi diventano fotografie nitide, e non scorci di una quotidianità che era scomoda a entrambi.

E così ho iniziato a pensare a quelle promesse non dichiarate, a quei sogni che non ci siamo mai confessati.

Ho pensato a quegli intenti inaspettati che abbiamo portato a termine. E ho sorriso.

Quanta vita ci siamo donati senza chiedercelo?

Senza promettercelo?

Quanti sogni che non abbiamo condiviso a voce alta si sono realizzati nel silenzio e nelle attenzioni che ci siamo riservati?

E allora un giorno ho deciso di mettere da parte "ciò che non è stato" per lasciare posto a ciò che è stato.

Perché siamo stati davvero tanto.

Ho deciso di portare con me l'amore con cui mi hai accarezzato per anni e non le volte in cui ci siamo addormentati voltandoci le spalle.

Voglio portare con me la facilità con cui ci siamo sentiti a casa fin da subito, le risate nel cuore della notte, le prime volte in cui abbiamo detto la parola "noi" credendoci davvero.

Lascio indietro invece le lacrime abbandonate sul cruscotto di un'auto in cui si respirava la sensazione di non riuscire più a incastrarsi come una volta. Le volte in cui l'orgoglio ci ha tenuti lontani. I momenti in cui ci stringevamo la mano ma guardavamo altrove.

E ti chiedo scusa per le volte in cui ho creduto che il podio dell'incomprensione spettasse a me, per le volte in cui a furia di urlare ho coperto dei silenzi importanti. Ti chiedo scusa se spesso mi sono riparata sotto l'ombrello della frustrazione, anche quando fuori c'era il sole.

Qualche volta la rabbia non sa parlare al plurale, dimentica il "noi" e cerca qualcuno su cui potersi abbattere senza doversi guardare dentro.

Come ho potuto pensare che tutto questo amore non ne sia valsa la pena?

Come ho potuto pensare che tutto quello che abbiamo vissuto potesse essere cancellato dalla parola "fine"?

Ora che riesco finalmente a vedere attraverso la delusione e i rimpianti, voglio dirti che non fa niente se non abbiamo mantenuto le promesse.

Perché ciò che di più bello abbiamo amato, condiviso, vissuto, non abbiamo avuto bisogno di dircelo.

E anche se le cose non sono andate come avremmo desiderato, è ancora tutto qui con me. Nella donna che sono.

Perché in tutto questo amore ho trovato la voglia di credere nelle favole, anche quando hanno un diverso lieto fine.

Ci ho trovato le radici in cui far crescere chi sono e un pensiero felice in cui rifugiarmi quando il mondo fuori mi fa paura.

E soprattutto questo amore mi ha insegnato la parola "famiglia", che porterò sempre con me, ovunque io sia, te lo prometto.

Perciò grazie.

Per la vita piena e per i sogni spezzati.

Sappi che se potessi tornare indietro al giorno in cui ci siamo conosciuti rifarei tutto quanto.

Busserei ancora alla tua porta e mi innamorerei di nuovo di te.

Dell'uomo straordinario che sei stato.

Ti auguro di sentirti sempre al posto giusto.

Una lacrima di commozione mi scivola lungo la guancia mentre rileggo queste parole con la penna ferma a mezz'aria.

La donna che ero una volta non avrebbe mai avuto il coraggio di scriverle.

Era una donna in guerra con se stessa.

Era una donna che non credeva di poter tornare a sorridere.

Era una donna che non si era ancora perdonata…

I

Voglio un amore che mi faccia sentire la donna che sogno

Rebecca

Oggi

“Mi ami ancora?” vorrei chiedere con un filo di voce all’uomo che ho amato più di tutto.

Guardo Giacomo camminare qualche metro davanti a me fra gli scaffali dell’Ikea con un misto di noia e disinteresse.

Lo vedo dare un’occhiata furtiva all’orologio, convinto di avermi persa nel reparto delle candele profumate.

Se solo sapesse che invece è successo due anni fa, nella nostra cucina.

Non so bene il motivo per cui gli abbia chiesto di venire qui con me. È solo un labirinto senza fine di mobili e oggetti per la casa che mi fanno sentire in un grande acquario vuoto.

Magari credevo fosse una di quelle “cose da genitori”, che vanno fatte in due.

Perché comprare i piatti e i cuscini con i quali nostro figlio si sentirà a casa è importante per entrambi.

O forse, semplicemente, è trascorso troppo tempo dall'ultima volta che ho anche soltanto considerato l'idea di prendere l'auto da sola una domenica pomeriggio e imboccare l'autostrada.

La verità è che ogni passo avanti che Marco fa verso una vita adulta obbliga me e Giacomo a chiederci cosa ci spinga ancora a recitare il solito copione.

Ora che il nostro pubblico ha fatto le valigie, chi ci costringe a condividere lo stesso letto?

A cenare alla stessa ora?

A fare il caffè per due la mattina?

È aprile, splende un bel sole, ma Giacomo indossa il piumino. Ha smesso da tempo di guardare fuori dalla finestra e adattarsi al clima che c'è fuori. Di adattarsi a qualsiasi cosa, in realtà.

Non è necessario, lo faccio io per tutti e due.

L'ho fatto persino quel pomeriggio di ottobre in cui mi ha detto: «Cerca di capire».

Guardo le luci del negozio come fossero stelle cadenti e tutto mi sembra pervaso dal silenzio.

Un silenzio così denso che sarebbe difficile respirare, se non fosse per il climatizzatore che fa sì che qui dentro ci sia sempre la stessa temperatura, in tutte le stagioni.

D'un tratto Giacomo si accorge della mia presenza e si volta con in mano una lampada, identica a quella sul suo comodino.

«Questa non è uguale alle nostre? Possiamo sostituire la tua, che si è rotta...»

La lampada di cui parla mi è caduta a terra quattordici mesi fa. Credevo non se ne fosse nemmeno accorto.

La usavo per leggere la sera, ma non leggo da almeno quattro anni.

Da quando sono tornata al lavoro a tempo pieno.

«Che senso ha comprarla, Giacomo?»

Le parole mi escono dalla bocca ancor prima che io abbia il tempo di rendermene conto, escono spinte da un moto di stanchezza e rassegnazione che parte da luoghi che credevo di aver chiuso a chiave da tempo.

«Come, che senso ha? È una lampada, Rebecca. Non serve un senso anche per questo...»

Pronuncia l'ultima frase con una rabbia terribilmente irritante.

Le sue parole sono così prevedibili che mi devo mordere la lingua per non ripeterle con la sua stessa cantilena.

«Davvero non te lo chiedi? Cosa accadrà quando Marco si trasferirà a Bologna a settembre? Credi ancora che ci servirà un set di lampade abbinate? Quand'è l'ultima volta che mi hai vista con un libro in mano? O che semplicemente mi hai vista?»

«Non ci credo. Vuoi davvero metterti a discutere qui? Mi hai chiesto tu di venire.»

Per un attimo mi vedo piccola, riflessa nel suo sguardo, che profuma ancora di casa.

Sono stata tutto lì dentro: amica, amante, confidente, compagna di vita, fragile, invincibile.

Nel suo sguardo sono stata la donna che desideravo.

I suoi occhi sono stati il posto in cui mi sono perdonata.

La casa in cui ho abitato senza paure.

«Giusto. Perché per te è sempre così, no? Deve essere il momento giusto. Io ti sto chiedendo una cosa importante e tu ti preoccupi di dove siamo...»

Giacomo fa un lungo sospiro.

«Volevo solo farti vedere una lampada, Rebecca. Nient'altro...»

La rimette al suo posto e torna a passeggiare fra gli scaffali.

So che cosa pensa. Pensa che sono "pesante".

Che trasformo ogni momento in un'occasione per litigare.

E che non vorrebbe essere qui.

Gli ho rovinato la domenica pomeriggio davanti alla partita. È per questo che continua a sfilare il cellulare dai jeans, per controllare il risultato.

Il suo sguardo ha scordato quali sono le cose importanti da mettere a fuoco.

È come se gli abiti che un tempo indossavamo e che ci calzavano a pennello fossero diventati troppo stretti.

Come un vecchio paio di pantaloni che non ti metti da anni, rimasto abbandonato sul fondo dell'armadio, in attesa di essere riportato in vita. O di essere finalmente gettato via.

Mentre guardo Giacomo camminare ancora qualche metro davanti a me, per un attimo mi sembra di avere di nuovo ventisei anni.

Era domenica pomeriggio, proprio come adesso, saltellavo per questi stessi corridoi, e Giacomo mi guardava con un'espresione carica di promesse.

Stavamo traslocando in una casa più grande, il mio ventre appena pronunciato portava in sé il futuro che avevamo in mente, l'uomo con cui volevo trascorrere il resto della mia vita mi teneva la mano con un misto di ammirazione e rispetto.

Ricordo che ci soffermavamo ad ammirare ogni oggetto, ogni arredo, nemmeno fossero piccole opere d'arte.

Avevamo dentro una felicità contagiosa, eravamo pronti a dipingere con colori brillanti e intensi il quadro del nostro futuro.

Quel giorno mi sembrava tutto chiaro.

Ero convinta che un amore come il nostro sarebbe sopravvissuto a qualsiasi cosa.

Adesso, invece, mi chiedo dove si sono persi quei due ragazzi.

Quando hanno smesso di colorare la stessa tela?

Quando hanno smesso, dopo la nascita di Marco, di aspettare il lunedì mattina per avere un po' di tempo solo per loro?

Quando hanno smesso di vedere in un set di tazzine una vita di colazioni insieme?

Quando hanno smesso di regalarsi libri da leggere alla luce di una lampada e hanno cominciato a fissare lo schermo del telefonino?

Mi chiedo come faccia Giacomo a non capire che non mi manca essere guardata, ma essere vista. Che non mi manca l'uomo che mi ascoltava, ma quello che mi comprendeva.

Come fa a non capire che non mi manca l'uomo che si prendeva cura di me, ma quello che mi faceva sentire protetta?

Giacomo è entrato nella mia vita al momento giusto, quando avevo giurato che non avrei più permesso a nessuno di farmi sentire indifesa, mentre stavo raccogliendo ciò che era rimasto di me dopo una storia che non era mai cominciata, ma in cui avevo sperato fino all'ultimo.

È proprio questo che mi ha fatto innamorare di lui: al suo fianco, per la prima volta in vita mia, mi sono sentita libera di non essere forte a tutti i costi.

Giacomo mi ha fatta sentire splendida, protetta, giusta.

Tutto era luminoso, accanto a lui. Perfino io.

Giacomo mi ha donato l'entusiasmo di immaginare un futuro in due, la voglia di essere mamma, il desiderio di costruire una casa da chiamare famiglia.

Non so quando ho cominciato a guardarlo e a non riconoscerlo più.

Non sono stata brava a cogliere i segnali.

So solo che non ci parliamo più, non ci tocchiamo più, non ridiamo più.

Non voglio che lui se ne vada.

Non voglio che la mia vita sia di nuovo fatta di solitudine e di tristezza.

Ma non so come fermare quello che sta accadendo.

Intanto, senza che io me ne accorga, siamo finiti nel reparto degli accessori, dove tutto sembra raccontare storie possibili.

D'un tratto i miei occhi cadono su un mucchietto di puntine rosse, quelle a forma di bandierina che si piantano in quei meravigliosi mappamondi in sughero.

Quelle che ti fanno venire voglia di lasciare tutto e partire.

«Che ne dici di comprare queste, invece?»

Giacomo fa qualche passo verso di me, segue il mio indice con lo sguardo, poi ne prende in mano qualcuna.

Quelle puntine nascondono un mondo che conosciamo soltanto noi due.

«Dove vorresti andare?» mi chiede.

«In Asia. Vorrei andare in Thailandia a parlare con i monaci e scoprire gli elefanti. Poi in Vietnam per assaggiare il caffè all'uovo. E a Bali. Voglio attraversare i campi di riso in bicicletta come Julia Roberts in *Mangia prega ama*.»

Per un attimo, mi sembra addirittura di vederlo sorridere.

Ti prego. Mettile nella sacca insieme alle cose che abbiamo comprato per nostro figlio.

Guardo mio marito rigirarsele fra le dita.

Non rimetterle a posto. Fa niente se non le useremo mai. Ti prego. Ti prego. Portale via con noi.

Invece, alla fine, quel sorriso sottile che mi era sembrato di intravedere sparisce e Giacomo rimette le puntine insieme alle altre. Poi si guarda attorno.

«Abbiamo preso tutto oppure manca qualcosa?»

Vorrei dirgli che mancano le puntine. E che stasera mi piacerebbe tanto vederlo al computer a cercare dove si possono incontrare gli elefanti in Thailandia.

Quando ci siamo conosciuti avevamo l'entusiasmo di fare tutto.

Sembravamo due fiori che avevano ritrovato il sole.

Ed eravamo curiosi.

Mi sono innamorata di Giacomo perché mi faceva fantasticare tutto il giorno.

Mi ricordo che quel pomeriggio, mentre cercavamo i mobili con cui arredare la nostra casa, lui mi stringeva come se avesse paura di perdermi. Poi siamo andati a cena a Venezia.

Lo avevamo deciso lì su due piedi, mentre Giacomo ammucchiava i borsoni nel bagagliaio.

«Che ne dici di andare a cena a Venezia?»

«Sarebbe bellissimo. Quando?»

«Adesso.»

«Adesso?» Sono scoppiata a ridere. Mentre lo guardavo sentivo i miei occhi brillare. «Ma sono quasi tre ore di viaggio!»

«E allora? Sono le cinque. Alle otto e mezzo saremo seduti al ristorante. Che ne dici?»

«Andiamo!»

Quella sera Venezia era deserta.

Abbiamo mangiato malissimo in un piccolo ristorante a pochi metri da Rialto e poi siamo tornati a Firenze.

Mi ricordo che in autostrada, al buio, mentre guardavo le luci delle case degli altri sfrecciare fuori dal finestrino, mi ero commossa.

Eravamo giovani e belli.

Avevamo voglia di sorprenderci.

Adesso invece questi corridoi mi sembrano il riflesso della vita che ci siamo costruiti: sempre uguale a se stessa, priva di sorprese.

Siamo diventati due pesci che hanno smesso di nuotare controcorrente, come facevano una volta.

«Mancano solo i contenitori per il cibo. A Marco potrebbero servire per portarsi il pranzo all'università. Credo siano di là...» Faccio un cenno con il capo e Giacomo compie un passo in quella direzione. Io, invece, rimango ferma un momento a guardarlo allontanarsi da me.

Mi perdo qualche secondo nei suoi capelli spettinati, nel profilo delle sue spalle, nel modo buffo che ha di camminare.

Poi il mio sguardo si posa di nuovo su quelle puntine rosse rimaste lì, a confondersi con tutto il resto.

Per un attimo mi viene voglia di infilarle in borsa.

Di non dirlo nemmeno a Giacomo.

Di prenderle e basta.

Invece, ancora una volta, lo seguo lungo questi corridoi tutti identici, attraverso gli scaffali dei contenitori per il cibo, e finalmente fino alla cassa. Poi di nuovo in ascensore, lungo il parcheggio sotterraneo fino alla nostra auto, dove ammucchiamo i borsoni sui sedili posteriori.

Mentre usciamo dal parcheggio, come sempre, mi sfilo le scarpe e appoggio i piedi sul cruscotto.

D'un tratto mi accorgo che uno dei calzini che indosso è bianco, l'altro invece è rosa pastello. Devo averlo lavato con qualcosa di rosso.

Giacomo imbocca la strada in direzione di casa e accende la radio per ascoltare il finale della partita, proprio mentre sulla sinistra mi sfila accanto la segnaletica che indica Venezia.

E allora mi viene da pensare che siamo diventati proprio

così: una coppia di calzini che i lavaggi della vita hanno reso troppo diversi perché possano essere appaiati.

Io e Giacomo siamo due calzini accoppiati male.

È tutto silenzioso come non mai: la macchina che corre sull'asfalto, gli occhi di Giacomo fissi sulla carreggiata, i miei puntati fuori dal finestrino.

Mi ami ancora?

Vorrei chiederglielo anche adesso, ma sicuramente è troppo distratto. E poi non sono nemmeno così convinta di voler conoscere la risposta.

Come ho fatto a dimenticare la voglia di ricominciare?

Per riservarmi un posto accanto a lui ho scordato che la poltroncina dalla quale ammirare lo spettacolo della mia vita dovrebbe stare sempre in prima fila.

Mi sono seduta troppo lontana da me.

Non mi vedo più. E non sento più niente.

Io, che prima sentivo tutto.

Io, che un tempo sapevo commuovermi, adesso piango.

E quel che è peggio, l'ho deciso io.

Sono stata io a cambiare poltroncina.

A smettere di amarmi per farmi amare.

Ho smesso di cercare l'altra donna che c'è in me per diventare una donna che nemmeno esiste.

A un certo punto ho avuto paura di non riuscire a vivere in lui, e allora ho cominciato a vivere per lui.

Ma se mi cerco nei suoi occhi, non mi trovo.

E i sensi di colpa che abitano dentro di me mi impediscono di vedere tutti gli altri posti in cui posso abitare.

Quante donne posso essere.

Quanti posti esistono in cui posso essere felice.

Essere giusti non significa fare sempre le cose giuste.

Forse lasciar andare è il primo passo per non lasciarmi andare.

Forse per andare avanti, devo tornare indietro.

Per essere diversa, devo riscoprire quella che ero.

Quella che non guardava il mondo attraverso il finestrino, ma voleva fare del mondo la sua casa.

Quella che non si era ancora fatta piccola, ma sognava in grande.

Quella che se ne fregava delle parole e dei giudizi altrui.

Quella che credeva ancora nell'isola che non c'è.

Che non indossava maschere e non si lasciava imprigionare dalle convenzioni.

Quella selvaggia e libera.

Quella spettinata, che non aveva paura di tuffarsi.

Quella che amava il modo in cui l'acqua le scorreva addosso.

Come ho fatto a dimenticare chi ero prima di diventare chi sono?

2

Gli perdoni tutto. E allora torna. Sei tu che devi dire basta

Tommaso

Giugno 1996

«Io non la capisco proprio. Sparisce, poi riappare come se nulla fosse, poi se ne va di nuovo. Ma cosa vuole, il Nobel per la scomparsa? È un'altalena, cazzo...»

«Senti, io invece la capisco eccome.»

«La capisci?»

«Ma sì. Ti fai in quattro per lei, la perdoni sempre. Lei sa che può tornare quando le pare perché tu sei sempre lì ad aspettarla. Ma che pensi, che lei non torni in un posto così? Il problema non è che lei torna. Il problema sei tu...»

«Io?»

«Sì. Sei tu che devi avere le palle di dire basta...»

Siamo a casa di Federico e stiamo giocando a FIFA 95, ho appena fatto tremare San Siro con un tiro di Bobo Vieri all'incrocio dei pali.

Sua madre ogni tanto entra in stanza a dirci di smetterla di urlare. Domani è l'ultimo giorno del quinto anno di liceo, gli esami di maturità sono alle porte e io sto sotto un treno perché all'università non rivedrò più Laura.

In realtà sono andato da Federico per studiare, ma dopo pranzo abbiamo deciso di fare "solo una partita" a *FIFA*.

È finita che abbiamo fatto la rivincita, la bella, la bella della bella e pure la bellissima.

Comunque, Federico ha ragione. Lo so.

Solo che abbiamo tutti quella persona.

Quella che per qualche motivo amiamo così tanto da annientarci.

Quella che ci fa sentire piccoli e ci fa stare male.

Quella che anche se non siamo felici non riusciamo a salvarci.

Quando ne parlo con mia madre mi dice che esagero, che alla mia età mica si può amare così.

Io invece penso che si ama così *soprattutto* alla mia età.

Perché al liceo non ci riesci a stare dalla parte dell'orgoglio, e se ti piace la tua compagna di classe pensi che sarà lei per sempre.

Aspetto da cinque lunghissimi anni il suono della campanella dell'ultima ora dell'ultimo giorno dell'ultimo anno di scuola. E quel momento adesso è arrivato. Per tutto questo tempo ho sempre immaginato di uscire dal portone, urlando insieme agli amici con cui ho condiviso tutto, di lanciarci i gavettoni sotto il sole di giugno, di abbracciarci e dirci che non ci perderemo mai.

Invece, nonostante le parole di Federico, approfittando della quarta ora di ginnastica al piano terra, salgo di corsa nella nostra classe deserta e appoggio sul banco di Laura un lettore CD e un disco sul quale ho masterizzato *Finalmente tu* di Fiorello.

Di fianco, in una busta, ho inserito l'unica nostra fotografia che possiedo, scattata da Enrico con la mia Kodak usa e getta durante il viaggio d'istruzione a Berlino, e una lettera in cui ho rovesciato tutto me stesso.

Poi termino il liceo un'ora prima, perché ho paura.

Sono innamorato di Laura da due anni, dal giorno in cui ha deciso di cambiare sezione ed è arrivata nella nostra classe, bellissima con quei capelli scuri e quegli occhi del colore del mondo.

Ci siamo dati il primo bacio qualche giorno prima della fine del quarto anno, sul muretto dietro l'aula di chimica.

Dopo quel bacio, per la prima volta in vita mia, ho desiderato che la scuola durasse per sempre.

Invece è arrivato l'ultimo giorno del quarto liceo, noi ci siamo salutati piangendo davanti alla fermata dell'autobus, e lei è andata in vacanza in montagna con i suoi genitori ed è sparita dalla mia vita.

Ho aspettato l'autunno come mai prima.

Contavo i giorni come pietre preziose.

Quando a settembre siamo tornati in classe, Laura è arrivata a scuola in motorino, si è tolta il casco ed è corsa a baciare Elia della 5ª F.

Per ripicca a novembre mi sono fidanzato con Martina, ma ho continuato ad amare Laura di nascosto.

Quando una mattina lei è entrata piangendo avrei voluto dirle che l'avevo sempre saputo che Elia non era quello giusto.

Una sera di gennaio, invece, è stata Laura a venire da me.

Ero a casa, stavo preparando lo zaino per il giorno dopo, e mi è arrivato un messaggio.

Domani ti va di saltare la prima ora e di andare a fare colazione insieme?

Il Nokia mi sudava nelle mani.

Quella mattina invece di andare a fare colazione siamo andati al parco e lei mi ha baciato sotto il lampione spento.

Non ho pensato a Martina neanche per un secondo.

Mi è sembrato che il cuore tornasse al posto giusto.

Siamo entrati a scuola mano nella mano; due giorni più tardi siamo usciti insieme e siamo rimasti a baciarci per ore sulla panchina di fronte al fiume.

Poi, lei ha ricominciato a non guardarmi più, e io ho ricominciato ad amarla di nascosto.

Qualche settimana dopo, mentre eravamo in classe e la professoressa di matematica scriveva qualcosa sulla lavagna, Gianpaolo, il mio migliore amico e compagno di banco, mi ha passato un bigliettino.

Tommaso, devo dirti una cosa. Io e Laura stiamo insieme.

È stato come se qualcuno mi avesse risucchiato via l'aria dai polmoni.

Ricordo che ho chiesto di andare in bagno e mi sono messo a piangere seduto per terra.

In questi mesi sono rimasto a guardare la loro storia da un angolino.

Il giorno in cui ho saputo che avevano fatto l'amore mi sono messo le cuffie e sono andato a correre attorno al lago sperando di allontanarmi il più possibile.

Laura ha lasciato Gianpaolo qualche settimana fa e io per tutto questo tempo non ho mai smesso di amarla, nemmeno per un secondo.

Poi, un pomeriggio, lei mi ha scritto: *Scusami.*

Io allora le ho chiesto di vederci e lei non ha più risposto.

E così, anche se sono cinque lunghissimi anni che aspetto il suono della campanella dell'ultima ora dell'ultimo giorno dell'ultimo anno di liceo, ci rinuncio pur di dire a Laura "ti amo" a modo mio.

Non serve a niente.

Perché Laura non risponde. Né con una lettera, né con una canzone, né con un messaggio.

I giorni passano. La rivedo il primo giorno della maturità con il dizionario d'italiano sottobraccio.

Io guardo lei, lei guarda lontano.

A fine mese, dopo l'orale, la incrocio in cortile mentre aspetta il suo turno, seduta sulle gambe di Mauro.

Allungo il passo e dentro di me le dico addio.

È l'ultima volta che la vedo.

Ad Alghero c'è un mare di un azzurro dipinto e le onde schiumano su un mondo che profuma di sale.

Dentro questo mondo c'è un campeggio dove gli alberi sono giganti silenziosi che proteggono dal sole che scotta e dove le tende sbocciano come fiori in un giardino.

E poi c'è una sabbia che sembra uno scrigno di conchiglie e un bar come le locande di una volta.

I risvegli in Sardegna non potrebbero essere più diversi rispetto a quelli a cui sono abituato a Nosellari, dove sono nato.

Lì i raggi del sole sfiorano montagne alte fino al cielo e il profumo è quello degli abeti e dei fiori di montagna, che ti lasciano nei piedi la voglia di affondare le dita nell'erba alta.

Qui, invece, l'odore di sale è dappertutto e l'azzurro del mare, che filtra attraverso le palpebre ancora socchiuse, ti fa venire voglia di svegliarti e fare colazione.

«Se mio padre vedesse il suo camper adesso mi taglierebbe le palle...»

Paolo è accasciato su una delle sedie da campeggio che abbiamo messo in cerchio sotto la veranda e si sta versando un'intera moka nella tazza.

È l'inizio del viaggio della maturità, siamo partiti da soli tre giorni e il camper del papà di Paolo è già una discarica di pacchetti di sigarette vuoti abbandonati ovunque, bottiglie di birra che straripano dal lavello, stoviglie sporche, vestiti ammucchiati sui sedili, cartacce di snack sparse sul pavimento.

Eppure, in mezzo a tutto questo disordine, ogni cosa profuma di libertà e di canzoni da cantare all'aria aperta.

«Eddai, non farla tanto lunga. Prima di rientrare puliamo tutto. E lasciami un po' di caffè...»

Federico è seduto sulle scalette del camper, già in costume da bagno ma con i capelli ancora spettinati dal sonno.

«Scordatelo. Hai russato tutta la notte. Ci ho messo ore a addormentarmi...»

«Non fare la merda.»

Francesco stappa una birra e scarta una brioche confezionata.

«Wow, che colazione, Checco» lo canzona Fede.

Io invece sto fumando la prima sigaretta della giornata, seduto su una sedia accanto a Paolo, che a un certo punto mi fa un cenno con la testa.

«Hai visto che tette la ragazza che si sta mettendo lo smalto? Non so cosa darei per metterci dentro la faccia.»

Guardo in quella direzione, verso il camper accanto. Una ragazza mora, avvolta in un asciugamano, se ne sta seduta in veranda, un'altra invece è accoccolata per terra e si sta mettendo lo smalto alle unghie dei piedi.

Federico e Francesco scattano in piedi come due molle, ci affiancano un attimo, guardano anche loro le nostre vicine, poi tornano a sedersi.

«Io proprio non la capisco tutta questa tua passione per le tette. Okay, ci stanno. Ma vuoi mettere un bel culo?» Fede allarga le mani come per disegnare due curve nell'aria.

«Stavolta sto dalla parte di Fede, mi dispiace. Però secondo me è più carina quella con l'asciugamano. E poi mi piacciono di più quando hanno i capelli bagnati.»

Francesco prende un sorso di birra e mangia l'ultimo boccone di brioche.

«Su, non litigate. Anche io preferisco il culo, ma se ha pure le tette meglio, no?»

Sono sempre quello diplomatico. Quello che mette d'accordo tutti.

La giornata vola via veloce fra birre ghiacciate in spiaggia, partite di calcetto improvvisate con le infradito a segnare i pali delle porte e corse verso il mare più bello che io abbia mai visto.

La sera rientriamo, facciamo la doccia all'aperto nei bagni del campeggio, mangiamo un piatto di pasta al volo, ci vestiamo per uscire e ci facciamo un'altra birra in faccia al tramonto.

L'Embarcadero, qualche ora più tardi, è gonfio di ragazzi e ragazze che ballano al ritmo della musica dance, che ci fa sentire nelle vene tutti i nostri diciotto anni.

Federico si butta nel mucchio e riesce a limonare una che da sobrio non avrebbe mai nemmeno guardato, Francesco si scambia il numero con una ragazza di quattro anni più grande di lui e si sente un re, Paolo sparisce a metà serata e lo ritroviamo che è quasi mattina seduto da solo sul muretto di fianco all'uscita.

Io, invece, che le discoteche non le amo troppo, passo la nottata al bancone a bere analcolici.

Rientriamo alle quattro e mezzo del mattino. Paolo e Francesco si mettono a dormire in mansarda, Federico invece collassa direttamente per terra.

Mi tolgo le scarpe, sfilo i jeans, sbottono la camicia. Indosso una canottiera scollata e dei pantaloncini corti della Champion.

Poi scavalco Federico e raggiungo il mio letto sul retro.

Un po' di sudore mi appiccica la maglietta addosso e la

piccola finestra semiaperta alla mia sinistra fa filtrare la musica delle onde e lascia intravedere le stelle.

Sto per chiudere gli occhi e cedere al sonno quando, d'un tratto, attraverso il finestrino aperto del camper accanto scorgo una ragazza che non ho mai visto.

È seduta lì sul suo letto, con i capelli biondi lunghi fino alla schiena, gli occhi verdi e un sorriso timido.

Indossa solo un top bianco aderente e delle semplici mutandine in cotone, e si dondola avanti e indietro, a gambe incrociate, ascoltando qualcosa con le cuffie.

Rimango a fissarla per un po', mentre i miei amici dormono sparsi attorno a me.

Osservarla così, nel suo piccolo spazio personale, in mezzo a questo silenzio e dentro un buio fittissimo, mi dà la sensazione di guardare qualcosa di segreto.

Di vederla lì, come non la vede nessuno.

Le cuffie le coprono le orecchie, le sue mani si muovono nell'aria al ritmo di musica, le sue guance sono ancora arrossate dal sole.

Poi, a un certo punto, si alza dal suo letto e si avvicina per un attimo al finestrino.

Il suo sguardo incrocia il mio e sorride.

Ci salutiamo con un cenno della testa.

È solo un istante, subito dopo ognuno torna alla propria vita.

Lei si rimette le cuffie, come se nulla fosse successo.

Io invece sento due mani scavarmi qualcosa dentro e rimango a fissarla di nascosto per un po'.

Abbiamo entrambi i finestrini spalancati, nel vano tentativo di far entrare un po' d'aria.

I miei occhi seguono il suo profilo nella penombra.

Dopo un po', si accorge che la sto fissando.

Mi sorride, lasciando ciondolare la testa da un lato all'altro.

Poi si alza sui gomiti e si avvicina alla finestra che si affaccia sulla mia. Nella cornice del vetro, i suoi occhi sembrano ancora più grandi.

«Guidi tu? Mi sa che avete parcheggiato troppo vicino...»

Lo dice con un sorriso grande che le disegna due fossette ai lati della bocca.

«Noi abbiamo parcheggiato benissimo. Siete voi che forse non siete bravissime a guidare. Quando siete arrivate avete passato venti minuti a fare manovra. Vi ho viste.»

Arriccia le labbra in una smorfia dubbiosa.

«Che cosa ascolti?» le domando.

Lei allora fa una cosa che fa spuntare sul mio viso l'espressione che amo più di tutte: lo stupore.

Si toglie le cuffie dalle orecchie, si alza in ginocchio e si sporge fuori dalla finestra con il lettore CD e le cuffie in mano.

«Tieni, ascolta...»

Io sorrido, mi sporgo a mia volta, li prendo e mi siedo di nuovo sul letto a gambe incrociate.

Indosso le cuffie e premo PLAY.

Mi bastano poche note di una delle canzoni più heavy metal di tutti i tempi per capire che questa ragazza è tutta un controsenso.

«Ah, *Dehumanizer*, Black Sabbath» le dico, mentre mi sfilo le cuffie e mi affaccio di nuovo alla finestra per restituirle il lettore CD.

I suoi occhi si illuminano.

«Non ci posso credere! Piacciono anche a te?»

Mentre lo dice quasi saltella sul materasso.

«Veramente non li sopporto. Questo album lo conosco solo perché quando è uscito Paolo lo ascoltava quattrocento volte al giorno.»

La vedo corrugare la fronte e riprendersi bruscamente da tutto il suo entusiasmo.

«Allora mi sa che mi devi presentare Paolo.»

Il tono con cui si finge offesa mi fa sorridere.

Poi aggrotta le sopracciglia, sposta lo sguardo all'interno del suo camper, torna a guardarmi e parla muovendo solo le labbra.

"Non posso parlare. Sveglio le altre."

Guardo i miei amici buttati lì a caso.

«Sì, anche io...» le dico in un sussurro.

Lei fa una smorfia. Poi un sorriso.

Si alza ancora in ginocchio e si affaccia al finestrino.

Lo tira su un momento, con la bocca vicino al vetro soffia fino a farlo appannare e ci scrive su qualcosa.

Mi avvicino per vedere meglio.

Lei mi fa un cenno con il capo: indica il numero sul vetro e poi il suo telefono appoggiato accanto al cuscino.

Senza riuscire a trattenere un sorriso prendo il mio telefono, la salvo in rubrica e le mando un SMS.

Ti ho salvata come "La ragazza del camper".

È bellissimo vedere il suo cellulare illuminarsi dall'altra

parte, seguire le sue mani curiose e osservarla assumere un'aria imbronciata.

Io invece come "Ragazzo che ascolta musica di merda".

Rido in silenzio per non svegliare tutti.

Poi la guardo digitare di nuovo qualcosa.

Dai, ti do la possibilità di rimediare. Mandami una canzone che ti piace ascoltare prima di dormire.

Okay, aspetta.

Mentre rimango qualche secondo fermo a riflettere nella penombra lei ticchetta impaziente le unghie contro il vetro del finestrino.

Allora? Ma quanto ci metti?

Non è passato nemmeno un minuto.

Sorrido.

Aspetta, ci devo pensare bene. È una cosa importante, eh.

La vedo leggere il mio messaggio, un po' imbronciata.

Poi digita di nuovo qualcosa.

Viaggio di maturità?

Annuisco al di qua del finestrino.

Sì. Io scientifico. E tu?

Classico. Ma la maturità mi tocca l'anno prossimo.

Io Trento…

Firenze. Non l'avevi capito?

Veramente sì.

Le sue dita battono sul tastierino del cellulare a una velocità tale che se rimango a fissarle mi gira la testa.

Stai sveglio tutte le notti?

Non me l'ha mai chiesto nessuno.

Solo quando Paolo e gli altri vogliono andare a ballare. Mi costringono, ma a me non piace tanto.

Mentre legge il mio messaggio potrei giurare di averla vista alzare gli occhi al cielo.

Sei veramente noioso, lo sai? Io adoro andare a ballare.

Ah, sì?

Questa conversazione mi sta prosciugando il credito, ma non me ne importa niente.

Sì. E anche stare sveglia di notte.

Smette di digitare, si morde il labbro inferiore, pensierosa.

Poi ricomincia a battere le dita sui tasti.

Allora, questa canzone?

Scuoto la testa, divertito.

Eh, se continui a scrivermi non riesco a pensare.

Lei mi lancia un'occhiataccia, alza gli occhi al cielo e torna ad aspettare con il mento sorretto dalle mani.

Io rimango a rifletterci su un po'.

Alla fine prendo il mio lettore CD, mi metto in ginocchio come ha fatto lei e glielo allungo attraverso il finestrino.

«Ascolta la traccia 7.»

È una canzone uscita l'anno scorso, che non può non amare: *You Are Not Alone* di Michael Jackson.

Lei si appoggia il mio lettore CD sulle ginocchia, poi il suo schermo si illumina e scrive qualcosa.

Posso tenerlo fino a domani? Vorrei ascoltarla appena sveglia...

Annuisco in silenzio mentre ci guardiamo attraverso il finestrino.

Va bene, ti piacerà.

Lei alza un sopracciglio e arriccia le labbra, dubbiosa.

Non so da quanto non avevo un botta e risposta così con qualcuno.

Dopo un attimo lei mi manda un altro SMS.

E adesso smettila di fissarmi, guardone. Buonanotte.

Rido.

Buonanotte.

La guardo chiudere il finestrino, allungarsi appena per spegnere la luce e far piombare il suo camper nel buio.

Questa mattina, la mia vita sembra essersi riavvolta a ieri.

Paolo si sta versando di nuovo una moka intera nella tazza senza smettere di occhieggiare con la faccia paonazza la ragazza che ieri si metteva lo smalto e che oggi indossa un costume così stretto che le tette sembrano esploderci dentro. Checco mangia annoiato un'altra brioche confezionata, contrariato perché ieri sera abbiamo finito le birre. Federico invece è seduto ancora sulle scalette del camper già pronto per andare a fare il bagno.

Io invece non posso fare a meno di pensare che è l'11 luglio.

«Sapete che giorno è oggi?» domando.

Paolo mugugna qualcosa, Federico invece mi guarda strano.

«Martedì?»

«No, è l'11 luglio.»

Francesco arriccia la fronte. «Sì, be', è anche martedì.»

Ci penso su un attimo. «Sì, è vero. È anche martedì.

Comunque, volevo dire un'altra cosa. È il compleanno di Laura.»

Ci rifletto da giorni.

Diciotto anni.

Laura è diventata ufficialmente maggiorenne senza di me.

«Se ti azzardi a scriverle ti tiro sotto con il camper.» Paolo all'improvviso è emerso dal suo stato di trance.

«Eddai, Pa'. Non c'è mica niente di male se le fa gli auguri.» Checco la butta lì con leggerezza mentre dà l'ultimo morso alla brioche.

«Non c'è niente di male?» Fede rivolge a Checco uno sguardo che potrebbe appendere al muro chiunque. «Questa ragazza gli ha ridotto i coglioni a due noccioline. Ti ricordi cosa ha fatto Tommaso l'ultimo giorno di scuola? Le ha masterizzato un CD con *Finalmente tu* di Fiorello. Ne vogliamo parlare? Che figura di merda! Quando l'ho scoperto mi sono cadute le palle così in basso che avrei potuto grattarle con le ginocchia.»

Non posso fare a meno di ridere. «Grazie, Fede.»

D'un tratto attraverso la porta aperta noto qualche movimento all'interno del camper delle ragazze accanto, subito dopo scende lei.

Alla luce del mattino le lentiggini sul naso la fanno sembrare una bambina.

Sorrido nel vederla stringere una tazza di caffè.

Prende un pacchetto di tabacco abbandonato sul tavolo, si siede per terra a gambe incrociate, appoggia la schiena contro il camper e con lo sguardo socchiuso inizia a rollarsi una sigaretta.

Ogni tanto si ferma, appoggia la cartina delicatamente in equilibrio sulle ginocchia e beve un sorso di caffè.

Dopo qualche minuto, si infila la sigaretta fra le labbra, mentre l'accende chiude gli occhi e il sole che filtra fra le foglie degli alberi gioca con i coriandoli sparpagliati sul suo viso.

È solo quando risolleva le palpebre che per un attimo il suo sguardo incontra il mio, per la seconda volta.

Io con la sigaretta fra l'indice e il medio, lei con la sigaretta fra le labbra e un po' di fumo che sbiadisce nell'estate.

«Comunque stanotte, quando siamo rientrati dalla discoteca, in realtà un messaggio a Laura avrei voluto scriverlo.»

Federico mi guarda sconsolato.

«Dimmi la verità. Gliel'hai mandato, vero?»

Lo guardo, tenendo d'occhio la ragazza del camper.

Poi sorrido.

«No. Quando sono andato a letto me ne sono dimenticato.»

Federico mi dà una pacca sulla spalla e Checco si alza in piedi.

«Allora vado a comprare delle birre. Dobbiamo festeggiare.»

Sento vibrare il telefono nella tasca dei pantaloncini. Lo sfilo e schiaccio il tasto per selezionare il messaggio.

Mi sono svegliata con la tua canzone e ho voglia di tagliarmi le vene.

Trattengo una risata e rimango con il cellulare a mezz'aria.

Lei, intanto, sta di nuovo muovendo rapidamente le dita sul tastierino.

Come ti chiami, comunque?

Tommaso, e tu?

Non avrei mai immaginato che l'estate in cui Laura mi ha spezzato il cuore sarebbe stata la stessa in cui ho conosciuto Rebecca…

3

Il problema non è che lo hai amato troppo. Il problema è che ti sei amata troppo poco

Rebecca

Oggi

«Rebe, va tutto bene?»

Sobbalzo leggermente, stando bene attenta a non guardare la mia migliore amica negli occhi.

Siamo a casa di Alice. O, almeno, quella che lei chiama *ancora* così. Anche se in realtà la usa solo qualche mese all'anno, quando torna da uno dei suoi viaggi in giro per il mondo.

È per questo che è ancora identica alla prima volta in cui ci ho messo piede, poco dopo la fine dell'università.

Da questa terrazza Firenze sembra più bella.

Le luci dei lampioni e delle macchine arrivano fino al cielo e i rumori della città in sottofondo sono la colonna sonora giusta per una serata come questa.

Alice è tornata dal Marocco la settimana scorsa, così ha improvvisato una rimpatriata nel suo appartamento.

Mi perdo un momento a guardare oltre la grande portafinestra accanto a me. La casa è illuminata da una luce soffusa, le pareti sono colorate di un giallo caldo e i divani sono quelli di sempre: vecchi, malconci, ma ancora confortevoli. Sul tavolo sono disseminati bicchieri, bottiglie di vino, piatti.

Ci sono anche Ginevra, Stefano, Nicole, Michele, Karin, Gaia, Dimitri, Ilaria e Luigi.

Come se fosse ieri.

Guardo le foto alle pareti, quelle che ho visto centinaia di volte. La foto di gruppo al mare, quella al parco divertimenti, quella con la macchina impantanata nel fango.

Ricordo ogni cosa con una precisione che mi sorprende.

Eppure, sembra tutto così lontano.

Come se fosse stata un'altra vita.

Tutto è uguale ma diverso.

«Sì, Ali, scusa. Sono solo stanca…»

Fa un altro passo verso di me, è abbronzata e bella come una ragazzina.

Sembra sia appena sbarcata da un'isola deserta, con il suo profumo, la pelle decorata da una collana di conchiglie, il vestito a fiori, soprattutto lo sguardo leggero di chi ha trovato il proprio posto nel mondo.

«Non sei mai stata brava a mentire.»

Non riesco a trattenere un sorriso.

Alice si sfila le scarpe e si siede accanto a me con le gambe incrociate sopra la sedia.

«Allora? Mi vuoi dire che succede?»

«Ma no, niente, è solo che a volte mi sembra di vivere correndo su un tapis roulant.»

La sua fronte si increspa. «Che cosa vuoi dire?»

«Che cosa succede quando corri su un tapis roulant, Ali?»

«Bruci un sacco di calorie?»

Stavolta la mia risata risuona cristallina.

«Sei proprio scema...»

Arriccia le labbra.

«No, su un tapis roulant corri, ma in realtà sei ferma. Hai la sensazione di andare avanti, ma non è vero. Sei sempre lì. Non puoi nemmeno scegliere la direzione. Al massimo puoi regolare la velocità. E poi il paesaggio non cambia mai. Non è come quando vai a correre all'aria aperta... Se corri su un tapis roulant, non vedi mai niente di nuovo. Ecco, la mia vita è così: monotona e ripetitiva. A volte mi sembra di essermi fermata alla ragazza che ero vent'anni fa, come questa casa...»

Alice mi osserva in silenzio.

È una delle poche volte in cui non riesco a decifrare il suo sguardo.

«Lo so che cosa mi stai per dire. Che non è così. Che ho una famiglia. E una bella casa. Che questa è la vita che desideravo...»

Lo sguardo di Alice vola un attimo fuori dal parapetto, poi lei fa un piccolo sospiro. «No, veramente mi stavo chiedendo quando hai rinchiuso i tuoi sogni nel cassetto e hai deciso di non riaprirlo più...»

All'improvviso gli occhi cominciano a bruciarmi, come se Alice ci avesse gettato dentro un pugno di sabbia.

Faccio finta di non aver colto la sua provocazione.

Invece, le confesso una cosa che non le ho mai detto.

«Qualche anno fa Giacomo mi ha tradita...»

Segue un altro attimo di silenzio.

L'espressione di Alice è sempre più imperscrutabile.

«Come lo hai scoperto?»

«Non l'ho scoperto. Me l'ha detto lui.»

Mi sarei aspettata qualcosa come: "Che pezzo di merda". Ma no, niente di tutto questo.

Alice tace.

«Non l'avevo mai raccontato a nessuno...»

«Come mai?» mi domanda allora.

«Perché avevo paura. Paura che gli altri mi dicessero solo che è colpa sua, che non mi merita, che una mancanza di rispetto così non si può perdonare...»

«E non pensi sia così?»

«No. Cioè, sì. Ma non è solo questo. La verità è che, anche se fatico ad ammetterlo, lo so che in parte è pure colpa mia...»

«Colpa tua?» Alice prende un sorso di birra bevendo direttamente dalla bottiglia.

«La nostra vita è cambiata moltissimo da quando è nato Marco. Mi rendo conto di essere diventata una donna diversa. I primi anni sono stati meravigliosi. Ma poi ogni cosa è stata stravolta. Mio figlio è tutta la mia vita. Lo amo come niente al mondo. Eppure qualche volta non riesco a non pensare che da quando sono diventata mamma la relazione con mio marito è andata in frantumi. All'improvviso non c'è stato più tempo per noi, per la nostra intimità, per le nostre passioni. La stanchezza, gli impegni e la fatica hanno preso il sopravvento. Sono diventata una mamma a tempo pieno. E le notti che prima passavo a immaginare viaggi dall'altro capo del mondo con mio marito sono diventate una discussione su chi dovesse alzarsi per cambiare il pannolino. Le colazioni insieme si sono trasformate nel momento in cui si decideva chi avrebbe portato a scuola nostro figlio, i soldi che prima investivamo per staccare la spina con un weekend in un'altra città sono stati destinati ai vestiti nuovi di Marco. Nonostante questo, però, ho sempre cercato di esserci. Di essere una buona mamma e una buona compagna. Ho dato loro tutta me stessa. E non me ne pento. Lo rifarei ancora. Cento, mille volte. Ma sono stanca. Certi giorni mi sembra di essere un cuoco che ha sempre servito gli altri senza essersi mai preso il tempo di assaggiare i suoi piatti...»

Sono pensieri che non avevo mai espresso a voce alta.

Perché mi fanno sentire sporca, sbagliata, ingrata.

Perché non mi fanno sentire allineata con la mamma che vorrei essere.

«A volte sono arrabbiata con Marco, sai?»

«Arrabbiata?»

«Sì. Non vorrei, giuro. Mi sento una merda solo a provarla, una cosa così. Capita soprattutto quando litighiamo. Quando non mi ascolta. Quando gli dico qualcosa e lui mi risponde con il menefreghismo dei suoi diciott'anni. Lo so che è l'età. Ma fa male. In quei momenti non riesco a non pensare a quanto ho sacrificato per essere una buona mamma. A quanti sorrisi mi sono tolta per far sorridere lui: la mia carriera, le mie passioni, i miei sogni. Mi chiedo che donna sarei stata se avessi fatto altre scelte...» Ho parlato tutto d'un fiato. Senza respirare. «A volte in questi anni ti ho odiata, sai, Alice?»

Lei mi sta ascoltando con gli occhi fissi su di me.

Immobile come una statua.

«Mi hai odiata solo perché ti ricordo la donna che eri vent'anni fa. E anche se dici che ti sembra di essere ancora quella ragazza, non è vero. La Rebecca che conoscevo io era una forza della natura. Scoppiava dalla voglia di mangiarsi la vita e di mettersi il mondo in tasca. Adesso invece...»

«... adesso invece sono divorata dai sensi di colpa. Da quando è nato Marco ci convivo tutti i giorni. Anche in questo momento. Succede ogni volta che faccio qualcosa per me. Sento dentro una vocina che mi dice che sto sbagliando.»

Mi tiro le gambe al petto e mi nascondo il volto fra le mani.

I capelli lunghi cadono a solleticarmi le ginocchia.

«Vorrei essere come te a volte, Ali. Avere la tua leggerezza. Guardati...»

Sento la mano della mia amica fare una leggera pressione sulle mie in modo che io torni a guardarla.

«Rebe, tu trovi in me cose che hai anche tu. Solo che non riesci più a vederle. E sai perché?»

«No. Non lo so. Perché?»

«Perché ti sei chiusa. Perché hai smesso di sorprenderti. Hai smesso di cercarti. Ti sei fatta un'idea di te stessa sulla base dei confini che ti sei costruita intorno. Ma credimi, gran parte di quella che sei è fuori da lì. La vita si gioca tutta nel vedere le cose con altri occhi. Tu osservi tutto con gli occhi di una moglie e di una mamma, è per questo che non ti sei accorta che tuo marito ti ha tradita e che provi verso tuo figlio un senso di colpa che t'impedisce di respirare. Devi guardarti con altri occhi, Rebe. Tu non sei solo quello che vedi in questo momento. Vuoi sapere che cosa penso?» Il tono di Alice è tagliente. Sembra quasi arrabbiata, adesso. «Penso che la ragazza che conoscevo, quella divorata dalla voglia di vedere posti nuovi, quella che rideva della vita e che un po' se ne fregava di cosa fosse giusto e cosa sbagliato, ecco, quella ragazza c'è ancora, ed è lì, nascosta dentro di te. Sei sempre la ragazza con cui sono andata in vacanza in camper ad Alghero. Ma non hai il coraggio di tornare a prenderla. Credi davvero che il problema sia che hai dedicato tanto tempo a tuo figlio? Credi davvero che il problema sia che Giacomo ti ha tradita?»

Guardo Alice senza capire. Stavolta sono io quella risentita. «Non lo so. Credo di sì.»

«No, Rebe. Il problema non è che hai vissuto per loro. Il problema è che hai vissuto *solo* per loro. Se sei infelice la colpa non è di Giacomo. E nemmeno di tuo figlio. Se sei infelice la colpa è tua. Tu hai dimenticato di *vivere*. Hai presente quando hai un paio di scarpe troppo strette, che ti fanno male, ma continui a indossarle perché tanto ormai le hai comprate? Ecco, la tua vita è così. Ti fa male ogni volta che ci cammini sopra. È scomoda. Ti ferisce. Ma non fai niente per cambiarla. Perché non riesci a cambiare punto di vista...»

Alzo lo sguardo giusto in tempo per vedere Michele, al di

là della portafinestra, far saltare il tappo di una bottiglia di champagne con un forte schioppo.

Quel tappo potrebbe benissimo essere il mio cuore.

«Punto di vista?»

«Sì. Mi dici che Giacomo ti ha tradita. Ma tu non stai male perché ti ha tradita. Tu stai male perché non sei felice. Se ti conosco passi il tempo a chiederti se ti ama ancora. Il punto, però, non è se lui ti ama ancora. Il punto è che tu non ti vedi. Le domande che ti poni sono sempre riferite agli altri. "Giacomo mi ama ancora?" "Cosa penserà Marco se dimentico di fare la lavatrice e non trova il suo completo per il calcetto pulito?" Ma tu? Tu dove sei in tutto questo? Tu ce l'hai nell'armadio un paio di scarpe che ti piacciono? Tu Giacomo lo ami ancora?»

Apro la bocca, convinta di saper rispondere.

E invece mi ritrovo a richiuderla.

Poi a riaprirla. E a richiuderla di nuovo.

Tutte queste lacrime sono amore? Questo nodo nel petto è amore? Aver perdonato i suoi sbagli è amore?

Dove finisce l'amore e dove comincia la paura di rimanere soli?

Dove finisce la paura di perderlo e dove comincia la paura di sentirmi persa?

E se fossi innamorata di un'immagine? Di un ricordo? Se fossi solo fedele all'uomo che ho conosciuto senza accorgermi dell'uomo che è diventato?

Se lo incontrassi adesso per la prima volta mi innamorerei ancora di lui?

Giacomo non mi ha tradita perché è cattivo.

Mi ha tradita perché è infelice. È stato solo più debole di me.

Guardo Alice e finalmente riesco a piangere.

Lei mi abbraccia.

«Rebe, ascoltami. A volte mettere un punto a qualcosa è l'unico modo per iniziare ad amare di nuovo tutto il resto.»

Sento la sua voce nei capelli mentre la stringo più forte.

«Il resto?»

«Sì. Il resto. L'odore della pioggia sulla terra secca, la bellezza di leggere un libro, il desiderio di scoprire posti nuovi, le passeggiate fino in montagna. E un sacco di altre cose. Il resto è più importante di una persona sola. Quando dimentichi il resto vuol dire che sei sparita anche tu. Vuol dire che "ti sei focalizzata sugli oggetti blu e hai smesso di vedere quelli rossi". Ricordi?»

Le sue parole mi fanno piangere e ridere allo stesso tempo, come una canzone triste che riesce lo stesso a farti ballare.

«Sei una stronza a usare le mie frasi contro di me.»

Qualche ora più tardi, quando la terrazza di Alice è già un ricordo e sto passeggiando verso casa mia, per un momento non mi chiedo più che cosa sarò dopo.

Per un momento, tutto ciò che conta è *qui e ora.*

Le chiacchierate con Alice hanno sempre avuto il potere di sgonfiarmi il cuore.

Era da tanto che non attraversavo da sola la città a quest'ora.

Tutto è silenzioso, soffuso e vuoto.

Supero la maestosità di piazza della Signoria, illuminata a

giorno, e scendo lungo la via fino a Ponte Vecchio, dove mi fermo per ammirare l'Arno.

Firenze si riflette nel fiume, e il rumore dell'acqua è tutt'uno con il fruscio dell'aria che mi scompiglia i capelli.

Mi siedo su una panchina lì vicino.

Ho voglia di un momento per me.

Ho voglia di spingere un po' più in là l'attimo in cui dovrò rientrare nella mia vita di adesso e salutare le voci e i volti con cui ho condiviso la serata.

Volti che appartengono alla mia vita di prima.

Non so per quanto tempo rimango seduta lì, distratta e leggera.

Per una volta senza chiedermi se è giusto.

Per una volta senza dirmi: "Adesso è ora di tornare a casa".

Più tardi, mentre spingo con una spalla il portone di casa, sfilo il cellulare e trovo un messaggio di Alice.

Rebe, io non so niente dell'essere madre, però sono sicura che tuo figlio preferisce avere una mamma felice che due genitori che non sono felici fra di loro.

P.S. L'anno prossimo andrò in Thailandia. Partecipo a un mercato per vendere i miei gioielli. Dovresti pensarci.

Sorrido e le rispondo solo: *Grazie*.

Tanto lei lo sa cosa c'è dentro, stasera, in questa parola qui.

Il fatto è che nessuno ti insegna a essere madre.

Nessuno ti dice qual è il confine da non oltrepassare.

Il punto di non ritorno. Quell'azione che una volta compiuta ti renderà irrecuperabilmente distante dalla donna che eri.

Potrebbe essere la prima volta che porti tuo figlio a scuola in pigiama perché "tanto non mi vede nessuno".

Come se non essere vista fosse quasi un desiderio.

Potrebbe essere la volta in cui dimentichi un anniversario per via di un'epidemia di virus intestinale all'asilo.

Oppure potrebbe essere quella volta in cui il due per uno sulle scarpe serve per comprargli contemporaneamente quelle da ginnastica e quelle per la neve.

Mentre tu giri con le stesse da un anno. Che ormai sono grigie, come il tuo sguardo. Ma non te ne accorgi.

Potrebbe essere un'azione, oppure anche un pensiero.

Magari è successo quando hai pensato che il lavoro non ti avrebbe mai resa così felice come tutti quei disegni appesi sul frigorifero.

Oppure quando hai pensato che non è tanto grave andare ogni anno in vacanza nello stesso posto perché ciò che conta è vedere i suoi occhi felici tra i castelli di sabbia.

Nessuno ti insegna a essere madre.

Eppure, allo stesso tempo, te lo insegnano tutti.

Te lo insegnano quando ti fanno presente che ti sei dimenticata le elezioni dei rappresentanti di classe.

O se per caso tuo figlio indossa una camicia macchiata per due giorni di fila.

Te lo insegnano quando ti ripetono che allattare al seno fa la differenza. Tanto quanto una buona università.

Ti insegnano *come* essere, ma va a finire che ti insegnano

pure *chi* essere. E così modelli la tua vita su una manciata di linee guida, quasi tutte volte a rispondere alla domanda: "Cosa farebbe una brava mamma?".

Tutto là fuori ti dice che non puoi essere quella che vuoi.

Che non puoi essere tutte le versioni di te che senti di essere. Tocca scegliere. Non puoi essere entrambe le cose.

O sei mamma o sei donna.

E alla fine cominci a crederci.

Cominci a vivere pensando che sia giusto quel senso di colpa che provi quando decidi di prenderti una sera solo per te.

Ma non è così.

Non può essere giusto così.

4

Sei tante cose, molte di queste invisibili

Tommaso

Luglio 1996

Sto andando a prendere le sigarette. Vieni?

Quando leggo il messaggio il mio cuore fa lo stesso rumore di una pallina da ping-pong che rimbalza sulla tavola.

Sì, vengo.

È di nuovo notte fonda, Federico, Checco e Paolo si sono addormentati da un pezzo, io sono sdraiato a petto nudo sulle lenzuola stropicciate.

Rebecca, vedendomi sveglio, si è alzata sulle ginocchia, ha picchiettato le unghie sul mio finestrino semiaperto e mi ha indicato di guardare il cellulare.

Appena legge il messaggio, sorride. Le sue dita battono veloci sul tastierino.

Ti aspetto lì.

Trattengo il respiro mentre la luce del camper accanto si

spegne e qualche secondo dopo sento il rumore dei suoi piedi nudi che corrono nell'erba.

Aspetto qualche minuto, spengo la luce, m'infilo una maglietta qualsiasi, scivolo lungo il corridoio e apro la porta del camper facendo attenzione a non farla scattare.

Poi corro anche io attraverso il campeggio addormentato.

Quando arrivo al limitare delle tende e nel buio intravedo la sua sagoma per un attimo sento il mio stomaco tendersi come un elastico.

La raggiungo mentre inserisce la banconota nel distributore.

«Tu che cosa fumi?» mi domanda sorridendo.

«Lucky Strike.»

Lei sembra molto più a suo agio di me.

«Perché ti fanno sentire un duro, eh» mi prende in giro.

Tutto in lei è leggerezza.

«Sì. Anche per quello» rispondo, sincero.

Lei mi guarda di sottecchi e arriccia le labbra.

«Tu invece?» le domando.

Preme il pulsante del distributore con il pollice.

«Solo Virginia Slims. Il loro slogan, *You've come a long way, baby*, mi piace da impazzire. Sai cosa vuol dire?»

La guardo e non capisco perché, ma mi sembra proprio che quelle parole le aderiscano bene addosso.

Sarà per via degli occhi verdi che si muovono veloci e delle lentiggini che le punteggiano il naso e le guance.

«"Hai fatto molta strada, piccola."»

Mentre lo dico, vorrei chiederle se ne ha fatta davvero così tanta, di strada. Ma non lo faccio.

Rebecca si piega sulle ginocchia e recupera il pacchetto di sigarette dallo sportellino.

«Esatto.»

Sorride mentre ne infila una fra le labbra, l'accende e fa una lunga boccata, lasciando che il fumo si disperda nell'aria.

«Mi fanno sentire forte e indipendente. E poi devi ammetterlo. Sono anche sigarette molto eleganti e femminili. Non credi?» Rebecca parla veloce, senza lasciarmi il tempo di rispondere. «Comunque, se vuoi posso insegnare a fumare le Virginia Slims anche a te. Ti assicuro che ti fanno sentire molto più sofisticato di quella porcheria che fumi tu.»

«Grazie, ma penso mi accontenterò di essere un duro, per il momento.»

Lei mi dà una pacca sulla spalla che mi ricorda quelle che mi scambio con Federico nello spogliatoio, prima delle nostre partite di calcio del giovedì.

Poi, all'improvviso, il suo sguardo cambia e i suoi occhi iniziano a osservarmi intensamente.

«Non farmi rientrare presto. Okay?» mi dice, fissandomi negli occhi, come se volesse sottintendere qualcosa che non riesco a decifrare.

«Okay.»

Sorride di nuovo, stringendo anche gli occhi.

All'improvviso è di nuovo la ragazza solare che gesticola tantissimo quando parla.

«Dai, vieni con me...» D'un tratto mi prende la mano, un gesto che sembra del tutto normale, e s'infila tra le fronde degli alberi che fanno da recinzione al campeggio.

Non ho nemmeno il tempo di capire che cosa sta succedendo che mi ritrovo a camminare al suo fianco, nel buio.

«Ehi, dove stiamo andando?»

Rebecca non mi risponde, ma affretta il passo.

Poco dopo ci ritroviamo sulla sabbia fredda e umida.

Le stelle sembrano diamanti luminosi.

La brezza del mare ci avvolge come una coperta.

La mia bocca forma un piccolo cerchio per la sorpresa.

«Ma questa non è la spiaggia del campeggio...»

«No. Questa si può raggiungere solo così. Non la conosce quasi nessuno. Vieni, andiamo lassù.»

Rebecca, con la sigaretta fra le dita, mi indica un punto nel buio.

È una piccola duna.

Inizia a correre senza aspettarmi.

Ha i piedi che affondano nella sabbia e i capelli che svolazzano nell'aria. Resto a fissarla un momento, poi con il sorriso nascosto dalla notte la imito.

Raggiungiamo la cima con il fiato un po' corto. Ci sediamo l'uno accanto all'altra.

Io con le gambe allungate, lei con il mento appoggiato sulle ginocchia.

I suoi occhi si perdono nella baia. I miei a guardare il suo profilo illuminato dalla luce della luna.

Restiamo in silenzio per un tempo che non saprei quantificare.

Come due vecchi amici che non hanno bisogno di parlare per spezzare silenzi carichi d'imbarazzo.

Poi, senza motivo apparente, inizia lei.

«Sai che non ho mai fatto il bagno al mare di notte? È strano, lo so, perché tutti i ragazzi fanno il bagno di notte. Prendi Giulia e Alice, per esempio. Loro ne vanno matte. A volte lo fanno anche dopo essere andate a ballare. Dev'essere bellissimo. Ti devi sentire libero come un uccello. Riesco a immaginarlo, eh. Lasciarsi trasportare dalle onde. Nuotare sotto le stelle. Cantare fra le onde del mare e giocare a schizzarsi. Sono sicura che è come se il mondo intero scomparisse. Le invidio un sacco quando lo fanno. Vederle correre nude sulla spiaggia e ridere a crepapelle quando la loro corsa si scontra con l'acqua e inciampano e ci cadono dentro. Che bello dev'essere. Io invece rimango sulla spiaggia e le guardo. Qualche volta mi chiamano saltellando, ma faccio sempre di no con la testa. Le invidio, vorrei spogliarmi e mettermi a correre anche io e sentire come ci si sente di notte a superare quel confine fra la sabbia e il mare. Ah, Giulia e Alice sono le ragazze con cui sono in vacanza. Le hai viste, no? Alice è quella con le tette grandi. Te lo dico perché di sicuro i tuoi amici avranno fatto qualche battutina. L'ho conosciuta al primo anno di liceo. Era la mia compagna di banco e mi è stata simpatica fin da subito perché sapeva imitare i tic dei professori in modo incredibile. Una cosa da pisciarsi addosso, te lo giuro. Mi piacerebbe avere le tette di Alice, anche se non gliel'ho mai detto. Sono così rotonde e perfette. Le mie invece sono più piccole. Sono carine, eh. Non mi lamento. Ma mica sono come le sue. Giulia invece è l'altra ragazza. L'hai vista? Lei l'ho conosciuta quest'anno perché stava con un mio amico. Poi si sono lasciati. Però è adorabile. Le voglio davvero un sacco di bene e allora io e Alice l'abbiamo invitata in vacanza con noi. Così magari pensa un po' di meno al suo ex e conosce qualcuno. Paolo, magari? Il tuo amico, dico. Quello che non ascolta musica di merda come te. È fidanzato? Però adesso che ci penso meglio di no, perché anche il mio amico con cui si è lasciata si chiama Paolo. Non mi sembra un'ottima idea, vero? Ehi, a proposito. Tu invece il bagno in mare di notte lo hai mai fatto?»

La sigaretta si è consumata del tutto.

Rebecca quando parla sembra non riprendere fiato. Muove tantissimo le mani e dondola leggermente avanti e indietro, come quando ha le cuffie nelle orecchie.

Mentre rovesciava quel fiume di parole non ho potuto fare a meno di pensare per tutto il tempo che è bellissima.

Ha i capelli chiari che ballano con il vento, una contagiosa luce negli occhi, un entusiasmo apparentemente ingiustificato.

«Sì, l'ho fatto. Dovresti provare anche tu, sai?»

C'è una leggera brezza che spazza via il caldo asfissiante del giorno e il mare si infrange con un dolce rumore sulla sabbia.

«Sì, lo penso anche io. Dovrei farlo.»

Ha anche questo modo di parlare senza un filo e di dire cose in controsenso fra di loro che la rende irresistibile.

«Come mai non l'hai mai fatto, allora?»

Rebecca mi guarda come se le avessi fatto una domanda stupida.

«Scherzi? Hai visto come diventa scura l'acqua di notte? Ci saranno pesci ovunque...»

La guardo divertito.

Non riesco a capire se sta dicendo sul serio.

«Sì, ma i pesci ci sono anche di giorno.»

Mi guarda come se fossi un perfetto idiota. «Di-giorno-i-pesci-si-vedono.»

Provo a trattenere una risata. «Ah, sei così tu... Cioè, voglio dire, lasci che la paura ti impedisca di fare ciò che desideri.»

Rebecca stringe appena le palpebre mentre guarda il mare.

Io cerco di indovinare cosa mi risponderà.

Lei, invece, si alza in un baleno e con un movimento rapido si toglie la maglietta larga che fino a un attimo prima le faceva anche da vestito e rimane completamente nuda.

Poi inizia a correre giù per la duna urlando qualcosa e senza esitare si tuffa in mare, creando una scia di schiuma che si dissolve subito.

Quando riemerge scosta i capelli bagnati dal viso e mi guarda ridendo.

Mi avvicino alla riva e mi siedo sulla sabbia. «Ah, quindi mi hai fatto venire qui per farti vedere nuda? Ma sai che hai ragione? Neanche le tue sono male...»

Lo dico con un mezzo sorriso, mentre con lo sguardo percorro il profilo dei suoi seni bagnati.

Lei ride. «Sei veramente un guardone, lo sai?» mi risponde con un sorriso fra il malizioso e l'offeso.

Mentre la osservo danzare nell'acqua non posso fare a meno di pensare a come sarebbe bello spogliarmi, correre dietro di lei e afferrarla per la vita.

«Allora, ti piacciono?»

La spensieratezza con cui si mostra nuda davanti a me mi fa sorridere. Il modo in cui le onde del mare sbattono sul suo corpo crea una delle immagini più eccitanti della mia vita.

«Sono sicuro che quelle di Alice mi piacerebbero di più.»

Punzecchiarla mi piace.

Quando mette il broncio sembra un quadro con il sole.

Mi guarda di sottecchi, poi fa qualche bracciata nelle onde, si alza in piedi nell'acqua, allunga le braccia verso l'alto e inizia a danzare volteggiando su se stessa, mentre il suono della sua risata spontanea echeggia nell'aria.

«Vedi? Non è così terribile!» le dico.

Lei mi sorride come una bambina.

Rimango a fissarla per non so quanto tempo: nuota e sbatte i piedi nel mare, mette la testa sott'acqua, ogni tanto si ferma a guardare lontano.

Sembra non voler uscire mai più.

Quando infine si avvicina alla riva, mi rivolge un'occhiata severa.

«Ehi, cosa stai facendo? Girati! Non guardare mentre mi rivesto. Sei davvero un porco! E poi non c'è niente da vedere. Non sono mica Alice…» mi sgrida, maliziosa.

Non credo di aver mai visto tutto questo caos dentro una persona.

Mi copro gli occhi con le mani, la percepisco soltanto uscire dall'acqua, camminare sulla sabbia.

Mentre si riveste sbircio fra le dita, giusto il tempo di vederla infilarsi la maglietta.

La luce delle stelle crea riflessi luminosi sulla sua pelle e disegna il profilo delle sue gambe.

D'un tratto immagino quanto starebbe bene la curva della sua schiena sotto di me.

«Vieni, voglio mostrarti un'altra cosa» mi dice, con la maglietta che le aderisce al corpo bagnato.

«Che cosa?»

Per tutta risposta Rebecca mi prende di nuovo per mano con un sorriso entusiasta, mi trascina con sé lungo la spiaggia, fino al confine degli alberi che costeggiano la sabbia.

Dopo un po', sbuchiamo di fronte a un bar dalla struttura in legno e dal tetto di paglia che si confonde con tutto il resto.

Le pareti sono dipinte di un colore caldo e la porta è decorata con conchiglie e coralli, mentre sulla facciata sono appesi vecchi cestini intrecciati.

«Forza, entriamo.»

La guardo confuso. «Entriamo? Ma è chiuso!»

Ha uno sguardo luminoso. «Sì, e allora?» mi risponde, mentre corre verso lo steccato in legno che serve da recinzione.

«Ma no, cosa fai? Sei matta?»

Lei però ha già scavalcato, e con un salto atterra al di là, senza farsi male.

«Dai, vieni!»

«Ma non si può. È proprietà privata!»

«Su, non essere noioso! Che palle! Com'era? "Lasci che la paura ti impedisca di fare ciò che desideri"?»

Faccio qualche passo verso la recinzione, poi, mentre Rebecca corre verso qualcosa e sparisce nel buio, scavalco.

Le sedie e i tavoli sono impilati gli uni sopra gli altri, sulle pareti sono appiccicati poster e locandine di eventi passati.

Quando alzo lo sguardo e mi inoltro nel buio trovo Rebecca in piedi di fronte al calciobalilla al centro della sala.

La mano sinistra stringe una delle manopole, la destra tiene la pallina a mezz'aria.

«Se vinci tu mi devi consolare. Odio perdere. Se vinco io, be', mi devi una ricarica. L'altra sera mi hai fatto finire il credito con tutti i tuoi messaggi» mi dice.

Mi avvicino al biliardino, sicuro di me.

Gioco al calciobalilla da una vita.

Con Checco e Paolo passiamo le notti d'estate chiusi al Bismark Pub, vicino a Nosellari, a sfidarci fino all'alba.

Prendo la pallina dalla sua mano: «Ci sto».

Sorrido e do il via alla partita.

Mentre giochiamo ogni tanto guardo Rebecca.

Ha gli occhi socchiusi e un'espressione concentrata.

Saltella da una parte all'altra del biliardino e muove le manopole con agilità.

Dopo un paio di minuti siamo già sul tre a zero per lei.

Ha un'aria trionfante.

«Sei proprio una schiappa. Non ho mai visto nessuno giocare così male. Ma chi ti ha insegnato?»

«Dovrei chiederlo io a te.»

Rebecca mi para un tiro che se lo avessi fatto a Federico sarebbe stato gol di sicuro.

«Ma cosa pensavi? Che siccome sono una ragazza non posso giocare a calcetto? Sei davvero un maschilista. Comunque, non ti preoccupare. Io non sono come te. Dopo, quando avrai perso, ti consolo io. E poi sai cosa? Non la voglio la ricarica. L'ho detto solo per rendere la partita più interessante. Sono indipendente, io. L'ho già fatta da sola stamattina.»

Continuo a giocare con un occhio sul biliardino e uno su di lei.

La partita finisce sette a tre per Rebecca.

«Hai giocato benissimo. Lo ammetto, non ti facevo così brava.»

Lei si volta verso di me, con un sorriso beffardo sulle labbra.

«Mi sa che è ora di andare.»

Alle sue spalle il cielo sta cominciando a schiarirsi.

«Mi sa di sì.»

Scivoliamo verso lo steccato, scavalchiamo, attraversiamo un pezzettino di spiaggia, costeggiamo la duna, ci intrufoliamo tra le fronde degli alberi, superiamo il distributore di sigarette, raggiungiamo i nostri camper.

«Stanno ancora dormendo tutti» sussurro.

Rebecca dà un'occhiata alla sua piazzola.

«Meglio così.»

Non riesco a capire perché, ma sembra quasi sollevata.

Poi torna con i suoi occhi grandi dentro i miei.

Siamo in piedi l'uno davanti all'altra, adesso.

«Tienila per te questa notte» mi dice.

La guardo senza capire.

«Promesso?» m'incalza.

«Sì, promesso.»

Per la prima volta mi sembra di cogliere nei suoi occhi un briciolo d'imbarazzo.

Rimaniamo per un attimo in silenzio, poi Rebecca fa un passo verso di me, si alza sulle punte dei piedi e mi sfiora la guancia con un bacio quasi impercettibile.

«Grazie per non avermi fatta rientrare presto.»

Poi si gira, in tre passi è al suo camper, apre la porta senza farla scattare, se la richiude alle spalle senza voltarsi.

Io rimango un momento fermo in mezzo al prato con i piedi nell'erba, a lasciarmi scivolare addosso quel che è accaduto.

Poi rientro anche io piano, attraverso il camper senza svegliare nessuno, salgo sul mio letto.

La luce della finestra di Rebecca è spenta.

Mi sfilo la maglietta e l'ammucchio in fondo al materasso, mi sdraio su un lato e chiudo gli occhi, ma in realtà continuo a pensare a questa ragazza misteriosa che di notte s'intrufola nei bar chiusi a giocare al calciobalilla.

Chi è Rebecca? Dov'era nascosta fino a oggi?

Non so niente di lei. Eppure so tante cose.

È decisa, coraggiosa, ironica.

È solare ma nostalgica. Dolce ma sfacciata.

Sicura di sé, eppure timida quando non te lo aspetti.

È empatica e curiosa. Leggera, però non superficiale.

Non è perfetta, ma è senza filtri.

È imprevedibile.

È una riflessiva che affronta la vita di pancia.

È creativa e gentile. Ribelle e libera.

Ed è intensa. Di quella intensità che diventa fragile, a volte.

Anche se non te ne accorgi.

È una che le emozioni sembra tenerle nascoste sotto mille corazze.

Lei è metà follia metà poesia.

È tante cose, molte di queste invisibili.

5

Il “per sempre” ha poco a che fare con l’amore. Ha molto a che fare con il prendersi cura

Rebecca

Oggi

Ci sono due momenti che cambiano la vita di una mamma.

Il giorno in cui mette al mondo suo figlio.

E il giorno in cui lo vede uscire di casa per andare a prendersi la vita che desidera.

Proprio come farà Marco fra qualche giorno.

Lascerà il porto sicuro del posto in cui è cresciuto e comincerà a nuotare da solo in una città tutta da scoprire.

Mi piace leggere nei suoi occhi quel misto di paura al pensiero di diventare grande e voglia di cominciare a farlo.

È la stessa paura che ho io quando lo guardo.

Sono in piedi con la testa affondata nel suo armadio, mentre lui è corso in soffitta a prendere la valigia rossa.

C’è la sua maglietta preferita, quella che ha indossato al suo primo appuntamento, c’è la giacca di quando va a ballare con gli amici, c'è il cappello che gli ho comprato a Parigi.

Ogni oggetto mi sembra testimone di un periodo della mia vita che non dimenticherò mai.

Cerco di dividere il suo passato dai nuovi capitoli che si accinge a scrivere.

Ciò che si porterà via da quello che rimarrà qui.

Sto cercando di fare ordine nella sua nuova vita, anche se io per prima mi sento disordinata come questa camera da letto piena di scatoloni.

Mentre svuoto il suo armadio mi sembra di svuotare anche me da ciò che ancora mi riempie la vita.

Cerco di non guardarmi attorno.

Non ci sono più i disegni attaccati sui muri, le fotografie sulla scrivania, i libri sugli scaffali.

Invece ci sono il letto disfatto, le tende socchiuse e la polvere sul comodino.

La sua camera da letto mi sembra ancora familiare eppure già così lontana.

Come il mio matrimonio.

Che cosa ne sarà di me e Giacomo d'ora in avanti?

In che modo rimarremo uniti adesso che l'unica cosa che abbiamo ancora in comune comincerà ad avere meno bisogno di noi?

Sobbalzo appena quando sento Marco rientrare, tirandosi dietro la valigia rossa.

«Mamma, cos'è questo? L'ho trovato in soffitta. Ma è bellissimo!»

Riemergo dall'armadio con la fronte imperlata di sudore.

Marco è fermo in mezzo alla stanza.

Quando mi accorgo di che cosa stringe in mano mi si forma una piccola bolla d'acqua al posto del cuore.

«Posso portarlo con me, mamma? Ti prego!»

«In realtà non è mio, dovresti chiedere a tuo padre. Ci tiene molto. Non penso ti lascerà prenderlo.»

Gli rispondo così anche se chissà da quanto è nascosto in soffitta a prendere polvere.

Mi rimetto a frugare nell'armadio, non prima però di aver lanciato un'occhiata all'oggetto che Marco ha steso sul materasso, e non posso fare a meno di riavvolgere il nastro della mia vita come si faceva una volta con le VHS dentro il registratore.

Le mie mani tornano più giovani e forti, gli occhi di nuovo colmi di futuro, questa casa grande svanisce e improvvisamente sono ancora in quell'appartamento dalle pareti vuote dal quale posso vedere Firenze in lontananza.

Sono seduta per terra come adesso, invece di queste piastrelle fredde c'è un tappeto scuro e al posto di questo pigiama…

… ho addosso un paio di jeans larghi e scuciti, con le ginocchia scoperte e un top a righe color rosa pastello.

Ho i capelli raccolti in una coda alta, con delle ciocche ribelli che sfuggono alle forcine, e i piedi calzano un paio di sneakers bianche e rosa, logore, ma che mi portano ovunque senza farmi sentire la stanchezza.

Al polso ho un braccialetto di cordini intrecciati con un ciondolo a forma di cuore che mi ha regalato Alice, sul viso un po' di mascara e del lucidalabbra rosa, sulle spalle una giacca di jeans con le maniche arrotolate fino al gomito, che mi fa sentire ribelle e alla moda allo stesso tempo.

Vestita così, semplice e casual, mi sento libera di esplorare il mondo senza preoccuparmi di come potrei apparire agli occhi degli altri.

Anche perché gli unici occhi di cui m'importa sono quelli che mi stanno guardando e appartengono al ragazzo seduto di fronte a me su questo tappeto.

Giacomo ha le labbra sporche di salsa di soia.

«Quando te lo attaccano il riscaldamento? Mi piace vestirmi per venire da te. Ma per mangiare sul pavimento sarebbe più comoda una tuta. E poi vorrei potermi togliere le scarpe senza congelarmi i piedi...»

«Mi sono scordato di chiamare oggi. Devo farlo, lo so.»

«Giacomo, vivi qui da un mese e mezzo e sembri ancora un accampato. Hai scatoloni ovunque, non chiami per capire come mai questo cazzo di riscaldamento non funziona e mangi d'asporto tutte le sere perché non hai voglia di lavare i piatti...»

In realtà il suo modo di vivere apparentemente a casaccio è il motivo che mi ha fatto venire voglia di amarlo.

Giacomo vive alla giornata, senza preoccupazioni e senza la pretesa di seguire le convenzioni sociali. Sembra un gabbiano che volteggia leggero nell'aria, libero da catene.

E io in questo ragazzo che mangia giapponese seduto

per terra in un appartamento senza riscaldamento ho visto un'imperfezione che mi ha smosso qualcosa dentro.

L'indifferenza di Giacomo verso ciò che tutto il mondo ritiene giusto lo rende affascinante e irresistibile.

Lo guardo mentre si china sulla scatola del cibo, con quelle sue mani grandi e un po' goffe con cui cerca di afferrare i pezzi di sushi. Lo vedo guardarmi con gli occhi luminosi di chi non vorrebbe essere da nessun'altra parte.

È proprio questo suo modo di guardarmi che mi rende così felice con lui, seduta su questo tappeto, anche se ho le dita dei piedi gelate e il culo mi fa un po' male.

Giacomo è la mia imperfezione preferita.

Mi fa sentire libera di sbagliare e di fare cose stupide.

«Ne avevo uno anche io, lo sai?» Prendo un boccone di noodles.

Giacomo arriccia la fronte e si passa il dorso della mano sulla bocca per pulirsi dalla salsa di soia.

«Avevi che cosa?»

«Uno di quelli...» Indico con le bacchette il muro alle spalle di Giacomo, dove appeso c'è un grande mappamondo in sughero. Di quelli che ci attacchi le puntine e ti fa venire voglia di prendere il primo aereo con destinazione "ovunque".

«Davvero?»

«Sì, ma quando ci siamo trasferiti non siamo riusciti a staccarlo dal muro e allora è rimasto nella casa vecchia...»

«Ti è dispiaciuto?»

«Un po' sì.»

Giacomo punta le bacchette verso il mio piatto.

«Posso rubarti uno di questi?»

Stringo gli occhi. «Sì, ma quello piccolo.»

Giacomo lotta con il pezzo di sashimi, poi sbuffa e lo afferra con le mani.

«Questo, comunque, me lo ha regalato mia nonna. Ci sono molto legato. L'ho appeso subito, appena arrivato.»

«Tua nonna? Cosa ci faceva tua nonna con un mappamondo così?»

«Scherzi? Aveva viaggiato per tutto il mondo. Lo utilizzava per ricordare i posti che aveva visitato. Da bambino, quando lo toccavo, mi sembrava di poter andare ovunque. Dalle montagne dell'Himalaya alle pianure dell'Africa. Prendevo le puntine colorate e le infilzavo sui luoghi che volevo visitare…»

Giacomo si interrompe un attimo. Quando riprende lo fa con un pizzico di nostalgia nella voce. «Se nonna mi parlava dei suoi viaggi mi sembrava di essere lì con lei. Da piccolo andavo a casa sua solo per sentirla raccontare…»

Mi piace quando Giacomo si apre così.

Non lo fa spesso.

«E ci sei andato, alla fine?»

«Dove?»

«In tutti questi posti.»

«Non ancora. Ma mi piacerebbe.»

Ispeziono la stanza con gli occhi.

«Dove sono le puntine?»

Giacomo mi risponde con la bocca piena.

«Nella scatola gialla vicino alla porta. Devo ancora tirarle fuori...»

Mi alzo in un baleno e mi fiondo in quella direzione.

«Che fai? Aspetta!»

Afferro la scatola gialla e la apro. All'interno ci sono tantissime puntine colorate, ognuna con un piccolo fiocco di carta attaccato che sembra raccontare di quelle piccole attenzioni che una volta si prestavano agli oggetti.

Mi inginocchio di fronte al mappamondo.

«Giacomo! Vieni qui, forza. Cosa aspetti?»

Rovescio per terra il contenuto della scatola.

Le puntine si sparpagliano sul pavimento come una cascata di ricordi e nuove avventure.

«Allora, dove vuoi andare?»

Giacomo mi raggiunge con un sorriso che, già lo so, non dimenticherò mai.

«Voglio andare in Giappone» dice, indicando il punto esatto.

«Mi piace. Anche io voglio andare in Giappone. Ho sempre sognato di vedere i ciliegi in fiore e assaggiare il vero sushi.»

«Allora un giorno andremo in Giappone.»

Giacomo prende una puntina rosa e la pianta su Tokyo.

«Adesso tocca a te» mi dice.

Prendo una puntina blu e rimango con la mano a mezz'aria.

È difficile decidere dove andare quando ti sembra di poter andare dappertutto.

«Mmm. Io scelgo la Cambogia.»

Giacomo si mette a ridere. «La Cambogia? Ma nessuno vuole andare in Cambogia…»

«Appunto per questo.»

Mi allungo verso l'alto e pianto la mia puntina su Phnom Penh.

«Io con te voglio vedere tutti i posti che non vede nessuno. Così diventeranno nostri.»

Ci guardiamo come due bambini che giocano a inventarsi un'avventura incredibile.

Quelle puntine colorate sembrano risplendere luminose, pronte a portarci ovunque desideriamo.

Passiamo la notte così.

A prendere puntine e piantarle nei nostri sogni.

Giacomo ne mette una sull'Australia perché vuole tuffarsi nella barriera corallina.

Io invece scelgo la Thailandia perché mi piacciono i templi e si possono vedere gli elefanti. E il Brasile, perché mi piacciono anche le feste che non finiscono mai.

Scopro che Giacomo desidera visitare la Patagonia, perché vuole camminare sui ghiacciai, e l'Egitto perché «non si può invecchiare senza vedere le piramidi».

E quella notte, mentre le puntine si moltiplicano, insieme a tutte le cose belle che ci aspettano, scopro di non avere più paura di immaginare il mio futuro accanto a qualcuno…

Torno all'adesso, nel mio corpo seduto sul pavimento davanti alla valigia che porterà il frutto di quell'amore appena nato lontano da qui.

Marco sta ancora frugando nell'armadio, il mappamondo che mi ha fatto tornare indietro è ancora sul materasso.

Mi manca riuscire a immaginare il futuro come allora.

Vorrei tornare a credere che gli amori che durano non sono quelli che non si rompono, ma quelli che non smettono di aggiustarsi.

Come quelle coppie di vecchietti che si vedono passeggiare sui marciapiede: vanno avanti piano, traballano un po', ma si sorreggono e stanno in piedi.

Il "per sempre" ha poco a che fare con l'amore.

Ha molto a che fare con il prendersi cura.

Non è una promessa. È un impegno.

È camminare allo stesso passo.

È tenere a mente che non conta solo continuare ad amarsi, ma soprattutto continuare ad ascoltarsi.

Come quando lasci andare la paura e cominci a innamorarti.

Non succede quando ci si spoglia di notte, ma quando si resta a parlare al buio fino al mattino.

Non succede quando si *dorme* insieme.

Ma quando ci si *sveglia* insieme.

Non è tanto questione di innamorarsi, ma di restare.

A me manca tanto rincorrere qualcosa che non scappa.

E mi manca ricordarmi che preferisco il silenzio di uno sguardo complice a quello di una casa piena ma vuota di ciò che serve.

Mi manca sentirmi bella per ciò che sono.

Non per ciò che qualcuno vorrebbe che io fossi.

E ridere anche con gli occhi. Non soltanto con il sorriso.

Mi manca smettere di pensare di avere solo una vita.

Vorrei credere di poterne *cominciare* una seconda.

«Marco, ti va un caffè? Io sono stravolta.»

A dire il vero ho anche bisogno di rimanere sola per un po'.

«Ottima idea...»

«Vado a mettere su la moka. Tu però prepara i vestiti sul letto. Così poi ci metto un minuto a infilare tutto in valigia.»

Mi alzo, scivolo in cucina e mi appoggio un momento sul tavolo ancora apparecchiato con i resti della colazione di Marco.

Una tazza vuota, un piatto con delle briciole di biscotti, un cartone di latte vuoto.

Glielo dico sempre di sistemare, ma non mi ascolta.

È incredibile come a volte siano i dettagli a bucarti il cuore quando meno te lo aspetti: un mappamondo dimenticato in soffitta, il cappello che hai comprato a tuo figlio a Parigi, un cartone del latte abbandonato sul tavolo.

Lo prendo e rimango un momento a rigirarmelo in mano, i pugni stretti per non scoppiare in lacrime.

Aiutare Marco, oggi, mi rende particolarmente sensibile.

Per la seconda volta in pochi minuti, per colpa di un banalissimo cartone di latte, vengo risucchiata dai ricordi e torno alla fine dell'ultimo anno di università, nell'appartamento dove vivevo con Emma e Alice.

Era notte fonda e tutto doveva ancora cominciare.

«Ma non era sfitto l'appartamento qui accanto?»

Emma guarda dubbiosa Alice, che con la testa fuori dalla finestra sbircia il balcone dei vicini.

Si è affacciata dopo aver girato per casa mezza nuda per almeno dieci minuti, arrabbiata perché abbiamo finito il latte.

«Pensavo di sì. Però c'è la luce accesa. Forse è andato a viverci qualcuno. Dai, Emma, vai a bussare...»

«Ma sei matta? Sono le due del mattino!»

«E allora? C'è la luce accesa. Chiunque sia, non sta dormendo, e a me serve assolutamente del latte.»

Emma è sdraiata sul divano e si scruta una ciocca di capelli, in cerca di doppie punte.

«Ali, non busso a casa degli altri a quest'ora! E poi scusa, perché non vai tu?»

«Sono in mutande. Davvero vuoi farmi rivestire?»

Prendo i biscotti dalla mensola della cucina e li metto sul tavolo.

«Vado io. Così la finiamo con questo teatrino e andiamo a dormire.»

Alice alza le braccia al cielo.

«Lo sai che ti amo?»

«Sei solo una leccaculo» le rispondo mentre scivolo in camera da letto.

M'infilo dei pantaloncini corti e una maglietta che mi lascia l'ombelico scoperto, passo davanti al divano sul quale è sdraiata Emma, poi attraverso il pianerottolo a piedi scalzi, sulle punte dei piedi.

Busso, timida. Poi un po' più forte.

Sento qualcuno sbuffare dall'interno, un rumore di non so cosa, dei passi che vengono verso di me.

Poco dopo mi trovo davanti un ragazzo alto e magro, sulla ventina. Ha i capelli spettinati e il viso assonnato.

«Sì?»

«Ehm, scusa. Lo so, è un po' tardi, solo che... io e le mie amiche abbiamo finito il latte.» Mentre parlo indico la porta dietro di me. «Non è che avresti da prestarcene?»

Lui si sporge un attimo di lato per guardare alle mie spalle.

Indossa un paio di pantaloni della tuta e una vecchia maglietta senza maniche.

Non sembra infastidito, solo confuso.

«Ehm, sì. Aspetta...»

Si volta e sparisce oltre una porta sulla destra.

Mentre lo sento armeggiare in quella che immagino sia la cucina, mi accorgo che l'appartamento è ancora completamente spoglio: ci sono delle scarpe buttate un po' a casaccio nel corridoio, alcuni scatoloni per terra, uno stendino vuoto.

Sembra tutto fuori posto, tranne un grande mappamondo in sughero attaccato alla parete di fronte all'entrata.

6

Stringere altre mani non significa sempre aver dimenticato quelle che hai lasciato andare

Tommaso

Luglio 1996

Intagliare "ti amo" sui banchi, innamorarsi di una propria compagna di classe, cuori spezzati che sei convinto non guariranno mai, promesse che si rivelano vuote, ma che sono sincere lo stesso, i primi baci, la prima volta nudi con accanto qualcuno, notti a bere fino a stare male con le persone a cui vuoi più bene al mondo, colazioni improvvisate per entrare alla seconda ora, saltare le interrogazioni per correre a prendere il sole al parco, storie che sbocciano, finiscono, ricominciano, persone che si perdonano senza perdonarsi mai davvero, tradimenti, delusioni, bigliettini nascosti negli astucci, messaggi sul diario, pomeriggi trascorsi a studiare insieme ma in realtà a raccontarsi la vita intera, feste estemporanee che non dimenticherai mai. E amici. Amici dappertutto.

Adesso che il liceo è finito davvero, mi chiedo dove andrà

tutto questo. Adesso che la maturità ce la siamo lasciata alle spalle, che ne sarà di noi?

Le stelle iniziano a puntellare il crepuscolo come diamanti, il campeggio si sta accendendo delle chiacchiere della sera, l'odore dei castagni si mescola a quello di legna bruciata.

Mentre sistemo il carbone sulla griglia come mi ha insegnato papà quando ero bambino, mi perdo un momento a pensare a ciò che è stato.

Sarà che la malinconia, quella vera, ti assale sempre nei momenti felici, sarà che le dita di Federico, seduto qui per terra con la schiena appoggiata al camper, stanno accarezzando le corde di quella chitarra che finora ha fatto da colonna sonora alla nostra vita.

Sarà che lui e Paolo si mettono a cantare *Notte prima degli esami* di Antonello Venditti e che Rebecca, che si sta passando un po' di mascara riflessa nello specchietto retrovisore del camper accanto, con questo sottofondo musicale è ancora più bella.

Trascorro l'ora successiva a contemplare insieme a Checco il fuoco che inizia a scoppiettare, ad arrostire la carne, a guardare Rebecca salire sul camper e sparire, scendere a fumare una sigaretta, risalire, riscendere ad aprire il tavolino per cena, parlare gesticolando tantissimo con Alice e Giulia, attaccare l'arricciacapelli alla corrente e farsi dei boccoli.

«Tom, butta su due salsicce, ho una fame che mi mangerei pure tua madre» mi dice Fede, tra una canzone e l'altra.

Lo guardo sorridendo e mi assicuro che il carbone sia caldo abbastanza, poi prendo il vassoio di carne marinata che ha preparato Checco e inizio a grigliarla sulla brace.

Quando ci sediamo attorno al tavolo e cominciamo a mangiare, i tre cartoni di birra che Checco ha preso al supermercato sono già diventati due.

«Comunque, è la cena più triste che io abbia mai fatto.» Do il primo morso alla mia coscia di pollo e mi lascio andare indietro sulla sedia.

«Guarda che hai cucinato tu.» Paolo rimane con la salsiccia a mezz'aria, indeciso se mangiarla o meno.

Io invece mi stappo un'altra birra. «Non la nostra, cretino...»

Con un'occhiata indico il tavolino apparecchiato di là.

Rebecca, Alice e Giulia sono sedute davanti a tre piatti di mozzarella, una Fanta da un litro e mezzo ancora chiusa al centro del tavolo.

«Sarebbe da invitarle a cenare con noi. Abbiamo carne per cinquanta persone...»

Fede fa una smorfia e un gesto distratto con la mano.

«Tanto qui nessuno ha le palle di farlo.»

«No?» replico io.

Lui mi guarda con un ghigno sicuro di chi sa cosa dice.

Allora mi giro verso il tavolo delle ragazze appoggiando un gomito allo schienale.

«Ehi...» Il mio tono di voce è abbastanza alto da fare girare tutte e tre nella mia direzione.

Rebecca mi guarda con gli occhi sgranati.

Alice e Giulia invece hanno più una faccia da "cosa vuole questo, adesso".

«Non sarete mica vegetariane...» Con un cenno del capo indico i loro piatti e sorrido fissando Rebecca, in modo che capisca che il mio sorriso è per lei soltanto.

Checco ha smesso di masticare.

Fede invece sussurra nell'orecchio di Paolo.

«"Non sarete mica vegetariane?" Ti prego, dimmi che non l'ha detto davvero...»

Alice, che indossa un tubino nero che mette in mostra il seno già di suo abbastanza appariscente, inarca un sopracciglio.

«A parte il fatto che anche se fossimo vegetariane non ci sarebbe proprio niente di male. E comunque no. È che stasera ha cucinato Rebecca.»

Rebecca mette su la stessa espressione annoiata della prima volta in cui ci siamo parlati, quando aspettava la mia canzone prima di dormire.

«Quello lo chiami cucinare? Ha scartato tre mozzarelle.»

Giulia fa una risata che sembra sincera, e anche Alice pare sciogliersi un po'.

Rebecca invece mi fa il verso.

«Vi unite a noi?» propongo, alzando una bottiglia di birra a mezz'aria.

Si guardano un momento, all'inizio un po' sorprese, poi più che altro divertite. Alla fine, scrollano le spalle e ci raggiungono mentre Federico, incredulo, prende altre tre sedie pieghevoli dal bagagliaio del camper.

Rebecca si siede proprio di fronte a me.

Mentre Giulia e Alice iniziano a parlare con i miei amici, lei scrive qualcosa tenendo il cellulare nascosto sotto il tavolo.

Qualche secondo dopo lo leggo sul mio schermo.

Stronzo.

La guardo trattenendo un sorriso, ma lei sta già parlando con Checco.

«Me la offri una birra?» domanda, afferrando un piatto di plastica e un würstel, su cui versa un chilo di maionese.

Checco ne apre diverse con l'accendino e le mette al centro del tavolo facendo un gesto con le mani come a dire "fate pure".

Scusa. In realtà è che avevo visto la Fanta sul tavolo e ho avuto paura che fossi astemia.

Rispondo e infilo il cellulare in tasca.

Rebecca legge il messaggio e mi risponde con un'occhiataccia.

Checco indica il camper con la forchetta.

«È la vostra prima volta?»

«Il camper è dei miei.» Alice ha un modo di fare sempre molto spigliato. «Vado in campeggio fin da piccola. Erano anni che non vedevo l'ora di fare una vacanza così con le mie amiche. Per Giulia e Rebecca invece sì, è la prima volta. Per voi, invece?»

«Lo stesso. Il camper ce lo ha prestato il papà di Paolo...» replica Checco che, quando è seduto, ha sempre l'aria un po' stravaccata.

«Sì, e mi sa che non ce lo presta più» ribatte Paolo rivolgendoci un'occhiata torva, «visto come l'avete ridotto. Comunque, quanto vi fermate?»

Lo sguardo mi cade subito su Rebecca.

Lei invece è concentrata a ripulire il piatto.

Risponde Giulia, quella che sicuramente tra le tre mangia di meno.

Per un momento ho paura dica: "Domani".

«Staremo parecchio, in realtà. Almeno un mese e mezzo, qui ad Alghero. Poi, prima di rientrare, vorremmo traghettare fino a Positano. Quest'estate i genitori di Alice non possono usarlo, il camper. Quindi...»

«Che bel programma...» Fede afferra un'altra coscia di pollo dal piatto al centro del tavolo.

«Voi, invece?» Questa volta è Rebecca a chiederlo.

Era così distratta che pensavo non stesse neanche ascoltando.

«All'inizio volevamo farci tutta l'estate, fino a settembre. Cazzo, dopo la maturità ce lo saremmo pure meritati, no? Invece a metà agosto dobbiamo tornare perché papà vuole andare in Scozia.»

Gli occhi di Rebecca si illuminano di una luce incredibile.

«In Scozia? Ma è stupendo! Andrai con loro?»

«Forse. Ancora non lo so...»

«Vabbè...» interviene Giulia. «Comunque non è mica poco. Ma poi... voi come l'avete vissuta?»

Il tavolo adesso è diventato solo un mucchio di piatti sporchi e bottiglie vuote.

«Abbiamo vissuto che cosa?» Paolo sfila una sigaretta dal pacchetto che tiene appoggiato sul tovagliolo, poi lo tiene aperto verso di noi.

Alice ne approfitta.

«La fine della scuola, dico. Io non riesco a immaginarla. Un po' non vedo l'ora, un po' vorrei non arrivasse mai.»

«Ah, noi bene.» Federico sospira. «Tommaso mica tanto, invece. Vero, Tom?»

Guardo Fede incredulo. «Ancora con questa storia? Non ne hai un'altra?»

«Scherzi? Ne ho a migliaia! Ma questa è la migliore in assoluto!»

Ha quella faccia da schiaffi che è anche il motivo per cui piace così tanto alle ragazze.

«Perché? Che hai fatto?» Rebecca ha il mento appoggiato alle mani e uno sguardo curioso.

«Lascia stare. Fede, fatti i cazzi tuoi, dai...»

«No no, questa dovete sentirla per forza.»

Guardo Paolo in cerca di aiuto, ma lui scrolla le spalle, come a dire: "Non prendertela, sai com'è fatto".

«Tommaso l'ultimo giorno di scuola è uscito un'ora prima...»

«Avevi una visita medica?» Alice si fa accendere la sigaretta da Giulia, riparandola dal vento con la mano.

«No. Magari!» Federico fa una pausa teatrale, s'infila la sigaretta fra le labbra, l'accende e inspira una boccata. «Il fatto è che erano due anni che stava sotto a Laura, una della nostra classe, che però se la faceva con il suo compagno di banco. Una che lo prendeva a pesci in faccia. E il nostro Tommaso cosa ha fatto? Le ha lasciato sul banco un CD su cui era masterizzata *Finalmente tu* di Fiorello e una lettera per dirle che l'amava. E poi se n'è andato da scuola perché si cacava sotto. Ma vi rendete conto? A una che, ve lo giuro, non se lo meritava proprio. Che poi, la lettera ancora ancora, ma un CD con *Finalmente tu* di Fiorello è troppo. Non si può sentire. Ma quanto devi starci sotto per fare una cosa così idiota?»

Tutto il tavolo scoppia in una risata fragorosa.

Paolo e Checco ridono come se sentissero questa storia per la prima volta. Alice è abbastanza composta e Giulia si è quasi soffocata con la birra.

Rebecca invece ride più forte di tutti e getta la testa all'indietro.

«Sei un bastardo, Fede.»

«Eddai, si fa per scherzare...»

«E lei?» domanda Alice guardando nella mia direzione.

Fede non mi lascia il tempo di rispondere. «Lei non se l'è filato manco di striscio. Ma io dico, se una non te la dà per due anni di fila, ci sarà pure un motivo, o no?»

Giulia alza un sopracciglio in segno di assenso. «Vabbè, comunque il più bastardo rimane il compagno di banco. Ma che razza di stronzo devi essere per rubare la ragazza che piace a un tuo amico?»

Alice fa una smorfia e tira una boccata di fumo.

«Sì, ma se si sono innamorati...»

«Innamorati? Magari poi si saranno pure innamorati. Ma la prima volta che si sono baciati, come ha fatto lui a non pensare a Tommaso almeno per un secondo?» Giulia sembra contrariata.

«Guarda, secondo me ci ha pensato eccome, solo che poi

se n'è fregato.» Non capisco se Checco stia provando a rincarare la dose o a chiudere il discorso.

«Comunque a un CD masterizzato con una canzone di Fiorello non ti avrei risposto neanche io.»

Rebecca mi guarda. Ha un'espressione a metà fra il "mi dispiace" e "hai fatto lo stronzo prima? Quindi un po' te lo meriti".

Io rimango a pensare a quanto è stato bastardo Fede a tirarmi in ballo in questo modo, gli altri per fortuna nel frattempo hanno cambiato argomento.

A un certo punto sento il cellulare vibrare.

Lo sfilo dalla tasca e apro il messaggio.

Vado a prendere le sigarette, vieni con me?

Non rispondo, ripongo il cellulare, i nostri sguardi si incontrano a metà strada, sopra il tavolino.

Annuisco accennando un sorriso.

«Scusate, ho finito le sigarette…»

Rebecca si alza e si aggiusta il vestito tirandolo un po' più giù.

«Aspetta, ti accompagno…» Appoggio la birra sul tavolo e sposto indietro la sedia con la netta sensazione di avere addosso tutti i loro occhi.

«Sta' attenta, Rebe. In realtà ha il pacchetto pieno, lo ha comprato questo pomeriggio.» Checco la butta lì così.

«Tranquillo, so badare a me stessa.»

Attraversiamo il campeggio fino al sentiero che porta al distributore, le voci dei nostri amici svaniscono fra gli alberi.

Rebecca rimane silenziosa per un po'.

«Peccato che Paolo sia così brutto, perché ascolta bella musica» mi dice poi, d'un tratto.

L'aria della sera mi porta il suo profumo e io vorrei solo dirle che sa di buono.

«Dai, non è così male. Sì, okay, magari ha le orecchie un po' a sventola, ma a parte questo…»

Lei non risponde.

«Ha delle belle tette, Laura?» mi chiede invece dopo un po' con gli occhi fissi davanti a sé e un sorriso malizioso.

«Sì, ma mica come quelle di Alice.»

Rebecca si volta verso di me a bocca aperta e mi tira un pugno sulla spalla.

Rido. «Dai, stavo scherzando.»

Lei torna a guardare avanti. «Macché, lo so che è vero. Alice ha delle tette perfette. Te l'ho detto, piacciono anche a me.»

All'improvviso mi accorgo che ha svoltato a destra.

«Ehi, hai sbagliato, il distributore è dall'altra parte.»

Lei sembra non avermi sentito.

Io all'inizio la guardo confuso, poi la seguo curioso.

Poco dopo usciamo dal campeggio, prendiamo la via del supermercato, poi svoltiamo a sinistra e camminiamo per circa cinquecento metri. Alla fine ci troviamo di fronte a un grande palco in legno.

Ci sono un sacco di coperte stese per terra a semicerchio, un'atmosfera un po' rétro, uno schermo bianco appeso al centro.

Rebecca si avvia decisa, s'intrufola in una fila mezza vuota e si siede esattamente su una coperta a quadri.

«Cos'è questo posto? Non dovremmo tornare dagli altri?»

Rebecca mi prende per mano e mi fa sedere accanto a lei.

«Davvero vuoi tornare?» mi domanda.

Proprio in quell'istante, alle nostre spalle, un proiettore si accende con un *clic* e illumina lo schermo bianco. Un leggero ronzio riempie l'aria e un'immagine in bianco e nero comincia a prendere forma, insieme ai titoli di testa di un classico senza tempo: *Casablanca*.

La musica sfiora l'aria, la scena si apre su una città notturna dall'atmosfera fumosa.

Avvicino le mie labbra all'orecchio di Rebecca. «Siamo venuti qui per vedere un film di cinquant'anni fa?»

Lei mi guarda di sfuggita, poi torna a fissare lo schermo. «Sì. Voglio vedere questo film da un sacco. Ho saputo che lo proiettavano solo oggi, c'era una locandina sulla bacheca del campeggio. Giulia e Alice non ci sarebbero mai venute, allora ho pensato che sarebbe stato carino vederlo con te.»

Dice l'ultima frase con un mezzo sorrisetto e non capisco se si tratta di una battuta oppure no.

«Hai fatto bene a portarmi qui con l'inganno. Non ci sarei venuto nemmeno io.»

Rebecca mi guarda storto. «Adesso fai silenzio.»

Sorrido al buio e pianto le braccia dietro la schiena tenendomi su con i palmi aperti.

Ogni tanto guardo il film, ogni tanto il profilo di Rebecca e la sua espressione, così assorta che sembra si sia dimenticata del mondo, ogni tanto le sue mani strette sulla coperta.

Così vicine alle mie.

Ci alziamo un'ora e quarantadue minuti più tardi, perché Rebecca ha voluto aspettare anche la fine dei titoli di coda. Adesso sta saltellando mentre ci facciamo largo fra un fiume di signori di una certa età che ci guardano incuriositi.

«Mi sono emozionata tantissimo. Oddio! La scena in cui Rick dice addio a Ilsa alla stazione ferroviaria mi ha distrutta. Che capolavoro! A te è piaciuto?»

È così felice che un po' ho paura di deluderla. «Sì, dai. Cioè, insomma. È stato carino.»

«Carino? Sei proprio strano tu, te l'ho mai detto?»

Intanto siamo usciti dal caos e ci siamo incamminati verso il campeggio.

«Sì, me l'hai detto. Ma scusa, eh, qui quella strana sei tu. Ascolti musica metal prima di dormire e poi ti piace trascorrere una serata in mezzo a persone che hanno l'età di tuo nonno a vedere un film in bianco e nero.»

Rebecca mi fissa con i suoi occhi grandi.

Li tiene puntati nei miei per un po', come se volesse interpretare bene quello che ho appena detto.

Poi cambia argomento.

«Quando Ilsa è tornata alla sua vita, Rick ha dovuto prendere una decisione difficile. Ha dovuto perdonarla. Secondo te si può? Secondo te si può perdonare qualcuno che prima dice di amarti, e poi se ne va? Tu ci credi nei ritorni?»

«Credo che perdonare non abbia solo a che fare con te, ma anche con la persona che torna.»

«Che cosa vuoi dire?»

«Senti, quante volte le persone tornano solo perché vogliono sapere se tu le desideri ancora? Tornano cinque minuti, per un attimo sei di nuovo il loro mondo, e invece chissà quanti mondi hanno. Come fai a perdonarlo uno che fa così? Per perdonarlo devi leggerglielo negli occhi che ti ama ancora. Te lo deve dimostrare. Non te lo deve dire, deve fartelo *sentire*.»

«E se quella persona ha amato qualcun altro, nel frattempo? Come si può superare l'idea che possa aver condiviso un amore diverso con qualcuno che non siamo noi?»

«Stringere altre mani non significa sempre aver dimenticato quelle che hai lasciato andare.»

Rebecca continua a camminare in silenzio.

Quando riprende a parlare sembra quasi sovrappensiero.

«Le persone non capiscono che a volte ci si butta tra altre braccia per tanti motivi. Per anestetizzare il dolore, per sentirsi di nuovo desiderati, per paura di rimanere soli, per dimostrare a se stessi che si può essere felici di nuovo. Non è sbagliato. Sai che cosa è sbagliato, invece?»

«Stare fermi. Perdersi nei ricordi e dimenticarsi che ne meritiamo di nuovi» rispondo, accennando un sorriso, sicuro che è proprio ciò che avrebbe detto lei.

Dalla sua espressione capisco che è sorpresa di scoprire che è possibile essere tanto in sintonia con qualcuno da rubarsi le frasi giuste.

«E poi...» continua dopo un po', tirando un calcio a un sasso sul marciapiede «secondo me perdersi negli occhi di altre persone a volte ci insegna a conoscere meglio i nostri confini. Serve a farci capire cosa vogliamo farci stare dentro e cosa no. A volte anche gli amori veri vanno via.»

«Sì, ma se sono anche quelli giusti magari poi tornano indietro.»

Ci fermiamo davanti al distributore di sigarette.

«Alla fine è tutta questione di saper fare una cosa...» riprendo io.

«Che cosa?»

«Riconoscere gli occhi che ti hanno dimenticato da quelli che ci hanno solo provato.»

Guardo Rebecca mordersi le labbra mentre inserisce una banconota, preme il tasto delle Virginia Slims e le sfila dal cassettino.

Attraversiamo il campeggio, sbirciamo verso i nostri camper, ma attorno al tavolo non c'è più nessuno.

«Be', eccoci qui...» le dico quando ci fermiamo l'uno di fronte all'altra.

La verità è che non ho idea di come salutarla.

«Grazie per avermi fatto compagnia. Lo so che il film ti ha fatto schifo...» mi dice lei, intanto accarezza qualche filo d'erba con il piede destro.

Le cose che ci siamo detti, e il modo in cui ce le siamo dette, hanno portato quel qualcosa che c'è fra di noi, qualsiasi cosa sia, un po' più in là.

Quando ti piace qualcuno c'è sempre un pizzico d'imbarazzo appena arriva il momento di salutarsi.

C'è questo leggero venticello che promette pioggia, i nostri camper poco più in là, le luci accese che formano quadrati perfetti nel buio.

«Comunque, anche se ci vedremo ancora prima della partenza, vorrei dirti di stare attenta. Positano ha le strade strette, parcheggiare è un casino. Cioè, voglio dire, avete fatto fatica qui…»

Rebecca sbuffa. Non capisco se perché è preoccupata per i parcheggi o perché non vuole andare via.

«Be', allora buonanotte» mi dice, alla fine.

«Buonanotte.»

Per la seconda volta in due giorni la osservo girarsi, fare quei tre passi per raggiungere il suo camper, aprire la porta non facendola scattare e richiudersela alle spalle senza voltarsi.

E per la seconda volta io rimango un momento fermo in mezzo al prato con i piedi nell'erba, a lasciarmi scivolare addosso questa notte.

Il pomeriggio del giorno dopo, mentre sto giocando a calcetto in spiaggia con Paolo, Checco e Fede, devo rientrare un momento in campeggio perché ho scordato la borraccia.

Proprio quando esco dal camper per tornare da loro, in un angolo nascosto, vicino ai bagni, vedo Rebecca.

È seduta sul prato, ha il telefonino all'orecchio, piange in maniera incontrollata.

Faccio un passo indietro per la sorpresa, poi uno avanti per raggiungerla, infine mi nascondo e rimango a guardarla di nascosto.

Sembra distrutta.

Le guance sono rigate di lacrime e, anche se da qui non posso sentirla, si capisce che sta singhiozzando.

Non riesco a immaginare chi può esserci dall'altra parte.

Ma immagino si tratti di qualcuno molto importante per lei.

Resto a osservarla di nascosto per la seconda volta nella mia vita.

Stavolta però stringe il telefono contro il petto e non smette di piangere.

7

Sono stanca di essere guardata senza essere vista

Rebecca

Oggi

«Salve, posso esserle d'aiuto?»

Indosso la mia divisa da lavoro di Falconeri, giacca e pantaloni neri, e piego l'ultimo lembo della maglietta in puro cotone prima di voltarmi verso l'ingresso.

Mi trovo davanti un uomo sulla quarantina, alto, con un fisico tonico sotto la polo verde acqua.

Ha un viso dai lineamenti decisi e uno sguardo intenso che scruta il negozio.

«Ehm, sì, grazie. Cerco una camicia. Fra qualche giorno mio figlio si laurea e vorrei acquistarne una nuova per l'occasione.»

Gli sorrido, affascinata dal suo modo sicuro di muoversi.

«Certamente, ha già qualche idea?» Prendo alcuni modelli dalla mensola, mentre lo sento seguirmi con lo sguardo.

«Mi piace il blu, ma non voglio sia troppo formale.»

«L'azzurro e il celeste sono molto di moda quest'anno» replico in tono professionale e gli consegno due camicie di lino.

Lui le prende e le stringe al petto e io mi accorgo che ha un profumo buonissimo.

«Se lo dici tu, allora mi fido...» Mi sorride con dei denti bianchissimi e per un attimo il suo sguardo così intenso mi provoca una piccola morsa alla bocca dello stomaco.

Cerco di nascondere l'imbarazzo, pregando che il calore che sento sulle guance non sia così evidente.

«Il camerino è di qua...» Gli passo accanto e gli faccio strada verso l'altro lato del negozio.

Mi sento lievemente a disagio: l'eleganza con cui si muove, il suo modo gentile e posato di parlare, la spontaneità che ha nel guardarmi.

«Ecco. Qui...» Indico uno dei tre camerini.

Mi sorpassa, raggiunge il camerino e tira la tenda, lasciando però uno spiraglio largo un palmo.

Mentre mi sorprendo a fissarlo, con un movimento fluido si sfila il maglioncino e rimane a petto nudo.

Riesco a scorgere uno spicchio della sua schiena e l'intero riflesso del suo corpo nello specchio.

La luce calda lo illumina, rivelando muscoli definiti e possenti.

Non capisco cosa mi prende. Faccio un passo indietro e mi nascondo dietro una delle colonne del negozio.

Lo guardo in silenzio, cercando di restare impassibile.

L'uomo prende la camicia, se la infila lentamente, inizia ad allacciare i bottoni a uno a uno.

D'un tratto solleva lo sguardo e i nostri occhi si incontrano nel riflesso dello specchio.

Mi sento colta sul fatto, così cerco subito di distogliere il mio.

Ma ormai è troppo tardi.

Lui però accenna un sorriso, e nel frattempo si allaccia i polsini.

«Che ne pensi?» mi domanda, apparentemente per nulla infastidito dal fatto che lo stessi spiando.

«Ti sta molto bene...» Cerco di mantenere un tono il più naturale possibile, senza scompormi. «Potresti abbinarla a una giacca in lino.»

L'uomo annuisce. «Me ne fai vedere qualcuna?»

«Certo...»

Mi dirigo velocemente verso la zona dedicata alle giacche e mi sembra di tornare a respirare, anche se continuo a sentire le guance andare a fuoco.

Mi fermo un attimo di fronte al grande specchio al centro del negozio.

Nel mio riflesso cerco di trovare la sicurezza che non ho, ma vedo solo un volto stanco, ormai del tutto privo della giovinezza di una volta.

"Che schifo" penso fra me e me.

Sono diventata così poco attraente, così poco desiderabile.

Il calore alle guance è imbarazzante proprio per questo. Non è solo il sentirmi attratta da un bell'uomo che entra in negozio a cercare la camicia per la laurea del figlio, è anche la sensazione di non pensarmi bella da tanto tempo.

È l'insicurezza che viene dal non sentirmi bene con me stessa.

Succede anche con le mie colleghe: così giovani, curate e magre. Mi sembrano possedere tutte un fisico perfetto e una bellezza disarmante, mentre io mi sento solo un guscio vuoto, prigioniera in un corpo che non mi piace, quello di una donna adulta con qualche chilo di troppo.

Una volta non ero così.

Dove diavolo mi sono lasciata?

Mi ricordo bene della me stessa di quegli anni.

Era il periodo dei coinquilini che si trasformano in amici per la vita, delle serate nei locali, delle giornate ad annegare in biblioteca, dei caffè ogni due ore la notte prima degli esami, delle riunioni segrete per passarsi gli appunti, degli aperitivi che finivano alle sei di mattina, delle colazioni fuori prima di chiudersi all'università, delle pause studio alle macchinette, delle feste negli appartamenti di sconosciuti, delle notti a letto con la luce spenta a parlare di tutto, dei pranzi al bar, delle storie che nascevano ovunque, nei corridoi, alle fermate degli autobus, a lezione, in fila per andare in bagno in discoteca, a casa di amici di amici.

Ricordo ancora la vita che desideravo.

In quel periodo mi sentivo una figa pazzesca.

E con gli occhi dei ragazzi amavo giocarci.

Come quella sera con Emma e Alice…

«Rebe, c'è un tipo al tavolo di fronte che ti sta fissando da tutta la sera. Ed è pure carino.»

Alice mi dà una gomitata delle sue mentre stringe le labbra disegnate dal rossetto attorno alla cannuccia del Campari Soda.

Guardo nella direzione che mi ha indicato.

Due ragazzi stanno rollando una sigaretta, uno ride con la birra a mezz'aria per una battuta che non ho sentito, l'altro tiene gli occhi fissi sullo schermo del suo cellulare.

Ho ventitré anni, siamo al Matricola Pub in via di San Salvi, a cinquecento metri dall'università, è un martedì sera di marzo e fra due giorni ho l'esame con il professore più bastardo della storia della facoltà di Lettere, ma stamattina Leonardo ha lasciato Alice.

In realtà a lei non gliene frega niente.

Uscivano da due mesi, ma da un mese e mezzo lei va a letto anche con Diego.

Stamattina quando ce lo ha raccontato ha fatto gli occhi tristi. Ma non ci sta male veramente. Voleva solo uscire a bere. Non è una da storie serie, lei.

«Quale?» chiede Emma, seduta di fronte a me. Porta una gonna a vita alta e una camicetta bianca. Ha conosciuto Gabriele al primo anno di liceo, si sono fidanzati nel giro di un mese e l'anno prossimo, quando termineremo l'università, organizzeranno il matrimonio e faranno un figlio.

Gabriele è il ragazzo perfetto: gentile, presente, premuroso. Alice dice che è anche un po' noioso, e forse è vero. Ma Emma ci ride su e basta. Un po' la invidio, perché sembra completamente indifferente agli sguardi di chiunque e vive senza terremoti al cuore.

«Quello con i capelli mossi.»

«Ali, hanno tutti e due i capelli mossi.»

«Emma, ho detto che è carino.»

«Quello con la camicia di flanella a quadri?»

«No, quello con la felpa con il cappuccio.»

Non posso fare a meno di ridere. Emma e Alice proprio non vanno d'accordo in quanto a ragazzi.

Mi sistemo i capelli dietro l'orecchio. Porto un tubino nero stretch che mi calza come una seconda pelle.

«Comunque, ti ha staccato gli occhi di dosso solo perché si è accorto che lo stavo fissando.»

«Probabilmente ti sbagli. Starà fissando te...»

«No, Ali ha ragione» interviene Emma. «Infatti sta venendo da te...»

Mi volto appena in tempo per scorgere due dei tre amici avviarsi verso l'uscita e vedere il ragazzo con la felpa fermarsi alla mia destra, a pochi centimetri dal nostro tavolo.

«Ehi, scusa. Mi chiedevo se ti va una sigaretta.»

Emma mi dà un calcio sotto il tavolo.

«No, grazie, non fumo.» Ho un tono sostenuto e tagliente.

Lui sembra rimanerci male sul serio. Mi sorride, poi si allontana a testa bassa.

Alice mi guarda con gli occhi sgranati.

«"No, grazie, non fumo"? Giuro che questa me la segno.»

Emma invece ride senza riuscire a smettere.

Siamo così diverse noi tre che se non vivessimo sotto lo stesso tetto probabilmente non ci saremmo mai rivolte la parola.

«Che c'è? È vero che non fumo, ho smesso.»

«Quella della sigaretta era una scusa Rebe, lo sai.» Emma cerca di ricomporsi.

Le sorrido e bevo un sorso di Martini. «Sì, lo so...»

«Anche se quello con la camicia era più carino.»

Alice fa una smorfia, io invece scrollo le spalle.

«Forse.»

«Però dai, Rebe, da quanto tempo non ti concedi di uscire con qualcuno? Almeno potresti provarci...»

«Ma sì, lo so. Solo che una storia non la voglio proprio in questo momento. Abbiamo ventitré anni, dai...»

È una situazione un po' buffa. Perché la verità è che io con qualcuno ci esco, ma non nel modo in cui pensano loro.

«E allora?» Emma si acciglia.

«È un'età pericolosa. Se ti fidanzi a diciotto non fa niente. Va a finire che dopo qualche mese o qualche anno ti lasci e chi si rivede più. Ma se ti fidanzi a ventitré va a finire che te lo sposi...»

«Lo dici come se fosse sbagliato...»

Mi sa che Emma se l'è presa sul personale.

«Non è sbagliato. Ma non è ciò che voglio per me. Non ancora, almeno.»

La porta del locale si apre e i tre ragazzi rientrano in fila indiana. Quello con la felpa mi guarda di sottecchi.

Io stavolta ricambio il suo sguardo senza farmi vedere da Emma e Alice e, quando mi sorride, sento un brivido lungo la schiena e accavallo le gambe per arginare una piccola morsa fra le cosce.

Torno dalle mie amiche solo dopo essermi assicurata che lui abbia attraversato il locale con il mio sguardo addosso.

«E poi lo sai che io faccio fatica a capirti. Insomma, come fai a sapere se Gabriele è quello giusto se non sei mai uscita con qualcun altro? Come fai a sapere che non esiste qualcuno con cui puoi essere più felice?»

«Perché io sono già felice, Rebe.»

Lo dice così. Come se fosse semplice davvero, rivolgendoci un sorriso autentico. Qualche volta vorrei essere come lei.

«Comunque, non è che mi fa paura passare tutta la vita con qualcuno. È altro.»

«Cosa?» Stavolta è Alice a incalzarmi.

Aggrotto la fronte, mentre cerco le parole giuste.

«Ali, fai una cosa. Guardati attorno. Adesso, in questa sala, dico. Guardati attorno e prova a focalizzarti su tutti gli oggetti blu.»

Lei sgrana gli occhi sorpresa, poi fa come le ho chiesto.

«Okay, fatto» mi dice dopo un po'.

«Perfetto. Adesso dimmi quali oggetti rossi hai visto.»

«Ehi, ma così non vale...»

«Allora? Me ne dici qualcuno?»

Alice ci pensa su un momento. Poi scuote la testa.

«Non ci ho fatto caso. Ero concentrata su quelli blu.»

«Esatto. È questo che mi fa paura. Succede a un sacco di gente. Basta guardarsi attorno. Anche io voglio la vita che desideri tu, Emma. Ma ho paura che una storia possa togliermi un po' di libertà. Senza volerlo, eh. Solo che succede così. Sei presa da qualcosa e va a finire che non vedi più tutto il resto.»

«Tutto il resto?»

«Sì. Prima voglio fare tante altre cose: viaggiare, scoprire nuove culture e posti nuovi, coltivare le mie amicizie, diventare un'insegnante ma continuare a dipingere come faccio ora. Non so se in una storia c'è tempo per farci stare tutto. E se mai dovesse capitare, allora voglio un amore leggero, diverso, fuori dagli schemi. Un amore che mi lasci la necessità di sentirmi da sola pur essendo in due, che mi faccia ritrovare la mia vita per intero anche fuori dalle sue braccia.»

Emma mugugna qualcosa, invece Alice fa una smorfia.

Lo so che è d'accordo con me.

«Io ordino un altro Martini. Emma, un Bloody Mary?»

«Sì, grazie.»

«Ali?»

«Un altro Campari Soda.»

Mi alzo e mi avvicino al bancone. Il ragazzo con la felpa mi sta ancora fissando.

Mi piace essere guardata così.

Gli passo accanto con aria distratta solo per fargli sentire l'odore inebriante delle due gocce di Jacques Cavallier che mi sono spruzzata sul collo prima di uscire.

Poi raggiungo il bancone, ordino velocemente e torno al tavolo senza guardarlo.

Eppure, lo so che lui invece mi sta osservando.

Mentre distribuisco i cocktail, scopro che Emma e Alice hanno cominciato a parlare di quel nuovo rossetto marrone che sta spopolando ovunque.

A un certo punto il ragazzo si alza, attraversa il locale e va in bagno.

Bevo un sorso di Martini, poi sfilo la borsetta dal bracciolo della sedia.

«Scusate, torno subito...»

E a passo spedito entro diretta nel bagno dei maschi.

Lui è lì, lo so.

Mi ha lasciato la porta socchiusa per farmi capire in quale delle cabine è entrato.

Lo raggiungo e mi chiudo la porta alle spalle. Mi appoggio con la schiena alla parete, lo guardo per un momento, poi mi alzo sulle punte e avvicino le mie labbra al suo orecchio.

«Christian, sono bagnata...» gli sussurro.

Gli prendo la mano, mentre con l'altra sollevo un po' il tubino e sposto le mutandine da un lato.

Dopo avermi sfiorata, lui mi afferra forte per i fianchi, mi solleva e mi spinge contro la porta.

«Odio questo gioco fra di noi» mi dice. «Non sopporto di fingere di non conoscerti in pubblico...»

Gli sbottono i pantaloni e glieli abbasso, insieme agli slip.

Lo prendo in mano, mi sposto di nuovo le mutandine da un lato.

«Non è vero. Piace anche a te...» gli dico, guardandolo negli occhi.

Mi entra dentro senza esitazione.

Quando inizia a muoversi deciso e ad ansimarmi nell'orecchio mi aggrappo alle sue spalle e gli mordo il collo per non urlare.

Qualche secondo dopo, quando lo sento pulsare dentro di me lo faccio uscire, mi inginocchio, e lo prendo in bocca. Mi fa impazzire il fatto che si tappi la sua per non farsi sentire.

Una volta che abbiamo finito, lo guardo negli occhi, mi sistemo il tubino e mi passo una mano nei capelli.

«Scusa, devo tornare di là…»

Lui sorride, io mi sciacquo il viso ed esco.

Christian non è niente di importante.

È un ragazzo che ho conosciuto sull'autobus un mese e mezzo fa. Ci siamo scambiati i numeri e qualche giorno dopo mi ha invitato a uscire a bere una birra.

È finita che mi sono ritrovata nel suo letto.

Mi piace perché entrambi siamo in quel periodo della vita in cui non vogliamo impegnarci.

In cui abbiamo più bisogno di un "ti voglio bene" che di un "ti amo". A volte capita.

Christian esce da una storia di otto anni, io mi sono appena lasciata alle spalle una serata in cui pensavo di aver trovato l'amore al bancone di un pub e poi l'ho visto andare via in auto il giorno dopo, mentre ero in ginocchio sul pavimento con le lacrime agli occhi a raccogliere i frammenti di un vaso di vetro che aveva accidentalmente rotto mentre cercava di uscire silenziosamente dalla mia vita.

Quello che ancora non so, mentre sto attraversando di nuovo il locale per raggiungere le mie amiche al tavolino del Matricola Pub, è che questa sera, una volta rientrate a casa, finiremo il latte, io andrò a bussare alla porta dell'appartamento di fronte e incontrerò Giacomo.

E la mia vita cambierà per sempre.

Le immagini si diradano e torno nel mio corpo, qui, in negozio, mentre vado verso il camerino con una giacca di lino chiara che starà sicuramente benissimo con la camicia celeste che indossa il mio affascinante cliente.

«Grazie...» sussurra con il solito sguardo intenso.

Mi limito a fargli un cenno e mi metto in un angolo, mentre aspetto che finisca di provare.

«Le prendo entrambe...» mi dice, quando esce dal camerino.

«Benissimo. Sono contenta» gli rispondo un po' distratta.

Mi avvio verso la cassa, passo i capi allo scanner e infilo tutto in una borsa, sforzandomi di non guardarlo negli occhi.

«Posso sapere il tuo nome?»

A quel punto non riesco più a non guardarlo e sento un crampo allo stomaco. Questa volta più forte.

«Rebecca.»

«È stato un piacere, Rebecca. Spero che la camicia e la giacca piacciano anche a mia moglie.»

Gli sorrido, cercando di mantenere un tono fermo, anche se continuo a immaginarlo senza maglioncino. «In caso può sempre dirle che è colpa mia...»

Lui sorride, si gira e se ne va.

Dopo averlo visto sparire oltre la vetrina torno un attimo a quel ricordo che si è appena dissolto nella mia mente.

Quella vita dalla quale mi sono allontanata senza accorgermene.

Quella mia voglia di un amore leggero, diverso, fuori dagli schemi.

Quella mia voglia di essere libera ma allo stesso tempo di avere qualcuno accanto, la necessità di sentirmi da sola pur essendo in due, il desiderio di abbandonarmi fra le braccia di una persona e di ritrovare però me stessa anche fuori da quell'abbraccio.

Il negozio è spazioso, luminoso e ben allestito.

Eppure, in mezzo a tutti i sogni che ho sepolto qui dentro non riesco a respirare.

Questo posto è solo un promemoria del fatto che non sono stata all'altezza delle mie aspettative.

Sono circondata tutto il giorno da vestiti eleganti e tessuti preziosi. Vendo una bellezza che io non indosso più.

È così difficile ammettere che la vita che ho scelto non mi rende più felice? Che ho rinunciato a tanto per il bene degli altri e che adesso mi sento persa in un mondo che non mi appartiene?

Il problema non è ritrovarmi a spiare un uomo che viene in negozio e che non rivedrò mai più.

La bellezza la vedi anche quando ami qualcuno.

Il problema è se quell'uomo ti ricorda una versione di te che non c'è più.

Mi manca sentirmi donna senza vestiti e senza incertezze.

Mi mancano i sospiri, le unghie piantate nella schiena, i corpi arrossati e i capelli stretti in un pugno.

Quegli occhi addosso e quella morsa fra le gambe.

Mi manca sentirmi esausta e senza fiato.

Mi mancano i movimenti lenti, le mani forti strette sui fianchi, la schiena appoggiata al muro.

Sentire il mondo pulsarmi nelle vene, ribelle e libera.

Provare un brivido dopo l'altro.

Sono stanca di fare l'amore per noia o per dovere.

Di guardare il cielo fuori e sentire dolore al cuore, invece di quella passione che dà senso a ogni bacio.

Mi mancano quelle braccia che ti fanno sentire desiderata, posseduta e amata allo stesso tempo.

Ho voglia di sentirmi attraente.

Sono stanca di passare inosservata.

Di essere guardata senza essere vista.

Vorrei tornare ad aggrapparmi alle spalle di un uomo come mi aggrappavo ai miei sogni.

Quando ho cominciato a mollare la presa?

Come ho fatto a non accorgermene?

Da quanto sono in attesa di un cambiamento?

Quando mi sono accontentata di stare bene e ho smesso di essere felice?

Quando ho accantonato il desiderio di diventare un'insegnante e ho accettato un lavoro che non mi piace?

Quando ho smesso di dipingere?

Quando sono finita a concentrarmi sugli oggetti blu e a non vedere più quelli rossi?

Vivevo a misura dei miei sogni, una volta.

Poi, cos'è successo?

Trascorro le mie giornate a cercare gli abiti perfetti per gli altri.

Ma qual è, invece, il vestito perfetto per me?

Quando è stata l'ultima volta che mi sono davvero sentita bella con qualcosa addosso?

Gli abiti non mi calzano più a pennello.

Trascorro le mie giornate a vestire le bellezze degli altri mentre continuo a spogliarmi della mia.

Indovino le misure di tutti.

Ma non conosco la taglia della mia vita.

8

Le persone non cambiano. Siamo noi che le pensavamo diverse

Tommaso

Luglio 1996

La luce del campeggio danza sul viso di Rebecca e illumina i suoi lineamenti delicati.

È di là, oltre le nostre finestre, come sempre.

Ma non ha le cuffie alle orecchie, stanotte.

È sdraiata a pancia in su, ha le braccia dietro la testa e lo sguardo fisso sul soffitto basso.

Vorrei avere mani invisibili per accarezzarle i capelli e dirle che qualunque cosa sia successa, passerà.

Stringo fra le mani il cellulare, indeciso se scriverle oppure no.

Ho scritto e cancellato questo messaggio una decina di volte. So di aver rubato attimi della sua tristezza e non voglio che lo scopra. Non voglio essere invadente e fuori luogo.

È tutta una lotta fra istinto e ragione.

Alla fine, le scrivo una cosa nostra.

Hai voglia di non rientrare presto, stanotte?

Dopo aver premuto INVIO rimango con il cellulare appoggiato sulle gambe incrociate a guardare Rebecca allungare una mano sul materasso e illuminare lo schermo del suo telefono.

Prima di rispondermi, guarda di qua e sembra fare un accenno di sorriso.

Dove mi porti?

Digito la risposta senza smettere di guardarla.

Non te lo dico.

Rebecca fa una smorfia, poi batte sui tasti in quel modo tutto suo.

Stronzo.

Digito la risposta con le farfalle nelle dita.

Ti aspetto davanti al distributore di sigarette.

Non aspetto neanche il suo *Okay*, sono già fuori dal camper.

Quando dieci minuti più tardi Rebecca emerge dal buio, sono in sella al motorino che ho affittato oggi pomeriggio solo perché ho sempre pensato che quando qualcosa non va è sempre meglio andare da qualche parte.

«Sai guidarlo quel coso?» mi domanda, dubbiosa.

In realtà ha un sorriso che così grande non gliel'avevo mai visto.

Indossa un vestito leggero e un paio di scarpe bianche.

Ha i capelli biondi sciolti sulla schiena e il suo profumo di fiori e acqua salata mi travolge come un'onda.

«Dai. Salta su.»

Rebecca arriccia le labbra in una smorfia. «Non lo so. Mamma dice che non bisogna accettare passaggi dagli sconosciuti.»

Nei suoi occhi sembra non esserci più traccia della tristezza di qualche ora fa.

«Ho fatto un giro di prova nel parcheggio del supermercato, prima. Ho evitato un carrello della spesa e un cagnolino randagio. Quindi direi che posso portarti in giro in tutta sicurezza.»

Stavolta ride per davvero e il suono della sua risata nella notte è proprio ciò che desideravo.

«E il casco?» Si mette le mani sui fianchi.

«Niente casco.»

Lei mi guarda contrariata.

«Fidati» la rassicuro, deciso.

Vorrei dirle che è il vento nei capelli quello che conta.

«Te l'ho mai detto che sei un tipo strano?» mi domanda. Finalmente si avvicina al motorino, lo sfiora con le dita per qualche secondo, poi si arrampica in sella e si siede dietro di me. Sorrido al buio quando la sento incastrarsi al mio corpo, e trattengo un brivido appena sento per la prima volta il suo respiro sul collo.

Accendo il motorino e do un po' di gas. «Tieniti...»

Mi stringe i fianchi e io catturo questo momento con lo sguardo e con tutto il resto, come quando impari a memoria le battute del tuo film preferito.

Non appena accelero nella notte, percepisco il suo seno

premere un po' di più sulla mia schiena. E lo stomaco diventa una ruota panoramica.

Attraversiamo il centro storico di Alghero, con le sue vie di ciottoli e le piazze silenziose.

Le luci dei lampioni lampeggiano sui nostri volti e questa notte giovane la sento sulla pelle.

A un certo punto la strada diventa stretta e buia. Rebecca toglie le mani dai miei fianchi e con una carezza mi cinge la vita.

Le mie invece stringono salde il manubrio.

Cerco di concentrarmi sulla guida, ma non posso evitare di sentire il calore della pelle di Rebecca aderirmi addosso.

Quando rallento per affrontare una curva, la sua guancia si appoggia alla mia schiena e i suoi capelli mi pizzicano il collo. Poi, appena accelero di nuovo, mi afferra per la maglietta e stringe le gambe, come se avesse paura di cadere.

È tutto terribilmente romantico, ma a diciotto anni, quando sei in motorino con la ragazza che ti piace, l'aria calda dell'estate ti soffia in faccia e le sue mani ti sfiorano, vorresti solo accostare e baciarla senza dire niente. E farci l'amore.

Così ci addentriamo nella campagna circostante, il profumo della terra e quello del mare diventano un tutt'uno. Mentre guido, non riesco a smettere di immaginare noi due fermi in un prato, Rebecca seduta al contrario sul motorino, io in piedi di fronte a lei mentre le sfilo la maglietta e le mordo i capezzoli.

Immagino i suoi sospiri sulle labbra arrossate, i miei morsi sul suo collo e i suoi sulla mia bocca.

Immagino di attirarla a me premendole la mano sulla

schiena, le sue dita sbottonarmi i pantaloni e toccarmi nella notte. Bagnarmi le dita di lei.

Quando dieci minuti dopo smontiamo dal motorino devo tirare giù la maglietta per nascondere la voglia che ho di lei.

Rebecca scende e sembra che abbia un cielo stellato negli occhi.

Le giostre brillano di luci colorate, il profumo di popcorn e zucchero filato è dappertutto, il suono delle risate e le urla di gioia sembrano disegnare la felicità nell'aria.

«Non andavo al luna park da una vita.»

Rebecca ride. È contenta per davvero. «Sì, anche io.»

Restiamo un attimo a guardarci così, senza dire niente.

«Allora» faccio dopo un po'. «Ti va un giro sull'autoscontro?»

Lei punta in direzione della biglietteria, ammiccando.

«Avevo paura che mi chiedessi di fare la ruota panoramica.»

«Soffri di vertigini?»

«No! Ma ti pare?» Mi tira lo stesso pugno sulla spalla della serata in campeggio, quando parlavamo delle tette di Alice. «È solo che io sono più una da montagne russe.»

La supero e arrivo al bancone della biglietteria per primo.

«Due biglietti, grazie.» Sfilo una banconota da diecimila lire e la passo al ragazzo alto e magro che stacca i ticket.

Poi guardo Rebecca alzando un sopracciglio.

«Le montagne russe le facciamo dopo!»

«Sempre se sopravviviamo. Se guidi questi cosi come guidi il motorino rischi di ammazzare qualcuno.»

Passano ore che sembrano minuti mentre saltelliamo da una giostra all'altra come bambini.

Sul viso di Rebecca non c'è traccia della tristezza di oggi pomeriggio e vederla ridere sulle montagne russe mentre i suoi capelli inseguono il vento mi riempie il cuore.

Mi trascina verso la giostra dei cavalli come una ragazzina capricciosa, ma poi torna a essere il maschiaccio di sempre e fa saltare in aria il bersaglio con la pistola ad aria compressa allo stand del tiro a segno. Strizza gli occhi per la paura quando cerco di convincerla a entrare nella casa degli orrori e strilla incosciente: «Dai, chissenefrega, facciamo anche la ruota panoramica», continuando ad alzarsi in piedi e a sporgersi da un lato per guardare giù.

Rebecca è così, sempre il contrario di tutto.

Sempre come non te l'aspetti.

«Comunque mi devi uno zucchero filato» mi dice d'un tratto mentre passeggiamo fra le bancarelle di dolci e caramelle.

«Ah, sì?»

«Sì, devi ancora pagare la tua sconfitta dell'altra sera.»

Alzo un sopracciglio. «Ma non c'era in palio una ricarica?»

«No, quella me la sono fatta da sola. Quindi ho cambiato premio...»

«Chiarissimo. Come ho fatto a non capirlo?»

Rebecca mi guarda di sbieco, poi si illumina perché passiamo proprio davanti al furgoncino dello zucchero filato.

«Ammettilo, lo sapevi che era qui» le dico, con uno di quei sorrisi di chi la sa lunga.

Lei mi guarda come se fossi un perfetto idiota. «Certo che lo sapevo!»

Ordina per due senza lasciarmi il tempo di fare niente.

Poi, mentre mangiamo, le labbra tutte appiccicose, nel suo sguardo si infiltra un goccio di malinconia.

«È stata una brutta giornata, oggi» mi confessa, all'improvviso.

Ha gli occhi fissi davanti a sé ed è di nuovo triste.

Continuiamo a camminare senza meta per un po'.

«Sì, lo so...» le dico dopo un po'.

Lei mi guarda di sbieco e morde lo zucchero filato. «I miei hanno deciso di separarsi. Oggi mi ha chiamato mia madre per dirmelo. Certo, era nell'aria, solo che fa male lo stesso...»

Parla con la bocca piena e all'improvviso mi sembra una ragazza nuova: è come se avesse spento l'interruttore della leggerezza per mostrarmi un lato di lei che non avevo mai visto.

Rimango a fissarla in silenzio.

«Qualche giorno prima della fine della scuola ero nello studio di papà a casa. Aveva dimenticato il cellulare lì, accanto al computer. Mentre facevo una ricerca sulla Sicilia gli è arrivato un SMS. So che non avrei dovuto farlo, ma l'ho letto. Così, per divertirmi... Non volevo controllarlo, giuro. Mica immaginavo di scoprire che il giorno prima si era scopato la sua segretaria nello sgabuzzino dell'ufficio. Ho chiamato Lorenzo, mio fratello, in lacrime. Penso di non aver mai pianto tanto in vita mia. Non riuscivo a smettere. Lui è più grande di me di quattro anni e sa sempre cosa fare. Quella sera, mentre eravamo tutti e quattro a cena, a un certo punto ha detto: “Rebe, racconta a mamma cos’hai visto”. È stato bruttissimo. Poi sono andata a chiudermi nella mia stanza. Il giorno dopo era tutto silenzioso. Non ho avuto il coraggio di chiedere niente. Né a mamma e papà, né a Lorenzo. Non ho chiesto niente nemmeno quando le settimane successive vedevo papà dormire sul divano e mamma piangere in camera sua. Non so come, forse solo perché ho diciotto anni e tutto mi sembra ancora possibile, ma ho sperato fino all’ultimo che potessero risolvere il problema...»

Mentre Rebecca parlava ho cercato di immaginarmi in quella situazione assurda.

Non ci sono riuscito.

«Hai fatto la cosa giusta...»

Rebecca mi rivolge uno sguardo che lascia intendere: “Avevo bisogno di sentirmelo dire”.

Poi si ferma di fronte a una panchina e si accende una sigaretta.

Io faccio lo stesso.

«Tommaso» mi dice, dopo un po’.

«Sì?»

Lei si siede di traverso, io sullo schienale, con i piedi sulla panchina.

«Perché le persone che amiamo ci tradiscono?»

«Non lo so. Ma credo che a volte desideriamo così tanto far funzionare le cose che a un certo punto non vediamo più le persone per ciò che sono, ma per ciò che vorremmo che fossero.»

«Che cosa vuoi dire?»

«Le persone non cambiano. Siamo noi che le pensavamo diverse.»

Rebecca inclina la testa e rimane a fissare un punto nel buio. È la prima volta che la vedo così, smarrita e indifesa.

«Secondo te, invece?»

«Secondo me il fatto è che quando siamo infelici cerchiamo la felicità anche dove non c'è. Ci confondiamo.»

Rimango a guardarla in silenzio, il suo viso è illuminato dalla luce delle giostre e nascosto dal fumo che sale dalla sigaretta.

«Facciamo l'errore di credere che se stiamo con una persona da anni allora vuol dire che ci conosce meglio di chiunque altro. E ci intestardiamo a fare in modo di non perderla. Ma non è vero. Prendi i miei, per esempio. Anche se si sono conosciuti da ragazzini sono secoli che non riescono più a capirsi. E succede solo adesso, dopo il tradimento di papà, voglio dire. Era così da molto prima. Il fatto è che non sono triste perché hanno deciso di lasciarsi, mi fa male pensare che abbiano impiegato così tanto tempo prima di prendere questa decisione. Anni di infelicità. Perché, secondo te? Non è un controsenso? Vedo un sacco di persone che non si amano più eppure continuano a provare gelosia l'una nei confronti dell'altra. Persone che si sono già perse ma non sopportano l'idea di dirselo e così continuano a rendersi la vita impossibile. Secondo te quand'è che succede?»

«Succede che cosa?»

«Quand'è che due persone felici iniziano a smarrirsi?»

«Forse quando cominciano a dirsi quella frase là: "Io sono

fatto così. Se ti vado bene okay, altrimenti cercati qualcun altro". Non la sopporto.»

«Davvero?»

«Sì. Ma che vuol dire? Dicono tutti che è così che dovrebbe essere. Che un amore che ti cambia non è l'amore giusto per te. Cerchiamo sempre il mattoncino che s'incastra perfettamente con il nostro. Ma, scusami, che amore è se non ti fa venire voglia almeno un po' di essere diverso? Io credo che se non vuoi andare incontro alla persona che hai accanto significa semplicemente che non la ami abbastanza da avvertire il desiderio di capirla.»

Mentre parlo Rebecca continua a guardare lo stesso punto nel buio. Ogni tanto stringe gli occhi per la concentrazione.

«Comunque, forse due persone che iniziano a dirsi "se ti vado bene così, okay. Io non cambio per nessuno...", be', non è che cominciano a perdersi. Si sono già perse. Si sono già dette addio da un pezzo.»

Rebecca butta un po' di cenere al di là dello schienale mentre con l'altra mano tamburella sulla panchina.

«A te fa paura?» mi domanda.

«Cambiare per qualcuno?»

«No, dire addio...»

Per una frazione di secondo mi torna in mente l'immagine di Laura seduta sulle gambe di Mauro mentre aspetta il suo turno all'orale di maturità. Mi rivedo lì, ad allungare quel passo che mi avrebbe irrimediabilmente portato lontano da lei per sempre.

«A tutti fa un po' paura, no?»

«Sì, forse sì. Ma secondo me per ognuno è un po' diverso. Ci sono persone che si lasciano dopo anni senza versare una lacrima. Non tutti ci buttiamo nelle cose allo stesso modo. Non tutti abbiamo lo stesso modo di *sentire*.»

«Sentire?»

«Sì. Gli addii sono più difficili per chi nelle cose si tuffa. Per chi non si trattiene. Se ti sei donato anima e corpo a qualcuno dirgli addio vuol dire lasciare in quella persona una parte di te. E certe persone preferiscono portarsela via, quella parte. Riguardarla al bisogno, indossarla ogni tanto e sorridere. Chi teme gli addii ha solamente paura di dover riconsegnare ciò che ha ricevuto: un'emozione, un pizzico di coraggio, un bacio indimenticabile...»

D'un tratto Rebecca si ferma in un sospiro, come per prendere aria. Osservarla parlare così, con la sigaretta in mano e questo suo modo di dire le cose importanti guardando da un'altra parte, è qualcosa che potrei continuare a fare ininterrottamente tutta la notte.

«... e poi quando ci sono di mezzo le promesse fa ancora più male. Io penso che le persone non dovrebbero promettersi proprio niente. Tutta questa cosa di dirsi che sarà "per sempre" l'abbiamo inventata noi. Sai cosa risponde il Bianconiglio quando Alice chiede: "Quanto tempo è per sempre?".»

«No, che cosa?»

«"A volte, solo un secondo."»

Io e Rebecca rimaniamo su quella panchina quasi tutta la notte.

Non ci accorgiamo di niente: delle persone che piano piano tornano a casa, delle luci delle giostre che si spengono, delle urla che sfumano nel silenzio di una notte d'estate in cui rimangono solo le nostre voci a rimbombare nel vuoto.

Ancora una volta, risaliamo sul motorino che è quasi mattina e, anche se non glielo dico, mi viene da pensare che quando sei nel posto giusto te ne rendi conto da piccolezze come queste: dalla batteria del cellulare che rimane al cento per cento, dalle luci del luna park che si spengono e tu non te ne accorgi, dal fare così tardi che invece è presto.

Io sono rimasto a pensare tutto il tempo a quanti mondi ci possono essere dentro la frase "ci sono attimi che durano tutta la vita", Rebecca invece ha continuato a parlare a raffica come quella notte sulla spiaggia prima di fare il bagno in mare.

Sulla strada del ritorno, mentre, anche se non si dovrebbe, attraversiamo la vita senza casco, d'un tratto accosto, fermo il motorino e mi volto a guardarla.

Ha l'aria sorpresa, un po' imbarazzata.

Ci sono questo motorino spento, il cielo di Alghero sopra di noi, la strada deserta che ci fa sentire soli nel mondo.

«Perché ti sei ferm...»

Senza darle il tempo di finire, prendo il suo viso fra le mani e le sfioro le labbra con le dita.

La sento fremere al mio tocco.

Rimaniamo qualche secondo a guardarci.

Siamo così vicini che potrei contare le sue lentiggini.

Siamo così vicini che ci scambiamo i respiri.

Poi, la bacio.

La mia lingua comincia a esplorare la sua bocca.

È un bacio dolce e delicato, ma quando aumento la pressione, lei risponde con la stessa intensità.

È uno di quei baci che si danno dopo troppo tempo. Uno di quelli a cui si è resistito per così tanto che diventano morsi.

I nostri respiri si trasformano in sospiri.

Sento le sue dita aggrapparsi prima alla mia schiena, poi infilarsi fra i miei capelli, infine insinuarsi sotto la maglietta.

Il mio corpo diventa caldo per le sue carezze e la afferro per i fianchi quando all'improvviso il suo seno aderisce al mio petto.

La sento ridere sulla mia bocca.

«Sei un porco...» mi dice, mentre le sue mani aperte sul mio torace scendono lungo l'addome.

Rebecca ha ragione.

Ci sono momenti che durano per sempre.

9

Ti sei così abituata a fare sempre le cose giuste che non fai più quelle che ti rendono felice

Rebecca

Oggi

«Rebe, ma che ci fai qui?»

Mio fratello mi guarda preoccupato.

Poi fa un passo di lato per farmi entrare nel soggiorno.

Sulla poltrona davanti al televisore c'è una montagna di vestiti da piegare che minaccia di cadere da un momento all'altro, sui mobili ci sono colonne di libri abbandonati a casaccio, riviste e fogli sparsi ovunque. Ci sono anche una chitarra elettrica su una sedia, un controller della PlayStation sul tavolo e una pila di DVD in cima alla TV.

In cucina, da quel che scorgo oltre la porta, sembra esserci stata un'esplosione.

«Se mi avessi avvisato avrei dato una sistemata…»

Lorenzo chiude la porta della cucina e raccoglie due bottiglie di plastica da terra.

«Lorenzo. È la prima volta che vengo qui senza dirtelo e credimi, non c'è nulla che non abbia già visto centinaia di volte.»

A dire il vero trovo che questo disordine sia in fin dei conti rilassante. Come se in realtà tutto fosse al suo posto senza esserlo.

«Se mi prometti di non entrare in cucina ti preparo il caffè.»

«Te lo prometto.»

Lorenzo sorride e s'infila in cucina.

Io mi siedo sull'unico spicchio di divano libero e comincio a sfogliare una rivista, in sottofondo un rumore di piatti.

«Ci vorrà un attimo. Devo solo lavare le tazzine e la moka.»

Non riesco a trattenere un sorriso. Sospiro, chiudo la rivista e me l'appoggio sulle ginocchia.

«Che ne dici di fare una passeggiata, invece?»

Venti minuti più tardi stiamo attraversando il Giardino dell'Iris, uno dei miei posti preferiti: un'oasi verde in mezzo alla frenesia di Firenze, con i suoi fiori colorati e gli animali che si nascondono fra gli alberi.

Costeggiamo uno dei diversi specchi d'acqua, ammiriamo i cigni nuotare silenziosi.

«Non ti ho ancora ringraziato per averci aiutato con il trasloco. Marco è stato contentissimo che tu sia venuto a Bologna con noi. Non so come avrei fatto a fare tutto da sola.»

Lorenzo raccoglie un pezzo di pane abbandonato a terra e lo lancia nel laghetto. Subito una decina di pesci fa a gara per accaparrarselo.

«Mi ha fatto piacere. E poi io la domenica non ho mai impegni. Non mi piace vedere gente. Lo sai. Però con voi è diverso. Quando posso, sono contento di rendermi utile. Marco si è già ambientato?»

Ripenso alle sue storie Instagram del giorno prima, in un locale buio con due drink in mano.

«Anche troppo.»

Lorenzo mi guarda di sottecchi.

«Ha diciotto anni, ma è cresciuto con la testa sulle spalle. Grazie a te. Tu alla sua età eri molto peggio di lui.»

Lorenzo ha sempre avuto un modo tutto suo per dirmi di stare tranquilla.

«Comunque, adesso che si è trasferito ne sto approfittando per sistemare casa. Sto dando una ripulita e buttando via quello che c'è di troppo. Ieri ho trovato questa.»

Sfilo dalla borsa una videocassetta.

Lorenzo la prende, se la rigira fra le mani, e rimane qualche attimo assorto a leggere l'etichetta che recita *Inverno 1991*.

«Te la ricordi? È la raccolta di video che hanno girato mamma e papà durante la settimana bianca a Cortina.»

Lui annuisce e sorride appena.

«Non so se nel caos in cui vivi hai ancora un videoregistratore. Ma ho pensato ti facesse piacere averla.»

Lorenzo rallenta leggermente il passo senza fermarsi.

Non dice niente, ma mi pare di intravedere un'espressione strana sul suo viso.

Proseguiamo attorno al lago per un po'. In silenzio.

«Va tutto bene?» gli domando dopo un po'.

Lui ha lo sguardo perso in lontananza. Poi, senza smettere di camminare, lo porta su di me.

«Marco se n'è andato. E tu?»

Mi sembra di essere attraversata da una folata di vento. «Scusa, non ho capito. Che vuoi dire?»

Ho un macigno sul petto.

«Rebecca. Non fingere con me, okay? Lo sai che mi fa incazzare. Non ti sei fatta venti chilometri di domenica mattina solo per portarmi una videocassetta. Ma a chi vuoi farlo credere?»

Lo guardo, gelida.

«Ma perché devi fare così? Perché devi rovinare tutto? Pensavo ti facesse piacere pensare un po' ai vecchi tempi.»

«Cosa vuoi che ti dica? Certo che mi fa piacere. Ma non sei qui per questo. È solo una scusa. Avanti, sei mia sorella, cazzo. Ti conosco. La videocassetta potevi darmela la settimana prossima, alla cena per il compleanno di papà. Sei venuta qui perché hai bisogno di parlare con me. E allora parliamo. Però niente cazzate. Altrimenti puoi salire in macchina e andartene anche subito.»

Lorenzo ha sempre questo modo di parlare che odio.

Mi fermo in mezzo al sentiero, lui invece tira dritto.

«Perché mi parli così? Sei davvero uno stronzo, Lorenzo.» Chiudo i pugni e aumento il passo per raggiungerlo.

Quando riprende a parlare ha un tono più dolce.

«Scusa, ma non ne posso più di vederti così.»

«Così?» Anche io mi sono ammorbidita.

«Sì, così. A che punto sei arrivata? Hai addirittura bisogno di una scusa per venire a sfogarti con me, perché ultimamente lo fai sempre più spesso e hai paura di essere pesante. E poi ti vedo piangere. Come l'altro giorno quando stavamo rientrando.»

«Mio figlio era appena andato via di casa...» Tento di giustificarmi, ma mio fratello mi guarda irritato.

«Non piangevi per Marco.»

Aggrotto la fronte. «Ah, no? E perché allora? Sentiamo!»

«Piangevi perché ti ha lasciato da sola con Giacomo. Piangevi perché non volevi tornare a casa tua...»

Apro la bocca per replicare, poi la richiudo.

Mi sforzo di non far caso al fatto che gli occhi hanno iniziato a bruciarmi.

«La tua vita non ti piace più. Ti sei chiusa in un barattolo di vetro. Vedi tutto quello che c'è fuori, ma non senti niente: canzoni, suoni, odori. Hai cominciato a vivere la tua vita come se stessi guidando in autostrada...»

Quando Lorenzo comincia a parlare per metafore mi innervosisce. Assume questo tono da professorino perfetto che non si addice per niente a uno che vive in una casa come la sua.

«Questa non l'ho capita...»

Il mio tono annoiato però non lo scalfisce per niente.

«In autostrada si corre a velocità costante. Non ci sono curve. Non ci sono sorprese. Si va sempre avanti, e basta. Tu hai vissuto la tua vita così. Non te lo devo dire io. Lo sai. Sei andata al liceo, poi all'università con l'atteggiamento di chi avrebbe voluto spaccare il mondo, alla fine ti sei fidanzata, sposata, hai avuto Marco e hai cominciato a lavorare in negozio. Sei andata sempre dritta come un treno. Mai nessuna deviazione. Hai guidato a velocità costante, come in autostrada. Però sai una cosa? A un certo punto dall'autostrada ci devi uscire se vuoi andare al mare.»

«Devi smetterla di criticare la vita degli altri solo perché tu hai scelto di vivere la tua in un altro modo.»

Lorenzo è uno che a quasi cinquant'anni estrae ancora a sorte il numero di cellulare della donna con cui uscire il sabato sera.

«Il problema non è la vita che hai scelto. Hai fatto bene a fare tutto quello che hai fatto. Hai fatto bene a sposare Giacomo e a desiderare Marco. Sì, lo penso davvero, quindi non alzare quel sopracciglio. Non provare a pentirti. Il problema è un altro. Tu Giacomo lo ami ancora?»

Guardo mio fratello, poi i cigni che scivolano sull'acqua.

«Ma perché tutti mi fate questa domanda? Me l'ha chiesto anche Alice. Smettetela, cazzo.»

«Sai perché te lo chiediamo? Perché no, non lo ami. E noi lo sappiamo. Alice ci ha sempre visto lungo su queste cose. È un po' strana, ma dovresti ascoltarla.»

«La fate troppo semplice.»

«Che cosa facciamo semplice?»

«Questa cosa del lasciarmi alle spalle la vita che ho costruito. Non si tratta solo di Giacomo, ma anche di Marco. Lui e mio marito sono il mio mondo. Non posso farlo.»

«Perché?»

«Perché non è giusto.»

«È proprio questo il problema. Tu sei così. Tu non rischi. Non rischi mai. Fai solo le cose che vanno fatte. E basta. Ti sei così abituata a fare sempre le cose giuste che non fai più quelle che ti rendono felice. Sei finita in mille pezzi. E la cosa più grave non è che non ti piace la tua vita. È che hai smesso di piacerti anche tu. Fai come vuoi. Ma sei più di così. Fidati. Vorrei che ti vedessi almeno per un secondo con i miei occhi. Non avresti più alcun dubbio.»

La sua voce sbiadisce nell'aria, mentre risuona dentro di me l'eco delle sue parole, "Tu non rischi. Non rischi mai", che mi hanno fatto scricchiolare il cuore.

Lorenzo ha ragione.

La mia vita è diventata una sequenza di compiti da eseguire, una lista di cose *giuste* da fare per soddisfare le aspettative altrui.

Guardo mio fratello, mentre smetto di lottare con questa lacrima che adesso mi riga la guancia.

L'asciugo velocemente con le dita.

«Scusa. È che ho paura.»

Non l'avevo mai detto a voce alta, prima.

«Di che cosa?»

Stringo i pugni nell'aria e cerco di mantenere la voce più salda possibile. Ho questo vizio di fingermi invincibile anche quando sto cadendo in frantumi.

«Di rimanere sola.»

Lo dico fissandomi la punta delle scarpe.

Posso solo sentire lo sguardo di mio fratello penetrarmi dentro e scrutarmi l'anima.

«La conosci la storia dell'elefante incatenato di Jorge Bucay?»

Sollevo gli occhi. Non guardo lui però, guardo un punto qualsiasi davanti a me. «La storia di chi?»

Lorenzo fa qualche passo in silenzio.

«Ti ricordi quando andavamo al circo con mamma e papà? Hai presente che c'era sempre il numero con l'elefante?»

Quel pensiero riesce a strapparmi un sorriso anche in un momento così. «Sì, e allora?»

«Be', l'elefante è forte, no? Talmente tanto che potrebbe buttare giù anche un albero. Be', dopo il suo numero, l'elefante, al circo, viene legato con una catena a un paletto di legno piantato nel terreno. Un paletto piccolissimo. All'elefante basterebbe dare un piccolo strattone per liberarsi. Solo che non lo fa. E sai perché?»

«No. Non lo so. Perché?»

«Perché è stato legato a quel paletto fin da piccolo. Fin da quando è nato. Te lo immagini, l'elefantino che prova a liberarsi e tira con tutte le sue forze? Ma niente. Non ce la fa a liberarsi. E allora sai cosa succede? Succede che un giorno smette di provare e comincia a credere di non essere abbastanza forte. Hai capito? L'elefante non si libera perché pensa di non poterlo fare. Perché sulla pelle si è tatuato i ricordi di tutti i suoi fallimenti. E ha smesso di provarci. Non ha più messo alla prova la sua forza. Mai più.»

Mi sembra di sentire gli occhi esplodermi in mille pezzi.

«Avrai anche paura di rimanere sola, Rebe. Ma è solo perché ti sei abituata a questa vita che fai. Ti sei convinta di non essere abbastanza forte. Sei diventata come quell'elefante. Hai vissuto così tanto tempo legata al paletto del tuo matrimonio, della tua casa, della vita che un tempo amavi, che hai dimenticato di poter essere felice anche senza tutto questo. Vivi la vita, ma non vivi. Quando hai smesso di disfare i castelli di sabbia?»

«I castelli di sabbia?»

«Sì. Da piccoli ci piaceva un sacco costruire i castelli di sabbia, te lo ricordi? Ci mettevamo ore. Poi, appena avevamo finito, tu ti alzavi in piedi, ci saltavi sopra e li distruggevi. Io mi incazzavo da morire. E tu cosa mi dicevi?»

«Che quello che conta non è buttare giù qualcosa, ma costruirla...»

«Esatto. Hai costruito un bellissimo castello, Rebecca. Davvero. Ci hai messo dentro un matrimonio che per anni ti ha fatta sentire invincibile e un figlio che ha dato alla tua vita la luce che meriti. Hai vissuto dentro quel castello come una principessa felice. Sei riuscita a evitare per anni che una mareggiata lo buttasse giù. Ma le cose sono cambiate. E prima lo accetti, prima potrai cominciare a costruirne uno nuovo. Che cosa ti fa così paura? Cazzo, Rebe. Tu non ci hai mai messo tanto a prendere le decisioni. Sono io quello riflessivo. Cosa credi? È per questo che sono solo. Perché io le decisioni difficili non le so mica prendere. Tu sì però. Te l'ho sempre invidiato. Tu sei sempre stata una di pancia, una che le cose le faceva e basta. Come quando ti volevo insegnare ad andare in bicicletta senza rotelle, ma avevi già imparato. Sei stata così fin da piccola. Non hai mai avuto bisogno di un uomo. Le cose le hai sempre fatte da sola. Non sai quante donne ho conosciuto che si sono abituate a vivere in piccolo per far spazio a qualcun altro.»

Lorenzo rallenta un po' il passo, poi si ferma e si volta verso di me, prendendomi il volto fra le mani.

«Io non voglio che tu sia una di quelle donne. Non voglio. Perché una mattina succederà che ti guarderai allo specchio e scoprirai che quella ruga non è più sola. Scoprirai all'improvviso che il tempo passa e tu stai invecchiando come tutti. E ti dirai: "Accidenti, vuoi vedere che ho davvero buttato via anni, mesi, giorni, ore?". Quel giorno a fare male non sarà renderti conto di avere meno tempo, ma la consapevolezza di non aver riempito abbastanza quello già trascorso. Perché la questione non è tanto che hai paura di rimanere sola. Non è per questo che piangi. Piangi perché la vita ti sta passando accanto.»

Raramente avevo sentito mio fratello parlare così, tutto d'un fiato.

«Rebe, devi prendere quella maledetta decisione prima che sia troppo tardi. Prima che sia lei a prendere te, perché a quel punto sarai costretta a subirla. E non sarà colpa del destino. Sarà colpa tua, perché hai avuto paura delle conseguenze. Smettila di farti scegliere. Stavolta scegli tu. Hai una responsabilità anche nei confronti di te stessa.»

Rimango a guardarlo con gli occhi rossi. «So che cosa devo fare. So che sarà inevitabile...» Mentre lo dico a voce alta mi sembra di boccheggiare. «Solo che è più complicato di così. Il problema non è Giacomo. O Marco. Non è solo questo. È anche tutto il resto. È che… mi sento smarrita, Lorenzo. Ho paura di andare a fondo. È come quando vuoi imparare a nuotare. Io voglio farlo. Ma non ho un bordo a cui aggrapparmi. In questi anni, ogni volta che ho avuto la sensazione di andare giù e non poter respirare sapevo dove allungare la mano. Ma adesso non ho più il salvagente. Giacomo non è più l'appiglio che può salvarmi, Marco sta già nuotando nell'acqua che lo aspetta, la mia migliore amica è sempre in giro per il mondo. E in tutto questo devo farci stare un lavoro che sembra lì a ricordarmi tutto quello che non sono diventata. Sono stanca di guardare il mondo attraverso quella vetrina. Vorrei uscire fuori. Vorrei tuffarmi. Ma se ho bisogno di riprendere fiato a cosa mi aggrappo?»

Questa volta, per rispondermi, Lorenzo impiega qualche secondo in più.

«Ti ricordi quando in prima elementare mamma ti ha iscritto al corso di nuoto?»

Dovrebbe togliersi questo maledetto vizio di rispondere a una domanda con un'altra domanda.

«Sì, mi ricordo. Ma che c'entra?»

«Ci sei andata diverse volte. Ti mettevi il costume, avevi persino l'istruttore, la piscina non era tanto grande. Eppure, non hai imparato a nuotare lì. Hai imparato a nuotare al mare quando per farti un dispetto ti ho buttata giù dal pontile. Hai imparato a nuotare nell'unico posto dove non c'erano appigli.»

Lorenzo riprende a passeggiare rigirandosi fra le mani la videocassetta dei nostri ricordi.

«Stavi per uccidermi, lo sai? Non ho mai visto papà così arrabbiato con te.»

La risata di Lorenzo riecheggia fra i rami degli alberi.

«Già, comunque... sappi che c'è una cosa a cui potrai aggrapparti tutte le volte che ne sentirai il bisogno.»

Lo guardo in tralice, anche se lui mi volta le spalle e quindi non può vedermi.

«Se mi stai dicendo che sei tu, ti prego, non farmi ridere. Sei così disordinato che non penso di poter contare su di te per fare ordine nella mia vita.»

Scoppia a ridere. «No, volevo dire un'altra cosa.»

«Cosa?»

«Che potrai sempre aggrapparti ai tuoi sogni. Perché li hai messi da parte troppo a lungo. È così che succede quando diventiamo grandi. La nostra vita comincia a non avere tempo, e allora tutto diventa una corsa. Tutti i "desidero" diventano "devo". Siamo ossessionati dal non far scadere il cibo nel frigorifero e lasciamo andare a male le cose che contano. Quanto manca alla scadenza dei tuoi sogni?»

Quando più tardi apro la porta della mia FIAT Cinquecento sto ancora cercando di scacciare via dalla mia mente quell'ultima domanda.

"Quanto manca alla scadenza dei miei sogni?"

Mi siedo, infilo le chiavi nel quadrante e lascio che l'odore familiare dell'interno dell'auto mi avvolga.

Metto in moto ed esco dal parcheggio con tutte le parole di Lorenzo che fanno ancora a pugni dentro di me.

Mentre imbocco la tangenziale, accendo distrattamente la radio.

Vorrei tanto finire in un posto che non mi aspetto.

Vorrei guidare tutta la sera senza una destinazione.

Vorrei che l'asfalto potesse diventare una tela bianca.

D'un tratto alla radio parte una canzone che non ascoltavo da tantissimi anni. Ne andavo pazza, un tempo.

C'è stata un'estate in cui me la sparavo nelle cuffie tutte le notti prima di dormire.

After All, traccia numero due dell'album *Dehumanizer* dei Black Sabbath.

Quelle prime note riescono subito a strapparmi un sorriso. Nostalgica come non mai, mi metto a cantare a squarciagola.

Fai della tua vita la canzone per cui alzi il volume.

Balla fuori tempo.

Mettiti le cuffie e canta la musica che vuoi.

Disobbedisci.

Due braccia che non ti stringono abbastanza non ti rendono libera. Non farti imprigionare dalle sicurezze.

Non abdicare.

Non fare della tua vita la camera da letto dei sogni degli altri.

Le tue lacrime non possono essere i sorrisi di chi ami.

Inventati la vita che vuoi.

Essere te stessa è la vera rivoluzione.

Sognati.

Sii immatura.

Torna a essere quella che si toglieva le scarpe e correva nell'erba alta, quella che saltava sul letto e accettava caramelle dagli sconosciuti.

Non strappare lungo i bordi, dipingi fuori dal foglio.

Non chiuderti in casa. La vita è fuori.

Impara a dire di no.

Impara a lasciare qualcuno indietro per andare avanti.

A volte lascerai andare mani che pensavi avresti voluto stringere per sempre.

Ci sono giorni in cui essere felici fa male.

Però poi le ferite diventeranno cicatrici.

Forse si vedranno ancora, ma non bruceranno più.

Torna a sorprenderti, a rischiare, a sbagliare.

Dai alla tua vita lo stile che vuoi.

Togliti le cuffie e ricomincia ad ascoltare il mondo.

E torna a suonare per te stessa.

Non c'è un'età giusta per scegliere.

Puoi farlo solo tu.

Tocca a te volerti libera.

10

A volte quando amiamo perdoniamo anche chi non se lo merita

Tommaso

Luglio 1996

Ehi, non mi raggiungi stasera? Non vorrai farmi credere che sono venuta qui per niente…

Lo schermo del Nokia 8810 lampeggia.

Aggrotto la fronte senza capire.

Rebecca non mi aveva dato appuntamento.

Dove sei? digito, tenendo il telefono sotto il tavolino in modo da non farmi vedere da Checco, Paolo e Federico.

Ci stiamo bevendo un gin tonic sul lungomare e da qui Alghero sembra un dipinto antico, i suoi vicoli stretti come fessure nella roccia fanno da riverbero alla sinfonia di lingue e accenti diversi che provengono dalle vite degli altri.

La luce delle stelle vibra sulle mura della città vecchia e trasforma ogni pietra in un ricordo dorato. È da poco passata la mezzanotte e siamo già al terzo cocktail.

Al bar. Dai, alza il culo da lì.

Non ho il tempo di digitare una risposta che mi arriva un altro messaggio.

Tranquillo, non giochiamo a biliardino. So che non vuoi farti battere un'altra volta.

Trattengo a stento un sorriso.

Sono trascorse due settimane da quando ho fermato il motorino sul ciglio della strada e l'ho baciata.

Due settimane in cui io e Rebecca ci siamo scambiati le labbra ovunque: fra gli alberi, nella capanna dietro i bagni del campeggio, davanti al distributore di sigarette, sulla duna dalla quale era corsa a fare il bagno di notte la prima volta, da una finestra all'altra del camper prima di dormire.

Dopo quella grigliata Checco, Federico, Paolo, Alice, Giulia, Rebecca e io abbiamo cominciato a fare tutto insieme: colazione a mezzogiorno, abbronzarci sotto il sole di luglio, frequentare i locali di notte.

E così noi siamo riusciti a far intrufolare il nostro amore dappertutto, ma senza dirlo a nessuno. Mentre i nostri amici ballavano facevamo in modo di incrociarci davanti ai bagni per rubarci un bacio solo nostro, aspettavamo che loro si addormentassero per scriverci da un camper all'altro come il giorno in cui ci siamo conosciuti... Una volta ci siamo perfino baciati in mare mentre gli altri erano occupati a giocare a beach volley.

«Fede, ma tu hai deciso dove iscriverti all'università?»

Checco prende un sorso dalla cannuccia.

Paolo gliela sfila dal bicchiere e la accartoccia nel posacenere.

«Un uomo che beve dalla cannuccia non si può vedere.»

Questa scena l'ho rivissuta migliaia di volte.

«Non lo so. Papà vorrebbe facessi Ingegneria come lui. Ma con i miei voti in matematica non mi ammetteranno mai.»

«Mi sa di no.»

«Grazie, Checco.»

«Non c'è di che. Io invece mi sa che alla fine provo con Fisica.»

Checco sfila le Lucky Strike dalla tasca e allunga il braccio verso di me tenendo il pacchetto aperto.

«Ah, certo. Perché tu sì che in matematica sei forte» gli dico. Ne sfilo una, me la infilo fra le labbra e lui me l'accende.

«Voglio tornare in pari durante l'estate.»

«Checco, in matematica hai sempre avuto tre. Non torni in pari neanche se ricominci dal primo anno di liceo.»

Lui sbuffa nel bicchiere. «Come siete pessimisti. E tu, Paolo? Sempre convinto di andare al Politecnico a Firenze?»

Paolo annuisce senza esitazione.

«Ma poi… da dove ti è venuta tutta questa passione per l'architettura?»

«E che ne so. Ce l'ho sempre avuta, credo. Da bambino passavo i pomeriggi a giocare con i Lego.»

Rido. «Sì, ma non è mica la stessa cosa.»

«Sì, vabbè. E poi ho proprio voglia di trasferirmi a Firenze. Trento comincia a starmi stretta.»

Intanto, sotto il tavolino, mi arriva un altro messaggio.

Non ti facevo così stronzo.

Immagino l'espressione fintamente imbronciata di Rebecca.

Federico mi becca a sorridere. «Chi è che ti scrive?»

Io di scatto oscuro lo schermo. «Nessuno.»

Lui allora avvicina le labbra al mio orecchio, in modo da non farsi sentire dagli altri.

«Cos'è, credi che sia un idiota? Guarda che lo so dove vai quando esci di nascosto di notte.»

«Ah, sì?» gli rispondo a denti stretti.

Fede alza due volte il sopracciglio, che nel suo linguaggio significa "sì".

«Comunque io penso di cambiare. Mi butto su Economia.» Riprendo distratto il discorso aperto da Checco.

«Economia? Ma sai che fai bene? Mio cugino Carlo dice che lì c'è un sacco di figa.»

Federico ovviamente non può fare a meno di lasciarsi sfuggire un commento dei suoi e io ne approfitto per scrivere a Rebecca.

Aspetta. Devo trovare il modo di liberarmi.

«Fede, sei sempre il solito» gli dico.

Lui apre le braccia come a dire "che ci vuoi fare".

Io, allora, mi alzo in piedi.

«Vai al bagno?»

Ho un attimo di incertezza.

«Ehm, no. Scusate, stasera passo. Non sto molto bene.»

«Io te l'avevo detto che il pesce che hai mangiato a pranzo non sembrava freschissimo.» Checco manda giù l'ultimo sorso di gin tonic, stavolta senza cannuccia, e mi guarda preoccupato.

Fede invece mi lancia una delle sue occhiate e mi lascia intendere di aver capito tutto.

«Divertitevi anche per me, okay?»

Paolo intanto con un cenno chiede al cameriere un altro giro.

«Ci puoi giurare.»

Qualche minuto dopo mi sono già lasciato la città vecchia alle spalle. Corro sotto i lampioni del lungo viale che collega il centro al nostro campeggio, supero di slancio il distributore di sigarette, mi intrufolo fra gli alberi, sbuco di fianco alla duna e, con le scarpe che affondano nella sabbia, raggiungo il bar chiuso. Stavolta senza paura scavalco la recinzione.

Tutto è come l'avevo lasciato: la struttura in legno, il tetto di paglia, le pareti dipinte, le conchiglie e i coralli sulla porta, i cestini di vimini intrecciati, i poster sui muri, Rebecca dentro la sua maglietta larga.

Solo che stanotte si è legata i capelli in due codini che le scivolano sulle spalle ed è in piedi su una sedia dietro il bancone mentre prova a prendere una bottiglia di Martini dallo scaffale.

È così allungata verso l'alto che la maglietta si è sollevata e lascia intravedere l'orlo di un paio di mutandine lilla.

«Hai il culo scoperto» le dico, mentre faccio un passo oltre il calciobalilla.

Rebecca trasalisce per la sorpresa e nel tentativo di tirarsi giù la maglietta rischia di cadere dalla sedia.

Si volta verso di me. Ha un accenno di rossore sulle guance e uno sguardo che perforerebbe chiunque.

«Non ti ho sentito arrivare. E comunque, vaffanculo.»

«Non vorrai mica bere Martini.» Faccio due passi verso di lei. «E poi mi prendi per il culo perché fumo Lucky Strike.»

Mi fermo al suo fianco e prendo una bottiglia di Jack Daniel's dallo scaffale più in alto.

«"E poi mi prendi per il culo perché fumo Lucky Strike"» mi fa il verso lei, borbottando una cantilena mentre scende dalla sedia con un salto.

Le è già passato l'imbarazzo per la mia battuta.

Mi sfila la bottiglia dalle mani, prende due bicchieri dal bancone, trova due cannucce, poi attraversiamo il locale e torniamo in spiaggia.

Rebecca si siede a gambe incrociate di fronte al mare.

Mi siedo di fronte a lei e riempio i bicchieri di Jack Daniel's.

Lei prende il suo e beve un sorso senza scollare i suoi occhi grandi dai miei.

«Stavolta cos'hai raccontato ai tuoi amici per venire qui?»

«Niente di che. Ho detto che non mi sentivo molto bene. Tu invece?»

Lei fa spallucce. «Lo stesso.»

Mi sembra di intravedere un mezzo sorriso.

Poi aggiunge qualcos'altro.

«Comunque ai tuoi amici potevi dire la verità.»

Oggi porta un paio di orecchini lilla.

Quando parla dondolano appena.

E i codini le danzano attorno al collo.

«La verità? Guarda che hanno capito, eh...»

«Sì, vabbè. Ma potevi dirglielo che ti sei innamorato.»

Me lo dice seria. Tenendo il verde dei suoi occhi su di me.

Io glisso. «Tanto fra meno di un mese parti, no?» Infilo la cannuccia fra le labbra e la guardo con gli occhi stretti, con aria di sfida.

Lei ondeggia un po' avanti e indietro, come quando l'ho vista ascoltare la musica quella notte.

Poi mi guarda, mi sorride e parla con la sua solita leggerezza.

«Puoi sempre chiedermi di restare.»

Ha questo modo di parlare per cui non si riesce mai a capire se sta scherzando oppure no.

Non faccio in tempo a rispondere.

«Comunque, ho pensato una cosa...» Rebecca fruga nella borsa e tira fuori il lettore CD. «All'inizio, quando mi hai mandato quella canzone di Michael Jackson pensavo fosse un caso, ma Fiorello mi ha proprio uccisa. Quindi...»

Mentre parla sgarbuglia il filo delle cuffie.

Poi ne indossa una e infila l'altra nel mio orecchio.

«Quindi?»

«Quindi adesso ti faccio ascoltare qualcosa di bello per davvero. Lo faccio per te, eh...»

«No, ma guarda che non serve...» Faccio finta di togliermi la cuffia, ma lei me la spinge dentro di nuovo.

«Questa s'intitola *Black Hole Sun*, è dei Soundgarden. Non te lo chiedo neanche, se la conosci...»

Sospiro accettando il fatto che tanto sarebbe impossibile farle cambiare idea, e mi abbandono ai primi accordi di chitarra, seguiti dalla voce "potente e inconfondibile" di Chris Cornell. Almeno così l'ha definita Rebecca.

«Di che parla?» le chiedo, poco prima del ritornello.

«Della depressione e della disillusione della società moderna. Della superficialità dei rapporti umani, delle sfide alla salute mentale e della ricerca di uno scopo più profondo nella vita.»

«Davvero c'è tutto questo qui dentro?» A me sembrano solo un mucchio di parole e urla messe in fila senza senso.

«Ma certo, cosa credi?»

Poi, in successione partono *Smells Like Teen Spirit* dei Nirvana, *Enter Sandman* dei Metallica, *November Rain* dei Guns N' Roses, *Man in the Box* degli Alice in Chains, *Jeremy* dei Pearl Jam, *Plush* degli Stone Temple Pilots, *Cherub Rock* degli Smashing Pumpkins, *No Rain* dei Blind Melon.

Ogni volta che attaccano le prime note di una canzone Rebecca mi dice il titolo e la band. E mi racconta qualcosa dei testi, quelli in cui crede di più.

A un certo punto parte *Nothing Else Matters* dei Metallica.

«Ehi, questa la conosco...»

«Allora una canzone come si deve l'hai ascoltata almeno una volta nella vita. Sai che James Hetfield quando è uscita l'ha dedicata alla sua prima ragazza?»

«No, non lo sapevo...» le rispondo, proprio mentre lui canta che «*It couldn't be much more from the heart*». Non potrebbe essere più lontano dal cuore.

«E tu?» le domando.

«Che cosa?»

«Tu ce l'hai avuta una storia importante?»

Rebecca spinge il bicchiere di Jack Daniel's nella sabbia per farlo rimanere in equilibrio, poi appoggia la testa sulla mia spalla e mi accarezza il dorso della mano con i polpastrelli.

«Sono stata fidanzata due anni...» Fissa le onde che si infrangono sulla spiaggia e non smette di sfiorarmi. «L'anno scorso è finita perché una sera ero a casa con la febbre. Lui invece è uscito a ballare. Il giorno dopo Alice è venuta a casa mia a dirmi che aveva incontrato Nicola in un locale, che lui aveva bevuto un po' troppo e che aveva provato a baciarla...»

«La stessa Alice che è qui con te?»

«Sì...»

«Ma... e non ti sei arrabbiata con lei?»

«E perché mai avrei dovuto?» mi domanda come se pensasse che ho fatto una domanda proprio stupida.

«Be', non lo so... siete amiche...»

Rebecca appoggia la testa sulla mia spalla e inizia a giocherellare con l'orlo della mia maglietta.

«Quando Laura si è messa con il tuo migliore amico tu ti sei incazzato con lei o con lui?»

Rimango un attimo a rifletterci e penso anche che mi piace davvero tanto il solletico che i capelli di Rebecca mi fanno sul collo.

«Be', veramente con tutti e due...»

«Ma scusa, tu puoi anche essere innamorato di una persona, se lei però non ti ricambia non è mica una colpa. Non puoi incazzarti perché magari invece le piace il tuo compagno di banco. È libera di amare chi vuole. Cosa deve fare, Laura, portare rispetto a te solo perché se no ci soffri? Eddai. Puoi starci male, okay. Ma starci male non ti dà mica il diritto di arrabbiarti. È il tuo amico il bastardo, perché lui sì che una cosa così non avrebbe dovuto fartela...»

Rebecca fa una pausa e un sospiro.

Forse ha ragione, ma non glielo dico.

«La differenza fra il tuo amico e Alice è che quando lei si è trovata in quella situazione non ha avuto alcun dubbio su chi scegliere...»

Poi Rebecca fa un'altra pausa. Questa volta un po' più lunga. Alla fine, quando riprende a parlare lo fa con la voce che trema appena, come quando si è incerti se dire o meno qualcosa.

Non avevo mai visto Rebecca insicura, fino a ora.

«Sai, in questi anni non è stato facile essere amica di Alice. Soprattutto all'inizio. Non è semplice crescere accanto alla ragazza più bella della scuola. Quella che quando uscite insieme attira gli sguardi di chiunque e quindi ti fa sentire invisibile. Appena Alice ha messo per la prima volta piede in classe si sono voltati tutti ad ammirarla. Il suo sguardo intenso, i suoi capelli lisci, il suo sorriso magnetico. Non siamo diventate amiche subito. All'inizio la osservavo da lontano. Non volevo disturbare il suo mondo perfetto e sentirmi ancora più insignificante. Ma poi ho scoperto tutto quello che anche lei porta con sé. Alice è gentile, generosa, spiritosa.

Insicura come tutte noi. Alice è autentica, sa ascoltare, è leale. Ti spinge a essere migliore. E quante persone possiedono la magia di fare una cosa così? Alla fine, ho persino accettato che ha delle tette più belle delle mie...»

Per un momento mi sento una merda ad aver fatto quella battuta su Alice, la sera della grigliata.

«Comunque, qualche mese dopo Nicola è tornato e mi ha chiesto scusa. È per questo che ti avevo fatto quella domanda... se tu ci credi nei ritorni.»

«E lo hai perdonato?»

«Sì, ma come hai detto tu i ritorni non dipendono solo da te. E lui è uno di quelli che è rimasto il tempo di una scopata e poi mi ha fatta stare peggio di prima.»

Mi mordicchio il labbro inferiore, non so se farle la domanda che mi frulla in testa da qualche minuto.

Alla fine cedo.

«È stata la tua prima volta, lui?»

Lei mi risponde guardandomi con un'espressione che non riesco a decifrare.

«Sì.» Prende il bicchiere dalla sabbia, beve un sorso, lo rimette lì. «Era sera. Faceva freddo e pioveva acqua a secchi. Tutto sembrava promettere qualcosa di speciale. Erano giorni che fantasticavo su quella notte. Cosa credi? Sono un po' stronza, ma anche io sogno certe cose. Anche io sono romantica. Solo che non lo faccio mica vedere. Comunque, quando è successo, è stato bruttissimo. Lui era distante, quasi annoiato. Sembrava volesse solo spuntare una casella sulla lista. Mi sono pentita all'istante...»

Vorrei chiederle tante cose: se l'ha superata, se io sono solo un modo per dimenticarlo, se qualche volta le manca.

Ma sono tutte domande che avrebbe potuto fare anche lei a me, dopo aver saputo di Laura. E non me le ha fatte.

Ha preferito fidarsi delle sue sensazioni.

Voglio farlo anche io. Perché le mie dicono che Rebecca, se adesso potesse scegliere di trovarsi in un qualsiasi posto al mondo, vorrebbe essere qui con me su questa spiaggia, con questa bottiglia di Jack Daniel's rubata in un bar chiuso, a provare a farmi piacere la musica che ama.

«Il fatto è che a volte aspettiamo qualcuno che non ha nessuna intenzione di tornare da noi» conclude lei, e mi guarda come a dire: "Lo sai anche tu, considerando com'è andata a finire con Laura". «E la tua prima volta, invece?» prosegue, spostando il discorso su di me.

Mi piace che mentre parliamo continui a sfiorarmi il dorso della mano.

«La mia prima volta avevo sonno...»

«Sonno?»

«Sì, te lo giuro. Ero a Roma per un concerto con un gruppo di amici. Siamo rientrati alle quattro del mattino e io dormivo con una mia amica. È successo. Non so neanche perché. Non mi piaceva nemmeno così tanto e avevo gli occhi che mi si chiudevano da soli. Ho pure rischiato di addormentarmi, a un certo punto. Ma è stata più una cosa amichevole, non lo so...»

Rebecca si mette a ridere e si copre la bocca con la mano.

«Ma lo sai che sei strano, tu?» mi domanda. Poi torna seria. «Comunque, aveva delle tette più belle delle mie?»

«No, le tue sono più belle.»

Mi sorride soddisfatta, poi riprende il lettore CD.

«Posso farti ascoltare l'ultima?»

«Posso impedirtelo?»

Lei mi sfiora le labbra con un bacio e preme PLAY.

«Non dirmi che non la conosci, questa...»

Rimango ad ascoltare qualche secondo, poi scuoto la testa.

«Si intitola *The Unforgiven*, è dei Metallica.»

«Ancora i Metallica? Li ascolti un sacco, eh...»

«Sì, ovvio» mi risponde con uno sguardo severo. «Questa canzone parla di un sacco di cose: delle aspettative delle persone, del futuro, dei sogni...»

Chiudo gli occhi per qualche secondo.

La musica è abbastanza alta da farmi vibrare il cuore, ma non così tanto da impedirmi di sentire il mare.

Quando li riapro è ancora tutto qui: le onde che schiumano sulla spiaggia, questo cielo che sembra fatto per noi, i bicchieri di Jack Daniel's mezzi vuoti abbandonati qui accanto.

Rebecca si è tirata su. «Scusa. Mi ero persa a guardarti» mi dice mentre mi fissa con quegli occhi che mi hanno scavato dentro un vuoto fin dal primo giorno. Poi appoggia delicatamente l'indice sulle mie labbra, tracciandone con tocco lieve il contorno. «Sei bello...» Adesso ha gli occhi socchiusi e un'espressione rilassatissima.

Così, sulle note di *The Unforgiven* dei Metallica, con una cuffia in un orecchio e il suono delle onde nell'altro, le mie mani si adagiano sul suo viso e i nostri sguardi si trafiggono in quell'intesa che ti fa tremare ovunque: dentro e fuori.

In un istante mi avvicino, e lei schiude appena la bocca per mordermi le labbra.

Questa volta non bacio solo la Rebecca che ho conosciuto, quella sorridente, leggera e un po' capricciosa.

Bacio la Rebecca che conoscono in pochi: quella fatta anche di un mondo di incertezze, quella che non vuole più credere ai ritorni e che nasconde il suo romanticismo dietro canzoni metal che ascolta di fronte al mare, quella che ama i film in bianco e nero, che sa ancora mettere l'amicizia prima di tutto e che ha voglia di amare anche se la sua famiglia non si ama più.

Mentre le sue mani si aggrappano alle mie spalle, tutto in me ha voglia di assaggiarla.

Le mie labbra si spostano dalla sua bocca al collo.

Lei rabbrividisce, poi sale sopra di me, mi sfila la maglietta, apre i palmi sulle mie spalle e scende lungo la schiena.

Il suo respiro diventa un sospiro quando anche le mie mani si arrampicano su di lei perché io possa finalmente sentire la sua pelle addosso.

La sua maglietta finisce nella sabbia mentre io le sgancio il reggiseno e con la lingua comincio a fare dei piccoli cerchi attorno ai suoi capezzoli.

Ci spogliamo come due amanti che si sono inseguiti per anni.

Le sue mani scendono sul mio petto, sganciano il bottone dei miei jeans e si aprono attorno a tutta la voglia che ho di lei.

Io la alzo tenendola stretta con un braccio dietro la schiena, lei attorciglia le gambe attorno ai miei fianchi e insieme ci distendiamo sulla sabbia.

La assaggio ovunque. Labbra, guance, spalle, seno, pancia.

Le sfilo le mutandine e appoggio le labbra sulla sua voglia di noi, mentre lei mi stringe le gambe sul viso.

Poco prima di raggiungere l'orgasmo, mi afferra per i capelli e mi tira sopra di sé.

Quando entro dentro di lei e sento il suo corpo tremare sotto di me, ci guardiamo negli occhi.

Facciamo l'amore così: i cuori sincronizzati e i corpi che diventano più caldi, più rossi, più tutto.

Rebecca, appena inizio a pulsare, mi pianta le unghie nei fianchi e si inarca appena, in una delle istantanee che per me rimangono fra le più perfette al mondo.

«Com'ero vestita stasera?» mi chiede d'un tratto.

Siamo completamente nudi, la pelle ancora umida di sudore. Io sono sdraiato sulla schiena, lei invece è stesa su un fianco e raggomitolata a me.

«Fammi capire, in un momento così, con tutte le cose che potresti pensare, a te viene da chiedermi com'eri vestita?»

Lei solleva la testa dal mio petto e mi guarda seria.

«Allora? Te lo ricordi o no?»

Corrugo la fronte, un po' confuso. «Avevi una maglietta lunga e larga color lavanda. Sul retro c'era scritto *Girl Power: The 90's Revolution*, e davanti, sotto il colletto, c'era un cuore stilizzato che ci stava davvero malissimo. Ai piedi delle infradito pastello più o meno dello stesso colore della maglietta. E be'...» Accenno un sorriso. «Fino a poco fa anche un paio di mutandine lilla.»

Il suo sguardo adesso è meno severo.

Così torna ad appoggiare il capo sul mio petto e, non so perché, a pizzicarmi dolcemente i lobi delle orecchie.

«Mi fai una promessa?» mi domanda, dopo un po'.

«Che cosa vuoi che ti prometta?»

«Promettimi che te lo ricorderai. Com'ero vestita, dico. Anche se non dovesse succedere mai più. Anche se dovesse restare una volta soltanto. Promettimi che non dimenticherai com'ero stasera: la maglietta color lavanda, le infradito. E anche le mutandine. Le mie tette, il mio sapore, il mio culo. Non dimenticarti di niente. Di questo cielo e di questa spiaggia. Ricordati tutto nei minimi dettagli. Me lo prometti?»

Rebecca ha davvero un modo tutto suo di essere romantica.

Le rispondo mentre gioco con le ciocche dei suoi capelli.

«Te lo prometto.»

La sento sorridere contro il mio petto.

Ma Rebecca non sa che ricorderò anche tutto il resto.

Non sa che non la dimenticherò mai.

Perché io sono così: dimentico tutto tranne ciò che conta.

E fra me e Rebecca c'è qualcosa che conta più dell'amore.

La sintonia. Quella che fa la differenza.

Quella che ti fa ridere e piangere.

Quella che ti entra in testa e nella pancia.

Quella che ti fa essere te stesso per la prima volta in vita tua.

Quella che porta nella tua vita la magia del sentirsi sincronizzato con il cuore di qualcun altro.

Sono questi, gli amori che non si dimenticano.

Perché la sintonia ti resta incollata addosso come una T-shirt in pieno agosto.

Diventa una seconda pelle.

E te ne innamori, di quel leggero scudo che ti fa sentire meno solo al mondo.

Le cose più difficili da dimenticare sono quelle che hanno avuto luogo solamente nella tua testa: i discorsi fatti in silenzio, le volte in cui vi siete presi la mano nello stesso istante, quelle in cui al cinema vi siete scoperti a guardarvi di nascosto.

L'amore che vivi nei pensieri mette radici nei tuoi ricordi e resta con te per sempre.

Anche quando vorresti voltare pagina, sarà sempre lì a ricordarti che esistono fiori più belli, più profumati.

Tutti cercano l'amore.

Io ho sempre cercato la sintonia.

11

Dicono che se te ne prendi cura, le cose durano. Ma le cose durano solo se te ne prendi cura in due

Rebecca

Oggi

Le donne a volte si annullano in amori sbagliati.

Si lasciano divorare dai sensi di colpa.

Smettono di sorridere e di ballare.

Perdonano. Quante volte perdonano, le donne...

E a volte si perdono.

Sfioriscono. Si consumano.

Ma poi, un giorno, all'improvviso, dicono basta.

Che luce, quando accade... Quando decidono che è il momento di essere di nuovo felici.

Si riconquistano. Si ricorteggiano.

E si sentono di nuovo belle.

Ad andare al cinema da sole e al ristorante con le amiche.

Che luce, quando si riflettono allo specchio e d'un tratto in quel viso stanco riconoscono una donna che amano.

Che luce, quando una donna smette di piangere e ricomincia a commuoversi, quando smette di ondeggiare al ritmo delle proprie insicurezze e ricomincia a ballare, quando smette di immaginare una vita diversa e ricomincia a sognare una vita all'altezza del suo cuore.

«È finita.»

Glielo dico così, d'un tratto, mentre siamo seduti al ristorante.

Ho trascorso gli ultimi minuti immobile, in silenzio, a guardarlo mangiare: i suoi capelli spettinati, la linea del suo collo, la forma delle sue labbra, i movimenti delle sue mani.

Sono stretta in un elegante tubino nero, calzo delle scarpe con il tacco, ho gli occhi truccati con un filo di mascara e le labbra disegnate dal *suo* rossetto preferito.

Sembro pronta per le occasioni migliori.

Ma non sono pronta per questo.

Le parole mi escono all'improvviso.

Quasi non mi accorgo di averle pronunciate.

Non l'avevo nemmeno previsto.

Quando un'ora e mezza fa sono uscita di casa per andare a prenderlo alla stazione, al ritorno da un breve viaggio di lavoro, non immaginavo sarebbe accaduto questo.

Doveva essere una sera come tutte le altre.

Non mi ero preparata alla fine.

Di certo non avevo mai creduto che l'amore della mia vita terminasse in un ristorante affollato, in mezzo a tutte queste vite inconsapevoli di quello che sta succedendo dentro di me.

Quando, in questi anni, ho cercato di immaginare questo momento, ci pensavo a casa, magari durante una litigata fatta dalle sue urla troppo forti e dai miei occhi troppo gonfi.

Immaginavo una fine rumorosa.

Perché è così che dovrebbe essere quando termina qualcosa di importante.

Invece non sento nessun frastuono dentro di me, ma solo un silenzio così assordante da sembrare finto.

Dentro di me. E fuori.

Parlano tutti sottovoce, i camerieri scivolano fra i tavoli a passi felpati, qualcuno si tiene per mano.

Emerge ogni tanto qualche risata, tra il tintinnio delle posate che battono sui piatti.

Io e Giacomo invece non ridiamo più.

Siamo due infelici che si tengono per mano.

E io non ne posso più di questo nodo perenne che sento nello stomaco.

Ma non avevo mai preso davvero in considerazione l'idea di lasciarlo.

L'avevo immaginato, certo, soprattutto durante quelle notti insonni passate a guardare mio marito dormire e a chiedermi che cosa fosse accaduto a quei due ragazzi di tanti anni prima per arrivare a questo punto.

L'avevo immaginato, convinta mi mancasse il coraggio di farlo.

Di distruggere, con due parole, la vita e la donna che sono stata fino a oggi.

Quel coraggio che invece ho avuto quando ho incontrato

Giacomo per la prima volta, quando ho deciso di baciarlo, quando ho sentito per la prima volta il desiderio di essere chiamata mamma, quando abbiamo deciso di costruire insieme una casa da chiamare famiglia.

Pronuncio quell'"è finita" in un modo che spaventa perfino me.

Con il cuore stanco, ma gli occhi asciutti.

Per una volta, niente lacrime. Niente magoni. Niente mani che tremano.

Per una volta, mi sento un pochino più forte.

Non sento nemmeno quel *crac* di quando finisce tutto. Non sento niente.

Giacomo alza sorpreso gli occhi dal piatto. «Che cosa?»

Ci metto qualche secondo a rispondere. Qualche secondo in cui mi passa davanti agli occhi tutta la nostra vita insieme.

Poi lo dico di nuovo. «È finita.»

Adesso la mia voce è ferma. Consapevole.

Percepisco ogni sillaba uscire dalle mie labbra.

Per un attimo, sembra andare tutto al rallentatore.

Giacomo si guarda attorno.

Poi mi risponde con un filo di voce. «Rebecca, ti sembra il momento?»

E a me, alla fine, cade lo sguardo sul suo maglioncino blu, anche se stavo lottando da tutta la sera per fare in modo che non accadesse, perché, l'ultima volta in cui ricordo di essere stata davvero felice con lui, Giacomo era vestito nello stesso modo.

Nel cielo si vedeva settembre, eravamo sulla cima di una

montagna così alta che pareva di essere sulla vetta del mondo, lo scrosciare in sottofondo di un torrente mi faceva sentire in una fiaba.

Dopo una notte in tenda protetti da un arazzo di stelle ci siamo svegliati immersi nell'odore di funghi, lamponi e mirtilli.

Poco lontano, davanti a noi, qualche stambecco si stagliava all'orizzonte, nell'alba più bella della mia vita.

Allora abbiamo steso una coperta sul prato e abbiamo fatto colazione con pane e marmellata.

Quando abbiamo smesso di andare in montagna?

Quando abbiamo smesso di mangiare marmellata insieme?

Forse dovrei chiederglielo, adesso, seduti al tavolo di questo ristorante elegante. Ma non mi va.

Quando ho smesso di aver voglia di fare domande?

Quando ha smesso di aver voglia di rispondere?

«Perché dici così, Rebe? Cos'è successo ora?»

Stacco gli occhi dal suo maglioncino e deglutisco per rispedire in gola le lacrime.

«Non è ora. È tanto tempo, Giacomo. Ti ricordi due anni fa, quando ho scoperto che mi avevi tradita? Te lo ricordi?»

Io lo ricordo fin troppo bene.

La nostra notte in tenda era ancora poco lontana, la fine di tante cose invece era vicina. Solo che io non lo sapevo.

Giacomo era in doccia, io in soggiorno seduta sul divano. D'un tratto sul suo cellulare, che aveva dimenticato lì accanto a me, è arrivato il messaggio che mi ha ridotta in macerie.

Adesso, due anni dopo, ho dentro nuove consapevolezze sul perché sia arrivato a tradirmi e non sono più arrabbiata con lui per averne avvertito il desiderio, ma per aver permesso che accadesse sul serio.

Giacomo mi ha trovata raggomitolata sul divano, sfigurata dalle lacrime, indifesa come non pensavo mi sarei mai potuta sentire accanto a lui.

«Sono passati due anni, Rebecca. Hai deciso di andare avanti. Hai deciso di perdonarmi. Non possiamo sempre tornare a parlarne...»

All'improvviso tutto torna al suo posto: questo tubino che non mi fa sentire a mio agio, il chiacchiericcio del ristorante, le mie gambe che tremano sotto il tavolo.

«Tu la risolvi sempre così. Pensi che sia facile. Per te quello che è successo è diventato poco importante. Decidi che non bisogna parlarne e io devo rispettarti perché altrimenti ti arrabbi...»

D'un tratto Giacomo fa una cosa che non mi aspetto.

Prende la mia mano sopra il tavolo e la stringe forte.

Per un attimo mi sento affogare, in preda all'urgenza di scappare da questa situazione, da quest'uomo che conosco troppo bene.

Chiudo gli occhi e con una forza nuova riesco a liberarmi dalle sue mani.

Non l'avevo mai fatto.

«Quando ho deciso di perdonarti l'ho fatto perché ho creduto di non poter fare a meno di te. Ero terrorizzata al pensiero che tu non ci fossi più. Ho scelto di essere infelice pur di vederti rientrare la sera a casa. Ma soprattutto, speravo che la paura di avermi persa e il ricordo di quanto io fossi stata male in quei giorni ti avrebbero cambiato. Ma tu non cambi. Non cambi mai. Sono anni che non sono felice. Sono anni che mi sono persa. E tu lo sai. Eppure fai finta di non vedere. Ti sembro la stessa ragazza che hai incontrato? Sono ingrassata, ho un lavoro che non amo, ho perso praticamente tutte le amicizie che avevo, non faccio più niente di ciò che amo. Non rido nemmeno più. E tu. Tu sei lontano anni luce da me. Non da due anni. Da molto prima. Sono rimasta a casa ad aspettare che da quella porta entrasse l'uomo di cui mi sono innamorata per troppo tempo. Ti ho aspettato fino a perdere me stessa. Non so più chi sono. E tu continui a fare finta di niente. Finalmente però credo di aver capito...» Faccio una pausa, cercando di raccogliere tutto il coraggio che ho. «La verità è che tu non sei più capace di amarmi. A volte sai cosa mi sono chiesta? La cosa più brutta: se tu mi abbia mai davvero amata...»

Adesso Giacomo ha un'espressione che gli ho visto poche volte.

Ci è rimasto male davvero.

Sono sicura che questo non se lo aspettava.

«Rebecca. Per favore. Come fai a dire una cosa simile? Siamo sposati da vent'anni. Abbiamo una casa. Un figlio. Ti sono stato accanto per tutto questo tempo...»

«Stare accanto a qualcuno è diverso da amare qualcuno. Amare qualcuno è un sentimento. È qualcosa che percepisci. È un modo di esserci. E tu non ci sei più. Anche io ho i miei bisogni. E invece li ho trascurati. Mi sono trascurata. Non dico che sia solo colpa tua. Anche io probabilmente non amo nel modo giusto. Anche io amo male. Però amo. Ci sono...» Il mio sguardo si sposta per un momento fuori dalla grande vetrata del locale. «Sono stata una stupida a pensare che avresti trovato il modo di riconquistarmi...»

Lo dico con gli occhi fissi in un punto lontano.

«Non mi ami più?»

«Non ho detto questo.»

«Sì, invece. Riconquisti solo qualcuno che hai perso.»

Faccio un sorriso amaro. Poi gli rispondo, ma continuo a non guardarlo.

«No. Vedi? Confondi sempre tutto. Forse sì, forse ti amo ancora, ma non sei più l'uomo che desidero. A volte le cose non finiscono perché non si ama più, ma perché non si è più felici. A volte non è importante solo riconquistare una persona, ma riconquistare un modo di essere. Un modo di stare insieme. Pensavo ti saresti impegnato di più, quando ti ho perdonato uno sbaglio così. Invece, dopo qualche settimana, sei tornato quello di prima. E te l'ho permesso io. Perché ho sempre provato a capirti. Perché sai che io, dopotutto, ci sono sempre. Forse non dovevo perdonarti, perché questo ti ha fatto pensare che tanto alla fine accetto sempre tutto. Ti ha permesso di darmi per scontata. Mi sento davvero una scema ad aver pensato che tu potessi accorgerti di nuovo di me. Ad aver creduto in noi prima di credere in me. Un rapporto non deve farti sentire meno di ciò che vali. Deve farti sentire all'altezza di ciò che sei.»

Giacomo continua a fissarmi, inespressivo.

È sempre stato così. Ha sempre parlato poco.

Ha sempre preferito indossare questa maschera senza espressione che lo fa sembrare inscalfibile.

Questa volta però non mi faccio fermare dalla sua apparente indifferenza.

«Io voglio un amore che mi faccia sentire la donna che sogno. Invece non sai quante volte mi sento come se ciò che desidero diventare non fosse importante. Ho sempre dovuto essere all'altezza dei tuoi sogni. Non dei miei. Quando sono riuscita a dirti che volevo cambiare lavoro mi hai risposto di non essere infantile, che c'è Marco, che c'è ancora il mutuo e tutto il resto. Ti sei focalizzato più su ciò che serve, non su quello che conta. Lo so che cambiare lavoro alla mia età è un rischio. Ma avrei preferito capissi che è più preoccupante il fatto che io non sono felice. Solo che tu non mi prendi sul serio. Non dai importanza a come mi sento. Continui a dire che esagero, che non sono mai contenta. Ma io voglio un amore che mi faccia diventare la donna che sogno. Non c'è niente di più bello di un uomo che ti aiuti a esserlo...»

Lo so che sto dando tante colpe a lui e poche a me.

E che forse non è giusto.

Ma sforzarmi di odiarlo mi aiuta a non avere ripensamenti.

Perché quante volte vogliamo lasciare qualcuno e poi, di fronte al suo dolore, accettiamo di portare avanti la farsa?

Quanti amori già finiti rimangono tenuti insieme dai sensi di colpa?

«Anche tu non sei facile da amare, Rebecca. Anche tu sei cambiata. Anche tu hai perso le attenzioni di una volta...»

Finalmente torno a posare lo sguardo su di lui, sulle sue mani che tremano appena accanto al piatto.

Giacomo ha ragione.

Era più facile amarmi, quando non volevo amarmi.

Quando mi chiedevo scusa per colpe che aveva lui.

Quando preferivo essere infelice insieme che felice da sola.

Quando accettavo di non essere guardata, e lottavo per essere la donna che voleva lui e non quella che volevo essere io.

Quando concedevo clemenza alle sue assenze, alle carezze che non mi dava, alle parole che usava per ferirmi.

Era più facile amarmi quando gli perdonavo ciò che non avrei mai perdonato a nessun altro.

Era più facile starmi accanto quando accettavo di essere sua, ma non mi sentivo mia.

Adesso invece è più difficile, lo so.

Adesso che mi sto perdonando per le mancanze che ho avuto nei miei confronti mentre perdonavo le sue.

Adesso che parlo anche se non mi ascolta.

Adesso che voglio tornare a essere la donna che ha conosciuto e lui invece è lontanissimo dall'uomo che ho incontrato.

Adesso che resto in silenzio davanti alle sue domande perché sono impegnata a darmi le risposte che cerco.

Adesso che al mattino non voglio più sistemargli la cravatta, ma desidero ricominciare a sistemarmi i capelli.

Non conta nulla trovarsi, se poi non si lotta per non perdersi. E lui non l'ha fatto.

Quando mi sono sentita smarrita, lui non c'era.

Allora adesso ho bisogno di riprendermi per mano.

E questa è la cosa più importante.

Non mi scelgo perché lui ha smesso di scegliermi.

Mi scelgo perché so che rinuncio a lui ma riconquisto me.

È arrivato il momento di smettere di esistere e ricominciare a vivere.

Vorrei rispondere così a Giacomo. Invece no.

Stringo i denti per non piangere, mi alzo, prendo la borsetta dallo schienale.

«Dai, andiamo a casa» mi limito a dirgli.

E mentre pronuncio queste parole mi chiedo se avremo ancora a lungo una "casa".

È tutto così silenzioso: la macchina che corre sull'asfalto, gli occhi di Giacomo fissi sulla strada, il mio sguardo puntato fuori, oltre il finestrino.

Che ne sarà di me adesso?

Che ne sarà della mia vita?

Della donna che sono?

Come sarà svegliarmi in preda a una crisi di panico quando davvero mi renderò conto di ciò che ho appena fatto? Come sarà dormire in un letto vuoto dopo vent'anni di matrimonio?

Quando sta per chiudersi una storia, tutti pensano che i giorni più difficili siano gli ultimi, quelli che ti portano verso la fine, e che tu non possa fare altro che aspettare che passino, impotente. Ma non è così.

La tempesta vera non arriva quando vi guardate negli occhi per dirvi addio.

La tempesta vera arriva dopo.

Quando lo guardi aprire gli armadi e infilare le sue cose in valigia. Quella sarà una scena che ti spezzerà il cuore.

La tempesta vera è quando suonerà la sveglia e lui non ci sarà.

Quando per la prima volta non userai più la moka per due.

Quando ti ritroverai a stappare una bottiglia di vino a una tavola apparecchiata solo per te.

Quando ti accorgerai di quanto può sembrare improvvisamente grande e triste la casa che avevi sognato.

Mentre Giacomo entra nel vialetto, finalmente mi scende una lacrima.

Dentro un silenzio assordante percorriamo tutti i ventuno passi che separano il nostro posto auto dal portone di casa, rimango due metri dietro di lui quando apre il portone, poi lo seguo su per le scale, fino al secondo piano e all'ingresso di quella che è stata casa nostra.

Giacomo senza dire niente scivola in camera da letto, io invece con il cuore spezzato esco sul balcone e mi siedo per terra.

Guardo le stelle che brillano sopra di me e mi chiedo se esista nel mondo un posto in cui potrò sentirmi ancora me stessa.

Rimango così, con le lacrime agli occhi e lo sguardo rivolto al cielo, per un tempo che non saprei quantificare.

Poi, d'un tratto, sento dei passi dentro casa.

Mi volto e vedo Giacomo uscire dalla stanza da letto, fermarsi davanti alla porta del bagno, guardare nella mia direzione.

I nostri occhi si incrociano nel riflesso della portafinestra aperta.

Ha uno sguardo stanco tanto quanto il mio.

«Non volevo finisse così.»

Me lo dice con gli occhi rossi e con tutta la dolcezza che mi è mancata fino a oggi.

Non ricordo l'ultima volta che l'ho visto sul punto di piangere.

Lo guardo a lungo, con il mento appoggiato sulle ginocchia rannicchiate contro il petto.

Poi accenno un sorriso. Un sorriso pieno di tutto quello che siamo stati.

«Sì, lo so. Neanche io.»

Ti dicono che, se te ne prendi cura, le cose durano.

Ma non è vero. Le cose durano se te ne prendi cura in due.

Ti dicono che se c'è ancora amore allora devi resistere.

Devi restare.

Io invece no.

Non sempre i grandi amori durano per sempre.

A volte rimangono grandi proprio perché finiscono.

Ti dicono che restano solo i coraggiosi.

Io dico che ci vuole più coraggio per andare via.

Allenati al miracolo di dire basta.

Se devi faticare troppo per indossare un vestito, significa solo che non è della taglia giusta.

Un amore non può diventare una missione da compiere.

Non può essere una promessa da mantenere.

Non è vero che si deve restare insieme a tutti i costi.

Allenati alla rinascita e all'arte del superare.

Abbiamo una vita sola.

Qualche volta ti sentirai così sola che ti chiuderai al buio insieme alle tue debolezze per nasconderle al mondo.

Va bene così.

Solo noi possiamo fare i conti con noi stessi.

E ci sono momenti in cui non possiamo scegliere se sorridere davvero oppure per finta.

A volte possiamo solo accettare di essere fragili.

Ma non sentirti in colpa.

Accetta che la tua felicità non sarà sempre capita.

Non fa niente.

Talvolta l'amore di cui hai bisogno non è qualcun altro.

A volte quell'amore sei tu.

12

Quando sei felice non pensi a come andrà a finire. Quando sei felice vuoi viverti il presente e basta

Tommaso

Agosto 1996

Certe estati ti si appiccicano addosso come una seconda pelle.

Io e Rebecca abbiamo attraversato il sole di luglio e agosto come se stessimo facendo un disegno con un pennarello indelebile: la sera in cui Paolo e Alice ci hanno sorpresi a baciarci dietro il bar del campeggio, il giorno in cui noi abbiamo sorpreso lui e Alice baciarsi a bordo piscina, le uscite in barca a fare i tuffi, le grigliate improvvisate ogni volta che avrebbe dovuto cucinare Rebecca, le colazioni tutti attorno a un tavolo, Paolo che prima di dormire ci parlava delle tette di Alice, Federico e Checco che hanno fatto a gara per settimane a chi sarebbe riuscito a conquistare la barista del locale in cui andavamo tutte le sere, per scoprire alla fine che era fidanzata con la ragazza che stava alla cassa, i bagni a mezzanotte, le canzoni cantate a squarciagola mentre tornavamo in campeggio dopo quelle notti là, la pelle tutto il tempo abbronzata e profumata di sale.

Ci sono estati in cui ti senti irraggiungibile.

Io e Rebecca, durante questa vacanza, abbiamo fatto l'amore ovunque: in camper, in spiaggia, sul bancone del bar chiuso, nelle docce del campeggio, in mare mentre i nostri amici giocavano a pallavolo, una volta perfino durante una delle tante conversazioni che abbiamo continuato ad avere al cellulare, di notte, io nel mio camper e lei nel suo.

Eravamo tornati tutti insieme da una serata all'Embarcadero, gli altri si erano addormentati e d'un tratto eravamo di nuovo solo noi.

La luce del suo piccolo abat-jour illuminava solo il coriandolo di camper in cui era sdraiata Rebecca, io ero disteso sul mio letto, in un buio fitto ma non abbastanza da nascondermi al suo sguardo.

Lei mi ha scritto un messaggio in cui mi raccontava che da bambina era caduta con i Rollerblade dal muro dietro il ristorante dei suoi. E io le ho risposto: *Ho voglia di fare l'amore con te*.

Rebecca ha sollevato lo sguardo su di me, arrossendo appena.

Poi ha fatto una cosa che avrebbe potuto fare solo lei.

Si è appoggiata con la schiena sull'altro lato del camper, in modo che non potesse vederla nessuno se non io, ha divaricato le gambe, si è infilata una mano sotto l'elastico dei pantaloncini e ha cominciato a sfiorarsi.

Con l'altra ha preso il cellulare e mi ha scritto.

Io sto facendo l'amore con te. E tu?

Mi è venuta un'erezione talmente forte che mi sembrava di avere un martello pneumatico nei pantaloni.

Così le ho sorriso, ho pregato che i miei amici non si svegliassero, ho chiuso le dita attorno alla voglia che avevo di lei e ho cominciato a toccarmi senza mai staccare gli occhi dai suoi, nemmeno per un secondo.

È stato qualcosa di una dolcezza infinita.

Quella notte io e Rebecca abbiamo fatto l'amore così: da lontano, guardandoci negli occhi, ma senza poterci toccare.

Vederla sfiorarsi con gli occhi fissi su di me al di là di quella finestra è stata di gran lunga la cosa più eccitante di tutta l'estate.

Sono venuto nel momento in cui le sue gambe divaricate hanno cominciato a tremare e lei ha chiuso gli occhi.

Fare l'amore con lei mi faceva impazzire così tanto che qualche volta, dopo, mentre mi sciacquavo sotto la doccia, mi masturbavo ripensando a noi.

In questi mesi ho fatto l'amore con lei ma mi sono masturbato lo stesso, perché mi sembrava di non averne mai abbastanza.

Ho fatto almeno una delle due cose ogni giorno.

Qualche volta anche tutte e due.

Mi sono portato dietro la voglia di Rebecca ovunque.

Avevo voglia di lei tutto il tempo: del suo profumo, di guardarla dormire, di morderle i capezzoli, di ascoltare le sue incongruenze, della sua ironia così strana, di sentire le sue labbra fra le mie gambe, di vederla scendere assonnata dal camper al mattino, di continuare a guardarla di nascosto ascoltare la musica che la faceva sentire viva e provare a convincerla ad ascoltare le canzoni che piacciono a me, di prenderla in giro, di come inarcava la schiena quando le sfilavo le mutandine, del suo modo di cambiare improvvisamente discorso senza logica, del suo essere logorroica e così incredibilmente sicura di sé, di riuscire a vedere in lei qualche crepa invisibile agli altri, dei suoi outfit a volte un po' strampalati, del suo pizzicarmi i lobi delle orecchie dopo l'amore, di come nei momenti più inopportuni mi si avvicinava e mi diceva all'orecchio: «Sono bagnata».

Del sentirmi al posto giusto dappertutto.

Ma, soprattutto, ciò che mi è rimasto della mia estate con Rebecca è un pomeriggio diverso da tutti gli altri.

Era un pomeriggio di sole come un altro, Fede, Paolo e Checco si erano addormentati, e Rebecca mi ha raggiunto alle spalle.

«Vieni con me? Voglio fare una cosa.»

Io mi sono alzato sui gomiti con gli occhi socchiusi e mi sono accorto che portava un paio di shorts, una maglietta e sulle spalle uno zainetto come quelli che si usano per andare in gita scolastica.

«Che cos'hai lì dentro? Che cosa vuoi fare?»

Lei allora si è piantata le mani sui fianchi. «Non te lo dico. Vedrai. Ti piacerà.»

Sul momento mi sono preoccupato. «Non andiamo a vedere un altro film, vero?»

Rebecca mi ha perforato con lo sguardo. «Allora, vieni o no?»

«Vengo, vengo.»

Mi sono alzato, mi sono buttato sotto la doccia del campeggio per rinfrescarmi almeno un po', poi ho fatto un passaggio in camper per togliermi il costume e indossare qualcosa a caso.

Quaranta minuti più tardi Rebecca mi teneva la mano e mi tirava per il lungo viale che collegava il nostro campeggio al centro storico di Alghero.

Siamo entrati in città nel momento in cui l'aria si colora d'oro subito prima del tramonto.

Rebecca si è fermata in una piazzetta circondata da antichi palazzi dai colori caldi, lontano dal fiume di turisti, e si è seduta per terra a gambe incrociate.

Poi ha aperto lo zaino e ne ha tirato fuori un fascio di fogli bianchi, quattro o cinque pennarelli sottili, una scatola di tempere di quelle che si usano alle medie durante l'ora di educazione artistica, un paio di pennelli a spazzola.

«Te l'ho mai detto che amo disegnare?» mi ha chiesto mentre sparpagliava tutto sul selciato come fosse a casa sua.

«Veramente no.»

Mi sono seduto accanto a lei.

«Lo facevo sempre da bambina. A volte passavo pomeriggi interi a colorare.» Mi ha guardato come se stesse per domandarmi qualcosa di importante. «Vuoi dipingere con me?»

Ho sorriso, ho sentito i colori del tramonto risuonare dentro di me, da qualche parte, poi ho preso alcuni tubetti di colore dalla scatola.

Rebecca mi ha sorriso senza dire niente. Ma ci ho letto dentro qualcosa che non saprei definire, molto vicino alla gratitudine.

Ha cominciato a dipingere e d'un tratto è stato come se fosse entrata in un mondo tutto suo. Come se attorno a lei il paesaggio fosse diventato un quadro.

E così, mentre i raggi del sole accarezzavano le facciate e le stradine lastricate, abbiamo cercato di fotografare quella sinfonia di voci e colori e di fissarla su un foglio a modo nostro.

Qualche volta mi fermavo, rimanevo con il pennello a mezz'aria, mi perdevo a fissare l'agilità delle sue mani.

Rebecca catturava la vita in modo delicato, dando luce a vicoli tortuosi, mura antiche e balconi fioriti.

Nel chiacchiericcio di quella piazza, Alghero mi sembrava sospesa nel tempo, esattamente come noi.

Tutto trasudava quella bellezza troppo grande che, quando ti si intrufola dentro, ti lascia anche due gocce di malinconia.

È stato in quel momento, mentre guardavo di nascosto Rebecca china sul foglio che prendeva vita, con le tempere sparpagliate per terra, così assorta da non rendersi nemmeno più conto di dove fosse, che ho sentito in pancia un piccolo strappo.

Quello di quando per la prima volta in vita tua ti senti davvero in connessione con qualcuno.

Siamo rimasti a disegnare insieme fino al tramonto, poi

fino al crepuscolo, poi fino a quando Alghero non è stata illuminata dalla luce gialla dei lampioni.

Il dipinto di Rebecca era davvero bello.

Il mio era più uno scarabocchio ma, invece di prendermi in giro, lei mi ha dato un bacio al sapore d'estate.

«Ti propongo una cosa io, adesso...» le ho detto.

«Che cosa?»

«Scambiamoceli. I dipinti, dico. Tu prendi il mio e io il tuo. Non è perché il mio fa davvero schifo e quindi non lo voglio, giuro. Ma tu hai mai scambiato i tuoi disegni con qualcuno?»

«No, mai. Però dietro ci scriviamo una promessa» mi ha detto.

«Una promessa?»

«Sì. Esatto. Io dietro al mio dipinto e tu dietro al tuo. Ma una promessa che chiediamo all'altro, però.»

Ho alzato un sopracciglio, confuso. «Una promessa che chiediamo all'altro? Non ho capito.»

Rebecca ha fatto una smorfia. «Aspetta.»

Ha girato il suo foglio, ha preso un pennarello di quelli sottili e si è piegata a scriverci sopra qualcosa.

Io invece sono rimasto a fissarla, curioso.

«Ecco» mi ha detto alla fine, sollevandosi e porgendomelo.

Dietro, con una grafia sottile e disordinata che rappresentava proprio il suo modo di essere, aveva scritto qualcosa.

Promettimi che rimarrai sempre quello che ha voglia di rubare gli attimi durante le notti degli altri, quello che dedica canzoni e scrive lettere senza risposta, quello che quando qualcosa non va ti porta al luna park e ti compra lo zucchero filato. Promettimi che rimarrai quello che nonostante tutto saprà sempre amare come non ama più nessuno.

«Hai capito adesso?» Rebecca me lo ha chiesto mentre stavo ancora leggendo.

Mi sono appoggiato il disegno sulle ginocchia. «Sì.»

«Allora? Cosa scrivi?»

Ha questa costante impazienza che la rende viva.

Assomiglia tanto all'acqua con le bollicine.

«Aspetta. Ci devo pensare un attimo. Non guardare, leggilo prima di dormire. Promesso?»

Il suo sguardo di sbieco mi ha strappato un sorriso.

«Ehi, ma quante cose devo prometterti stasera?»

«Su, non fare tante storie. Allora? Dimmi che non sbirci.»

Rebecca ha soffiato gonfiando le guance.

«Va bene, non sbircio.» Era proprio contrariata.

«Lo leggerai più tardi?»

«Sì. Più tardi.»

«Non ti credo, copriti gli occhi con le mani.»

E così, mentre abbassava le palpebre e vi posava sopra i palmi, io mi sono piegato su me stesso, sono rimasto un momento con il pennarello a qualche centimetro dal foglio, poi ho cominciato a scrivere.

Promettimi che ti vorrai sempre spettinata. Perché significa che continuerai ad amare il vento e i baci con le mani nei capelli. Promettimi che non smetterai mai di nascondere il tuo cuore sotto strati di sicurezza e di mostrarlo com'è solo a chi se lo merita.

E promettimi che non smetterai di ascoltare la musica che tanto cerchi di farmi amare.

Mentre scrivevo Rebecca ha provato ad aprire le dita per dare un'occhiata. Ma poi ha desistito.

Quella sera, prima di rientrare, ci siamo fermati a fare l'amore in spiaggia con il rumore del mare addosso.

Adesso, invece, sono seduto sul tetto del camper di Paolo a gambe incrociate.

Indosso una canottiera verde abbastanza scollata sui lati da far filtrare l'aria della notte, il costume è ancora umido dopo uno dei miei tanti bagni al tramonto. Mi chiedo che cosa sarà di me e Rebecca, adesso che il tempo passa e fra qualche settimana dovrò vederla andare via a bordo di quello stesso camper che l'ha portata nella mia vita.

In questo mese e mezzo siamo stati così occupati a viverci che non abbiamo avuto il tempo di pensare al poi.

Quando sei felice non ci pensi a come andrà a finire.

Quando sei felice vuoi viverti il presente e basta.

Sposto lo sguardo più in basso, dove le luci accese nel camper di Rebecca disegnano due quadrati perfetti nella notte, e provo a immaginarla lì dentro con Alice e Giulia, magari attorno al tavolino a ridere come non mai, magari a mettersi lo smalto alle unghie, magari a gambe incrociate sul letto.

Per la prima volta ho un po' di paura.

Che ne sarà di noi? Come sarà tornare alle nostre vite di ogni giorno? Com'è Rebecca quando passeggia nella città in cui è diventata la ragazza che ho conosciuto? Rimarrà tutto uguale anche vivendoci da lontano? Come saranno le attese per i nostri baci, per i nostri sguardi, per tutto, quando lei sarà chiusa nella sua camera da letto e io nella mia, e non mi basterà più guardare attraverso la finestra per trovarla?

D'un tratto tutto diventa più scuro e mi accorgo che le luci del suo camper sono spente.

Rimango a guardare il profilo della sua finestra confondersi con la notte e la immagino rannicchiata mentre annega la testa nel cuscino.

Poi faccio un sospiro, chiudo gli occhi, alzo lo sguardo verso il cielo stellato e rimango fermo così, non so per quanto tempo, ad assaporare il profumo della notte e a sperare che per una volta soltanto possa non arrivare mai l'alba.

Quando, diverse ore più tardi, le prime luci del mattino filtrano attraverso le mie palpebre abbassate, a dimostrarmi che il sole è sorto ancora una volta, mi alzo sui gomiti come una molla e guardo fuori dal finestrino, ma Rebecca non c'è più.

Mi alzo, corro fuori, la cerco ovunque.

Al distributore di sigarette, sulla duna, al nostro bar.

Sulle scalette del camper di Paolo trovo solo il CD che ascoltava il giorno in cui ci siamo conosciuti e alcune frasi, scritte di fretta sul retro bianco della copertina.

Dire addio vuol dire lasciare in quella persona una parte di te. Ricordi?

Scusa. Ho bisogno di portarmela via, quella parte.

Non voglio riconsegnare il coraggio di fare il bagno di notte, i baci al sapore di sale e popcorn, le partite al calciobalilla sotto le stelle, i battiti accelerati del mio cuore su questa spiaggia tanto bella, ma tanto vuota prima di te.

Rebecca

13

Voglio portarmi dove ho bisogno di andare

Rebecca

Oggi

Pur di farmi amare avevo imparato l'arte della distanza.

Avevo imparato a non dire "ti amo" nel momento sbagliato, a capire da lontano se a lui andasse un abbraccio oppure no, a decifrare se fosse il momento giusto per noi.

Mi ero accorta che se riuscivo a non esserci troppo, lui mi cercava. E allora per qualche ora ero felice.

Mi convincevo che anche lui mi amava.

Se invece per qualche giorno mi lasciavo andare a desiderare una carezza in più, mi sentivo dire che ero pesante e appiccicosa. Che dovevo lasciargli i suoi spazi.

Avevo imparato a trattenere: sorrisi, baci, parole.

Avevo imparato l'arte di amare da lontano.

È per questo che adesso l'unica distanza che voglio accorciare è quella da me stessa.

La domenica mattina, dopo che ho detto a Giacomo che è finita, mi sveglio e, se non fosse per il silenzio surreale che sembra rimbombare tra le pareti, tutto è rimasto uguale: le nostre fotografie di fianco alla televisione, il suo spazzolino rosso e il mio spazzolino giallo entrambi dentro il bicchiere verde, le nostre ciabatte mischiate ai piedi del letto.

Sono bastate due parole per trasformare la nostra vita insieme in un mucchio di oggetti improvvisamente senza significato che sembrano aspettare ancora il nostro ritorno.

Giacomo non c'è, e io non l'ho sentito andare via.

Lo immagino correre fra gli alberi di Parco delle Cascine come fa sempre ogni volta che fra di noi si incrina qualcosa.

Sono sola, ma ho ancora la vita apparecchiata per due.

Rimango un momento ferma a piedi nudi in mezzo al soggiorno, poi scivolo in camera da letto, indosso un paio di jeans blu, una camicetta bianca a maniche lunghe, delle sneakers dello stesso colore, un braccialetto con un ciondolo, degli orecchini a cerchio.

Guardo di sfuggita il mio riflesso nello specchio a muro vicino alla scarpiera, esco di casa e mi rendo conto che più mi allontano più torno a respirare.

Salgo sulla mia auto, appoggio la borsetta sul sedile del passeggero, metto in moto e imbocco da sola il vialetto che ieri sera invece abbiamo percorso in due per l'ultima volta.

Pochi isolati più in là mi fermo al Caffè Leopoldo.

Le pareti color crema sono adornate da quadri in bianco e nero, sulle mensole di legno dei vasi di porcellana vintage contengono fiori colorati che profumano l'aria, il suono di una vecchia radio sintonizzata su una stazione di musica jazz risuona fra il vocio dei clienti e il tintinnio delle tazze di porcellana.

Non esco a fare colazione da sola la domenica mattina da anni.

Mi siedo a sorseggiare il mio cappuccino accanto a una finestra aperta sulla città: i tram passano lenti, la luce del sole che filtra attraverso i vetri offusca i contorni dei palazzi, tutto profuma di croissant, come le mie dita.

Quando mezz'ora più tardi risalgo in auto, mi trovo a prendere l'autostrada per Bologna senza averci nemmeno pensato prima.

Guido per poco meno di due ore e il rombo del motore in sottofondo si mescola al fruscio delle gomme sull'asfalto.

Appena esco allo svincolo il rumore dell'autostrada diventa il frastuono della città.

Trovo parcheggio poco fuori dal centro storico, mi intrufolo fra i viottoli nascosti, il caos delle auto si trasforma in passi leggeri e voci allegre.

Gli edifici antichi e colorati mi scrutano curiosi, mentre mi perdo tra i portici e le vie affollate.

Non so per quanto tempo passeggio senza meta, respirando a pieni polmoni.

Poi, d'un tratto, quando il sole è ormai alto nel cielo e i raggi che filtrano fra le fronde degli alberi creano languidi giochi di luce sulle facciate dei palazzi, il mio sguardo si posa su un modesto edificio di mattoni rossi, in un vicolo in cui sono finita senza sapere come.

L'insegna CAFFÈ D'ARTE penzola sbiadita sul marciapiede.

Faccio una foto e la invio a Marco.

Poi digito velocemente: *Caffè?*

Rimango qualche secondo con le dita ferme a mezz'aria, indecisa se mandare il messaggio oppure no.

Alla fine, premo INVIO con gli occhi chiusi e varco la porta, accolta dal tintinnio di una campanella alle mie spalle.

Il locale è avvolto da una penombra rassicurante.

Ci sono luci dorate, pareti rivestite da una tappezzeria a fiori sbiadita e un po' macchiata, sedie di legno massiccio disposte attorno a tavolini di marmo sbrecciato.

Appena mi siedo, lo schermo del mio cellulare si illumina.

Ma che ci fai qui? Dammi venti minuti! Arrivo!

Infilo il cellulare nella borsetta, mi riscopro improvvisamente nervosa mentre chiedo un caffè all'uomo di mezza età che è venuto a prendere la mia ordinazione e mi guarda sorridendo. In sottofondo c'è *Stop Crying Your Heart Out* degli Oasis.

Aspetto il caffè e, visto che tutt'a un tratto il tempo sembra scorrere più lentamente, osservo le poche persone attorno a me: un gruppo di anziani che discute di politica al tavolo dietro il mio, un giovane solitario che scrive sul suo quaderno al bancone, una coppia di amanti che si tiene per mano.

L'uomo che ha preso il mio ordine mi porta la tazzina fumante e l'odore del caffè mi avvolge in un abbraccio familiare, ma non riesco più a sentirne l'effetto rassicurante.

Il tintinnio del campanello alla porta mi fa sobbalzare.

Marco porta un paio di pantaloni chino beige, una maglietta a maniche corte a tinta unita che abbiamo comprato insieme l'anno scorso e una giacca a vento.

«Mamma, ma che ci fai qui? Perché non mi hai detto che saresti venuta?»

Mi raggiunge e si siede di fronte a me, rilassato e sorridente.

«Scusa, non l'avevo previsto. L'ho deciso solo stamattina.»

«Da quanto non prendevi l'auto per farti un giro senza papà?»

«Così tanto che non me lo ricordo.»

Cerco di mantenere un tono di voce neutro.

Marco invece mi scruta di sottecchi per un attimo, ma decide di non farmi domande scomode.

«Spero di non averti rovinato i piani per la domenica. Eri fuori con i tuoi amici?» gli domando, mentre con la coda dell'occhio vedo il cameriere avvicinarsi al nostro tavolo.

«Veramente ero a casa a studiare. Ma avevo proprio bisogno di una pausa.»

Gli sorrido nascondendo le mani sudate sotto il tavolino, Marco ordina un succo alla pesca e un biscotto al cioccolato, poi torna a guardarmi in quel modo tutto suo.

«Come sta andando all'università? Continua a entusiasmarti come all'inizio? Ti piace questa città?»

Marco, però, adesso ha la fronte corrucciata.

Mi risponde con un mezzo sorriso che non riesco a interpretare.

«Non vorrai farmi credere che sei venuta fino a qui perché vuoi parlare dei miei studi...»

Ha un tono fra il divertito e il fin troppo serio.

Porto le mani sopra il tavolino, sfioro con le dita tremanti la mia tazzina, non riesco proprio a sollevare lo sguardo dal cucchiaino sporco.

«Marco, io…»

Sto per dirglielo, ma lui mi ferma, mentre agita la bottiglietta di succo e la apre con un *clic*.

«Mamma… lo so.»

Dice solo questo.

D'impulso il mio sguardo si pianta dentro il suo e sento il cuore schizzarmi in gola.

Marco allunga la mano sopra il tavolino e la posa sulla mia, stringendola impercettibilmente.

Mi sembra di non avere più aria nei polmoni.

Lui invece sembra sereno e mi sta sorridendo come il giorno in cui mi ha ringraziato di averlo aiutato a trasportare la sua vita fino a qui.

Rimango a fissarlo senza crederci, cercando di capire se stiamo pensando la stessa cosa oppure no.

Alla fine, leggo nel suo sguardo che lo sa.

Lo sa davvero.

«Te l'ha detto papà?» gli domando allora, provando a nascondere la sorpresa.

La mia voce però si è assottigliata.

Marco allontana le dita dal dorso della mia mano e si mette a tamburellare sulla superficie del tavolo.

«Veramente no. Ma è da parecchio che mi chiedevo quanto tempo ci avresti impiegato a trovare il coraggio di farlo…»

A sentire mio figlio dirmi una frase del genere mi sembra di avere un burrone al posto dello stomaco. Rimango a guardarlo con gli occhi che mi bruciano per lo sforzo di trattenere il pianto.

Quando Marco capisce che avrei bisogno di dire così tante cose che non riesco a dirne neanche una, torna a sfiorarmi.

Mi sento come se mi avessero tirato un pugno di sabbia negli occhi.

A un certo punto lui prende il portafogli dalla tasca, lo apre e sfila da un taschino nascosto un foglio stropicciato piegato in quattro.

«Mamma… te la ricordi, questa?»

Arriccio la fronte, lo spiego con le mani che mi tremano e, quando leggo le prime righe, il mio sguardo schizza di nuovo nel suo.

Questa volta per lo stupore.

Sono i versi del poeta arabo Kahlil Gibran.

«Come fai ad averla tu?» gli domando.

Avevo appiccicato quella poesia con lo scotch al frigorifero della nostra cucina ed era rimasta lì per tantissimi anni.

Anche se l'avevo imparata a memoria, ogni tanto mi piaceva fermarmi a rileggerla. Capitava soprattutto quando la vita mi faceva dimenticare ciò in cui credevo davvero.

«Ti ricordi la sera in cui hai detto a papà che volevi cambiare lavoro? Ero chiuso in camera, ma ho sentito le vostre urla, sono sceso di sotto e sono rimasto di nascosto a guardarvi litigare. È stato quello il giorno in cui hai strappato la poesia dal frigorifero. L'hai fatto dopo aver detto a papà che tu, quando sono nato io, hai dovuto rinunciare a tante cose.

Dopo avergli chiesto a che cosa invece avesse rinunciato lui... Mi ricordo che eri fuori di te. Non ti avevo mai vista in quello stato.»

Al pensiero che Marco possa avermi sentita dire una cosa così non riesco più a trattenere la vergogna e la mia vista si annebbia, come quando sei in auto e sul parabrezza si abbatte una pioggia torrenziale.

«Scusa, Marco. Io... ti giuro, non volevo dire quello che pensi... Non l'ho strappata perché...»

«Mamma.» Marco mi interrompe stringendomi un po' più forte la mano. «Non devi spiegarmi niente. Davvero. Lo so che non volevi dire che se tornassi indietro preferiresti fare altre scelte. Non ho pensato nemmeno per un secondo che tu ti fossi pentita di essere diventata mamma...»

Mi sembra di boccheggiare.

«Quella notte non eri arrabbiata con me, lo so. Eri arrabbiata con te stessa per il fatto che non eri la madre che desideravi essere. È per questo che hai gettato quella poesia nell'immondizia.»

Una lacrima si intrufola fra le mie ciglia e si allarga cadendo sul foglio che tengo in mano.

«Quella sera, quando tu e papà vi siete chiusi in camera da letto e la casa è tornata silenziosa, sono sgattaiolato in cucina, ho rovistato nel cestino e ho recuperato la poesia. Non so perché l'ho fatto. Ma l'ho messa nel cassetto del mio comodino. E quel giorno, quando abbiamo preparato tutto per venire qui a Bologna, l'ho infilata nel portafogli. Perché lo sapevo che non eri felice a casa con papà. Sapevo che avevi tenuto duro per me. E mi sentivo in colpa, a lasciarti là da sola…»

Le gocce che cadono a una a una dai miei occhi si mescolano all'ultimo sorso di caffè rimasto nella tazzina.

Pensavo che Marco non si fosse mai accorto di quella poesia appesa al frigorifero.

La rigiro fra le dita come una pietra preziosa.

«Te lo ricordi cosa c'è scritto, mamma?»

Potrei recitarla a memoria per intero, ma sono soprattutto due le frasi che rileggevo spesso. Fra tante parole, sono il cuore di tutte le altre.

«I vostri figli non sono figli vostri: sono figli della stessa forza della vita. Nascono per mezzo di voi ma non da voi. Dimorano con voi e tuttavia non vi appartengono.»

E poi l'altra, quella con quell'immagine bellissima.

«Voi siete l'arco dal quale come frecce vive i vostri figli sono lanciati in avanti.»

«Non riesco a capire, Marco…»

«Che cosa non capisci?»

Faccio un sospiro, uso tutta la forza che mi è rimasta per guardarlo negli occhi. «Sono venuta qui per dirti che ho deciso di lasciare papà… perché ridarmi questa poesia proprio oggi? In fondo parla di figli, non di matrimonio…»

Marco fa una smorfia mescolata a un sorriso, quella tipica di chi vuol farti capire di non voler essere preso in giro.

«Perché non è così. Non sei qui solo per dirmi che tu e papà vi siete lasciati. Quella è solo una scusa. Sei qui perché ti senti in colpa. Sei terrorizzata all'idea di avermi deluso. Ti conosco. Dentro di te c'è ancora quella vocina, quella che ti dice che non avresti dovuto farlo. Che avresti dovuto tenere in piedi questa famiglia per me. Perché è così che fa una brava mamma...» Marco beve un sorso di succo di frutta. «Solo che non è vero. Sì. Forse te lo fanno credere. Forse ti fanno credere che si cresce felici solo dentro una famiglia unita. Forse cresciamo con l'idea che una mamma che decide di voler bene anche a se stessa è solo una mamma che non ha saputo essere all'altezza. Ma sai una cosa? Non sono mai stato così orgoglioso di te come adesso.»

A ogni parola ho la sensazione che Marco mi stringa il cuore fino ad accartocciarlo come una vecchia carta di giornale.

«Non riesco a smettere di piangere. Credo di aver bisogno di un fazzoletto» gli confesso.

Marco si alza, con tre passi è al bancone, prende due tovagliolini dal contenitore vicino alla cassa e torna a sedersi.

«Dovrai accontentarti di questi...»

Me li allunga con una dolcezza che non gli ho insegnato io.

Per un attimo rimaniamo in silenzio.

Lui ad accarezzarmi di nuovo la mano, io a tamponarmi le lacrime e a fissare un punto alle sue spalle.

«Da ragazzina, quando la nonna mi ha chiamato per dirmi che lei e il nonno si sarebbero separati, ero in vacanza in Sardegna con Alice, sai?»

«Non lo sapevo...»

«Quel giorno ho pianto tutte le lacrime che avevo. Ma non è stato il momento più difficile. Quello è venuto dopo:

quando sono tornata a casa e il nonno aveva già portato via tutti i vestiti, quando la televisione dopo cena restava sempre spenta, quando a cena si apparecchiava sempre per uno di meno e mamma era bravissima a fare finta di niente... Be', in quei giorni mi ero fatta una promessa. Mi ero promessa che, se fossi mai diventata mamma, sarei stata capace di tenere in piedi tutto. Che avrei fatto in modo che i miei figli non vedessero mai gli armadi svuotati dai vestiti del loro papà...»

Marco rimane in silenzio per qualche secondo, poi sfiora il foglio che stringo ancora in mano.

«Senti, mamma. Secondo me te lo sei dimenticata, il significato di queste righe. Perché qui dentro c'è scritta la verità. Ed è per questo che non devi sentirti in colpa. Io non lo so che cosa hai provato tu allora. E non mi interessa in cosa credono tutti gli altri. Io so che essere una mamma e una moglie infelice non è giusto. Lo so che papà non ti capisce da tanto tempo...»

A volte siamo convinti che i nostri figli non possano comprenderci. Non avrei mai pensato che sarebbe stato proprio Marco a dirmi le parole di cui avevo bisogno, nel momento giusto.

«Non devi essere arrabbiato con lui.»

«Non lo sono...»

«Davvero?»

«Sì, davvero. Senti... papà non è cattivo. E poi... scusa se te lo dico, ma anche tu non capisci lui da tanto tempo. In ogni caso, fa niente, okay? Non è una gara a chi ha ragione e a chi ha torto. Io non lo so che cos'è successo fra di voi. E non voglio saperlo, perché la verità è che non m'interessa. Quello che so è che negli ultimi anni avete tirato per le lunghe una storia che è finita tanto tempo fa. E i figli sono il riflesso dei genitori. Se loro sono felici, sei felice anche tu. Ma quando continui a vederli litigare… come si può pensare che un figlio preferisca vedere i propri genitori infelici purché continuino a stare insieme?»

In un attimo mi torna alla mente il messaggio che Alice mi ha inviato qualche mese fa, dopo la cena a casa con gli amici di un tempo.

A quel pensiero mi scappa un mezzo sorriso.

«Me l'ha detto anche Alice, lo sai?»

«Che cosa?»

«Che era certa che saresti stato più felice anche tu sapendo di avere una mamma felice e non due genitori che non lo sono più.»

Marco annuisce alzando impercettibilmente il sopracciglio. «Alice è un po' strana, però dovresti ascoltarla di più.»

«Sì, me lo dice sempre anche zio Lorenzo.»

«Mi è venuta un'idea. Perché non parti con lei che è sempre in giro per il mondo? Dovresti farlo. Dico davvero.»

«Mi piacerebbe, ma non posso…»

Marco mi guarda storto. «Perché non puoi?»

«Per un sacco di motivi. Ho quasi cinquant'anni, non posso mica mollare il lavoro e andare chissà dove…»

L'espressione di mio figlio è sempre più contrariata.

«Intanto di anni ne hai quarantasei. E poi vedi, tu sei sempre stata così: una da tutto o niente. Nessuno dice che devi licenziarti, fare lo zaino, abbandonarmi a Bologna, lasciare la tua vita e andare a chiuderti in un monastero in Thailandia. Quello non è cercare se stessi. Quello è buttarsi giù da un burrone...» Marco beve un sorso di succo, poi torna a fissarmi. «Basterebbe anche solo un mese, mamma.»

Continuo a giocherellare con la tazzina vuota mentre cerco le parole giuste per difendere le mie convinzioni.

«Un mese è tanto tempo. E se ti succede qualcosa mentre sono via? A te, o ai miei genitori. Mamma e papà non sono più così giovani. Okay, sono in salute, però sai... E poi c'è anche il lavoro...»

«Mamma, ho diciannove anni. Non sette. Non succederà niente. Né a me, né ai nonni. Non vai a trovarli quasi mai. Okay, li chiami ogni giorno, ma puoi farlo anche da là, no? E comunque c'è sempre papà... E per quanto riguarda il lavoro, non ho capito cosa c'entra.»

Di fronte a mio figlio, che con una tranquillità che non gli ho mai visto smonta a una a una le mie paure, mi sento messa all'angolo.

«Non mi daranno mai un mese di ferie. Lo so...»

Marco adesso sembra un po' arrabbiato. Sicuramente sembra più infastidito da questo che dal fatto che ho lasciato suo padre.

«Non ti sopporto quando fai così.»

«Così come?»

«Pensi di sapere le risposte ancora prima di porre le domande. Lo hai fatto anche oggi. Con me. Sono entrato qui e quando ho visto la tua faccia avevo già capito tutto. Eri terrorizzata. Perché io lo so che nella tua testa questa conversazione con me l'avevi già fatta centinaia di volte, ed era sempre finita male. Be', dimmi una cosa. È andata come pensavi? E poi non raccontarmela. Ti conosco. Stai solo trovando scuse perché in realtà hai paura. Hai così paura che non riesci a muoverti. Non prendevi la macchina da sola la domenica da una vita. Figurati se saliresti su un aereo per andare dall'altra parte del mondo. Però, sai una cosa?»

Guardo mio figlio senza dire niente e per la prima volta mi sento una ragazzina, accanto a lui. Per un attimo è come se ci fossimo scambiati i ruoli. Come se lui fosse l'adulto e io quella che ha bisogno di essere rassicurata.

«Non puoi continuare a dire solo "vorrei, vorrei, vorrei". Non possiamo rimanere inerti "perché se succede qualcosa...". Avere dei desideri e non fare niente per realizzarli significa non avere davvero voglia di cambiare quella che sei. Sei terrorizzata? Va bene. Non è importante. Ciò che conta non è non avere paura. Ciò che conta è cosa ci facciamo, con la paura. Ho letto una frase qualche mese fa. Diceva più o meno così: "Spesso si dice che quando la paura di restare uguali a se stessi supera la paura del cambiamento, ecco, quello è il momento in cui cambiamo". Ti vedo guardare documentari sull'Asia da quando ero un bambino. Vuoi smetterla di vivere la tua vita attraverso uno schermo? Vuoi smetterla di invidiare la vita degli altri e diventare protagonista della tua? Te lo devi. E le tue non sono paure. Sono paranoie. Perché lo sai benissimo che quando tornerai la tua vita sarà ancora qui ad aspettarti. Smettila di sopravvivere e ricomincia a vivere. Smettila di boicottarti, di trovare scuse, di dare la colpa agli altri. Basta posticipare. Non devi temere di fare cose nuove, devi temere di farti sfuggire le occasioni che la paura ti offre. Portati dove hai bisogno di andare.»

A ogni parola di Marco sento una morsa alla bocca dello stomaco. Sono parole così vere, le sue, che non ho nemmeno voglia di giustificarmi, stavolta.

Alla fine decido di buttarla sul ridere. Giusto per sdrammatizzare un po'.

«Sì, però adesso basta, eh. Parli come un quarantenne. Queste cose dovrei dirle io a te, mica il contrario.»

Marco ride insieme a me. «Non sai da quanto desideravo fartela io la ramanzina, per una volta.»

Dobbiamo insegnarglielo, ai nostri figli.

Dobbiamo insegnarglielo che fallire non significa aver preso la via sbagliata, ma poter tornare sui propri passi per imboccare quella giusta.

Che le lacrime non vanno nascoste, ma capite.

Dobbiamo insegnarglielo che la parola "fine" non è un incendio da appiccare, ma una porta in vetro da chiudere e a cui affacciarsi di tanto in tanto con il sorriso.

Dobbiamo insegnare loro che il perdono non distrugge l'orgoglio, ma guarisce le ferite.

E che essere coerenti con se stessi non significa restare immobili nell'infelicità.

Perché la miglior coerenza è quella che ci promettiamo ogni giorno allo specchio.

Dobbiamo spiegare loro che la vita è piena di terremoti, la differenza la fa il luogo nel quale decidiamo di ripararci.

Ed è normale perdere la strada di casa ogni tanto, ma con i giusti valori si ha sempre una bussola a cui fare affidamento.

Dobbiamo insegnarglielo, e se lo facciamo bene, con le azioni e non solo con le parole, un giorno saranno loro a ricordarlo a noi, quando ne avremo bisogno.

14

Dire addio vuol dire lasciare in quella persona una parte di te

Tommaso

Settembre 1996

La mia estate è iniziata con *Finalmente tu* di Fiorello ed è finita con *Dehumanizer* dei Black Sabbath.

È iniziata con un CD lasciato su un banco che non ha ricevuto risposta ed è finita con un CD che mi ha lasciato tutte le risposte di cui avevo bisogno.

Quel CD è diventato la colonna sonora dell'estate della mia maturità.

Il giorno in cui siamo ripartiti da Alghero, Paolo si è messo alla guida, Fede e Checco si sono addormentati, ancora provati dalla sera prima, io invece mi sono infilato le cuffie nelle orecchie, ho appoggiato la testa al finestrino e sono rimasto tutto il tempo con lo sguardo puntato fuori.

Quando siamo saliti sul traghetto per Livorno e ho guardato la costa allontanarsi avrei voluto tuffarmi e tornare indietro.

Invece non l'ho fatto, ho chiesto alle onde di portarmi lontano, e sono tornato alla mia vita, a Nosellari, dove tutte quelle montagne non facevano altro che ricordarmi quanto il mare fosse ormai così irraggiungibile.

Ho trascorso il resto dell'estate senza sentire più niente: il sole di agosto, la pioggia di inizio settembre, il profumo del caffè, i fili d'erba dei prati senza fine di Nosellari sulle caviglie, il vento fra le foglie degli alberi, il desiderio che durasse per sempre.

Ci sono stati giorni interi trascorsi con il cellulare in mano, in attesa di uno squillo, una chiamata, un messaggio.

Qualsiasi cosa pur di convincermi che anche una parte di Rebecca, nonostante tutto, fosse rimasta incastrata in quel campeggio.

Ci sono stati giorni in cui ho consumato il lettore CD a forza di usarlo a ripetizione, altri in cui lo chiudevo a chiave in un cassetto e mi promettevo di non tirarlo fuori mai più.

Ci sono stati anche giorni in cui avrei voluto farla io, quella prima mossa. Sarebbe bastato poco.

Un SMS.

Una chiamata con l'anonimo anche solo per sentirla rispondere: "Pronto?".

Uno squillo per dirle: "Ti penso".

Ma non l'ho mai fatto.

Con quella lettera, Rebecca aveva già scelto.

E aveva scelto una vita senza di me.

Non ho creduto fosse giusto annullare la distanza che lei aveva messo tra di noi.

Ma la verità, quella cruda e dolorosa che non ho mai detto a nessuno, è che ero arrabbiato. Come non mai.

Quel fiume di parole e quel CD lasciato sulle scalette del camper mi sembravano solo un'enorme scusa.

Un "non mi piaci abbastanza" mascherato da gesto romantico.

Perché probabilmente Rebecca lo sapeva fin dall'inizio.

Lo sapeva quando ci siamo baciati per la prima volta e quando abbiamo fatto l'amore per l'ultima.

Mi ha guardato negli occhi dicendomi: «A domani», sapendo che invece non l'avrei più trovata.

Mi ha mentito. Mi ha mentito anche lei.

Lei che pensavo coraggiosa.

Lei che vedevo diversa.

Lei che credevo non potesse confondersi con tutte le altre.

All'inizio di settembre Rebecca continuava a non farsi viva.

E così alla fine ho perfino smesso di aspettarla.

È il primo giorno d'autunno.

Sono andato a mangiare la pizza a Trento con Fede, Paolo e Checco, e ora siamo a farci una birra in un locale dove si può bere e ballare insieme, e qui incontro di nuovo gli occhi di Laura.

L'ho lasciata con il dizionario sottobraccio seduta sulle gambe di Mauro, la ritrovo a muoversi con le braccia verso l'alto, abbronzata, con indosso un vestitino cortissimo che mi mozza il fiato.

I nostri occhi si incontrano a metà strada in mezzo a tutta quella gente e lei mi sorride quanto basta per ricordarmi perché mi ha ossessionato per anni. Poi torna a ballare. Io invece mi alzo ed esco a fumare una sigaretta.

È una serata languida, la nebbiolina nell'aria è qui a ricordarci che a breve comincerà l'università, si percepisce dappertutto quella strana malinconia tipica della seconda metà di settembre.

D'un tratto sento un tocco leggero sul braccio.

«Ciao, Tommaso.»

Laura ha in mano un calice di vino bianco, la voce sottile e un po' timida di cui conosco ogni sfumatura, lo stesso profumo che negli ultimi anni ho cercato di rubare ogni volta che mi passava accanto.

«Ciao.»

Ha i capelli raccolti in una coda alta, come la prima volta che l'ho vista.

«Ti vedo in forma. Sei stato in vacanza?»

Il suo tono è quello di chi, nonostante tutto, sa di aver lasciato tante cose in sospeso.

«Sì.»

«Dove?»

«Sono stato in camper con Paolo, Fede e Checco.»

«In camper? Che fico!»

«Sì, davvero. Tu invece?»

«Io, be', dovevo andare in Sicilia con Mauro, però ci siamo lasciati...»

Per un attimo sento nel petto la stessa identica sensazione

di tutte le volte in cui l'ho vista lasciarsi con qualcuno e ho ricominciato a immaginarla un passo più vicina a me.

«Davvero? Non lo sapevo...»

«Sì. Siamo molto diversi, sai...»

«Già.»

C'è stato un periodo in cui pensavo davvero di conoscerla, Laura. Ma sembra una vita fa.

Non posso saperlo, in realtà, se lei e Mauro sono così diversi. La Laura che pensavo di conoscere non avrebbe fatto tante cose.

«Comunque, alla fine sono stata a Rimini con mia sorella e delle sue compagne di classe. È stato bello.»

Lascio cadere un po' di cenere sull'asfalto pizzicando la parte posteriore della sigaretta con il pollice.

«Ti sei iscritto all'università?»

«Sì. Lettere.»

«Ah, che bello! Hai fatto bene. Ho sempre pensato fosse la facoltà giusta per te. Io invece alla fine ho scelto Economia. Per mio padre, sai. Dice che così poi posso subentrare a lui nell'azienda di famiglia.»

«Hai fatto bene anche tu.»

Laura sospira, poi sposta il peso da una gamba all'altra. «Senti, Tommaso, io... mi dispiace. Sono stata una stronza con te. Non te lo meritavi. E scusa se non ti ho mai risposto a quella lettera che mi hai lasciato l'ultimo giorno. È che... non so cosa mi sia preso. La canzone comunque non la conoscevo. L'ho ascoltata duecento volte quest'estate.»

«Davvero?»

Non posso fare a meno di pensare quanto la vita sia ironica, a volte.

«Sì. Davvero.»

Trattengo un mezzo sorriso e le chiedo se le va di tornare a ballare. Laura ha sempre avuto il potere di farmi essere completamente irrazionale.

Lei arriccia le labbra in un sorriso impacciato, poi sospira ancora.

«Veramente devo andare. Domani per noi è il primo giorno di lezione. Non voglio fare tardi. Lo sai che al liceo arrivavo sempre in ritardo. Non cominciate anche voi, domani?»

Schiaccio la sigaretta nel posacenere posto sul bidone della spazzatura e guardo il fumo uscire dalle mie labbra e confondersi con la nebbia.

«No, lunedì prossimo...»

«Che fortunato. Cavolo...»

«Già. Vabbè, comunque in bocca al lupo per domani.»

I suoi occhi sorridono insieme alle sue labbra.

Rimane qualche secondo in silenzio, fa una piccola smorfia, poi beve l'ultimo sorso di vino e appoggia il bicchiere su un tavolino.

«Vabbè, comunque... visto che non posso fermarmi ti va di accompagnarmi alla macchina?»

Lo stomaco mi si stringe in una morsa come il giorno in cui ho scoperto che si era fidanzata con il mio migliore amico.

«Dove hai parcheggiato?»

«Oh, in realtà qui dietro. Non molto distante.»

Percorriamo la distanza fra il locale e l'auto camminando lentamente, come due persone che non hanno voglia di salutarsi.

Laura sorride alle mie battute, mi guarda come non faceva da tempo, io sono di nuovo a mio agio con lei come se avessimo cestinato il passato.

Quando arriviamo alla sua auto infila la chiave nella serratura, poi si volta verso di me, appoggiando la schiena alla macchina.

Lei è qui e mi rivolge quello sguardo che mi sono sempre immaginato, e ci sono questa nebbiolina e un'atmosfera strana, quella di quando sei stato tormentato da un desiderio per tanto tempo e alla fine arriva il momento in cui stai per realizzarlo.

Ci guardiamo intensamente, le mie mani cominciano a sudare, i suoi occhi mi dicono che anche lei vive la stessa attesa.

Mi avvicino tremando appena.

Il suo respiro diventa un sospiro.

Le nostre labbra si sfiorano e tutto il mondo, per un attimo, sparisce.

Ci siamo solo io e Laura, le mie braccia ad accoglierla, le sue labbra che mi baciano con trasporto.

Quando ci separiamo, rimaniamo a guardarci fra un sorriso e un po' di timidezza.

Poi lei sale in auto, continua a fissarmi attraverso il finestrino abbassato e sparisce dietro l'angolo.

Io, invece, mi incammino verso il locale in cui ho lasciato i miei amici con le labbra che mi formicolano ancora.

Trovo Paolo ad aspettarmi davanti all'entrata.

«È stata una scena che non avrei mai voluto vedere.»

«Quale?» Mi fingo ingenuo e faccio per sfilare il pacchetto di sigarette dalla tasca, ma Paolo mi blocca la mano a mezz'aria.

«Tu e Laura, insieme. No, ma dico, che cazzo fai? Ti sei fumato il cervello? Ti giuro che se riattacchi con lei...»

«Tranquillo, Paolo.» Cerco di liberarmi senza successo.

«No, tranquillo un cazzo... Vi siete baciati!»

La sua non è una domanda, ma io decido di negare lo stesso.

«No, non ci siamo baciati...»

Paolo mi tira un pugno sulla spalla proprio nel punto in cui fa più male.

«Ehi, ma che ti prende?»

«Non raccontarmi balle. Sì che vi siete baciati. Vi ho visti. Vi ho seguiti fino alla macchina.»

Lo guardo con gli occhi sgranati.

«Cosa? Ma ti sembra normale?»

«Volevo assicurarmi che non facessi il coglione.»

«Vabbè, okay, sì. Ci siamo baciati. Ma...»

Paolo si pianta i pugni sui fianchi e mi fissa in attesa di capire quale scusa tirerò fuori.

«Ma non ho sentito niente.»

Queste parole rimangono per un attimo ferme a galleggiare nell'aria, oneste e leggere proprio come mi sono uscite.

Paolo mi guarda dubbioso. «Davvero?»

«Sì. Davvero. Non lo so se Laura è cambiata. Ma sono cambiato io. Okay, sul momento quando l'ho vista mi è preso un colpo. Ti mentirei se ti dicessi che non mi ha fatto effetto. Ma cazzo. Sono stato cotto di lei per anni. Vorrei anche vedere. E quando è uscita fuori a parlarmi, qualcosa nella pancia l'ho pure sentito. Però è stato un attimo. Quando ci siamo messi a chiacchierare, mentre andavamo verso la macchina, era già quasi svanito tutto...»

«E allora perché cazzo l'hai baciata?»

«Ma che ne so. Dopo tutto questo tempo mica potevo tirarmi indietro. E poi... cazzo, ma hai visto che vestitino aveva addosso?»

Paolo non ride alla mia battuta.

«Dai, sto scherzando. La verità è che volevo scoprire che cosa avrei provato. Sai, dopo un'estate come quella che ho appena passato... Comunque davvero, Pa'. L'ho superata.»

Mi guarda dubbioso ancora per qualche secondo, poi tira un sospiro di sollievo.

«E tu, invece?» gli domando.

«Io cosa?»

«Be', per Alice... Come stai?»

«Che ti devo dire? Se ne sono andate senza neanche salutare. Però fra di noi era più una cosa senza impegno, eh. Lo sai. Non è che ci piacessimo sul serio. Insomma. Ci siamo divertiti. La stronza vera è stata Rebecca. Fra di voi era diverso...»

Mi perdo per un momento a guardare di nuovo questa nebbiolina galleggiare nell'aria.

«Chissà...»

Paolo mi studia arricciando le labbra. «Tu che cosa pensi?»

Rimango a rifletterci su per un attimo. «Non lo so più.»

Lo vedo annuire impercettibilmente nella notte, poi sospirare di nuovo. «Nel dubbio, che ne dici di farci una birra?»

Gli sorrido, con il cuore un po' più leggero.

Mentre rientriamo Paolo mi passa una mano dietro la schiena e mi dà una pacca sulla spalla.

«Comunque, tranquillo. Non glielo dico a Fede che tu e Laura vi siete baciati. Altrimenti ti strappa le palle.»

15

Un nuovo inizio

Rebecca

Oggi

«Questi sono gli ultimi.»

Mio fratello ha il respiro affannato. Nemmeno lo vedo in faccia, è nascosto dietro una pila di scatoloni che regge fra le braccia. Entra in casa e appoggia tutto per terra.

Alle sue spalle compare Marco con due borsoni più grandi di lui.

«Come diavolo farai a farci stare tutto?»

La casa in cui mi sono trasferita è un piccolo appartamento di sessanta metri quadrati in una palazzina appena fuori Firenze.

I miei lo hanno acquistato quando ero ragazza, ma è sfitto praticamente da sempre.

La casa in cui vivevo con Giacomo è di entrambi, ma ho preferito non iniziare una guerra per chi dovesse restare.

Anche perché, a dire la verità, continuare a vivere in mezzo ai nostri ricordi mi sembrava solo un modo per non andare avanti.

Marco si passa una mano sulla fronte e si accascia sul vecchio divano all'angolo.

«Te l'ho sempre detto che se metti le cose in ordine ci sta tutto. E comunque, ormai è quasi tutto a posto...»

Il pavimento non è più un campo minato di scatoloni come qualche settimana fa: i vestiti sono piegati negli armadi, la lavatrice è al suo posto nello sgabuzzino, i piatti e i bicchieri sono perfettamente impilati nella credenza.

Lorenzo si siede su una delle due sedie della cucina, che dà sul soggiorno. «Ce lo meritiamo un caffè?»

Io, invece di aprire la credenza, vado al frigorifero.

«Un caffè? Non scherziamo! Vi ho comprato delle birre!»

Marco pare sorpreso. «Ma lo sai che io non bevo!»

Faccio saltare i tre tappi, le distribuisco.

«Marco, non prendermi per il culo» gli dico ridendo. «Cosa credi? Lo vedo che nelle tue storie Instagram a Bologna sei sempre con il bicchiere in mano...»

Mi guarda corrucciato. «Ma ti ho bloccata...» Il suo è soltanto un borbottio.

Alzo un sopracciglio e accenno un sorriso furbo.

«Sì, lo so... ma ho le mie fonti.»

Lui mi lancia un'occhiataccia.

Lorenzo invece alza la bottiglia per fare un brindisi.

«Goditi l'università, Marco, e non ascoltarla, mia sorella. Lei alla tua età faceva molto di peggio che ubriacarsi ogni tanto.»

«Lorenzo, ma dici sul serio?» In realtà oggi mi fa tutto ridere.

Marco sgrana gli occhi per la sorpresa. «Mamma, ma veramente?»

«Sì… ma nella maggior parte dei casi era colpa di Alice…»

«Certo, quando facevi qualcosa di sbagliato era sempre colpa sua.» Lorenzo arriccia le labbra, dubbioso.

«Te lo giuro, quasi sempre.»

Essere qui con mio figlio e mio fratello mi fa sentire al sicuro.

Lo so che sono qui per me. Che Lorenzo mi ha mentito, quando mi ha detto che il suo appuntamento di lavoro è saltato, e che in realtà lo ha cancellato solo per aiutarmi. E so che Marco, anche se sostiene di essere tornato a Firenze per vedere i suoi amici, lo ha fatto solo per non farmi restare sola proprio oggi.

Persino Giacomo, nonostante la delusione e il rancore, mi ha proposto di darmi una mano.

L'ho ringraziato di cuore, ma non avevo voglia di trasformare questo momento in una bolla di ricordi.

Rimaniamo a chiacchierare per un po'.

Lorenzo elenca tutte le cose sbagliate che ho fatto all'età di Marco, io allora elenco quelle che ha fatto lui.

Svuotiamo le bottiglie, ma ci riempiamo i cuori.

Alla fine, mezz'oretta più tardi, li abbraccio davanti alla porta, con gli occhi pieni di gratitudine.

Loro, invece, mi scrutano come chi ti conosce a memoria.

Come chi sa che non sarà una serata uguale a tutte le altre.

Non appena se ne vanno per davvero e il rumore dei loro passi sbiadisce sulle scale, rimango un momento ferma in mezzo al soggiorno, a respirare con gli occhi chiusi.

La luce del tramonto filtra attraverso la finestra semiaperta, qualche ombra si allunga sulle pareti spoglie, i pochi scatoloni sparsi in giro non sono altro che gli ultimi tasselli della mia vita da rimettere al loro posto.

Per un attimo mi godo il silenzio di questa casa vuota.

Si sente solo il leggero chiacchiericcio della famiglia al piano di sopra e il rumore del televisore della signora anziana che vive qui accanto.

Riempio i polmoni d'aria.

Poi faccio un gran sospiro. Quel tipo di sospiro che si fa di fronte ai nuovi inizi.

Per la prima volta dopo un'infinità di tempo non ho davvero nulla da fare.

Non devo preparare la cena e aspettare che Giacomo torni dal lavoro. Non devo sostenere una conversazione della quale non ho voglia o sopportare un silenzio che fa male.

Per una volta non devo modellarmi per accontentare qualcuno, o rendere conto di ciò che vorrei.

Da quanto non mi capitava di avere un venerdì sera solo per me? Mi sembra di avere davanti infinite possibilità.

Mi guardo attorno e vengo colta dalla sensazione che questa casa mi stesse proprio aspettando: con il suo pavimento che scricchiola sotto i piedi, con gli spazi vuoti pronti ad accogliere cose nuove, con le pareti bianche perfette per essere vestite con i colori che voglio.

Prendo le tre bottiglie ormai vuote e le butto in un sacchetto nero che attacco alla maniglia della porta perché devo ancora organizzarmi con i contenitori della differenziata.

Poi mi siedo sul divano e trascorro almeno venti minuti a spulciare le app di cibo a domicilio.

Alla fine, seleziono il ristorante vietnamita del quartiere, ordino un banh mi, cioè un panino farcito con carne marinata, cetrioli croccanti, carote, coriandolo e salsa piccante, dei goi cuon, involtini estate ripieni di verdure croccanti, erbe aromatiche e gamberetti cotti, e un dolce a base di riso e latte di cocco chiamato ché.

Quaranta minuti più tardi sono seduta per terra, la schiena appoggiata al divano, le scatolette di cibo sparpagliate tutto attorno e il PC sulle ginocchia, sullo schermo *Viaggi al rallentatore*, un documentario comico in cui due ragazzi attraversano lo Sri Lanka con uno scuolabus.

All'improvviso mi perdo nello scorrere del tempo: sento i muscoli rilassarsi piano piano, i sapori di un altro mondo portarmi lontano, questa serata che mi abbraccia come una coperta.

Per qualche minuto dimentico tutto: ciò che mi fa stare male, il dolore degli altri e quello che mi porto dentro, il fatto che domani attacco presto e che sarà il primo weekend di saldi.

Dimentico la nostalgia per ciò che è stato e la paura di ciò che sarà. Il peso della mia vita di donna, di mamma, di moglie.

Mi prendo tutto quello che posso.

Come faceva la Rebecca di una volta, quella ragazza che ho lasciato sepolta sotto le incombenze della vita.

Poi, d'un tratto, mi fermo con il panino a mezz'aria e provo a immaginare questa scena dall'esterno: la penombra che sta diventando buio, una donna seduta per terra in mezzo a degli scatoloni, che mangia cibo che viene da lontano e che per qualche minuto ha trasformato casa sua in un'affollata strada di Hanoi, con tutti i suoi profumi di spezie e i colori vivaci, e guarda due ragazzi di vent'anni che attraversano un Paese asiatico a quaranta all'ora.

Mi sento un po' ridicola e mi viene da chiedermi se sia davvero per momenti simili che ho deciso di giocarmi tutto.

Questa semplicità, questo essere affine a ciò che sento, questo essere presente a me stessa.

È questo che mi mancava tanto?

È per questo che ho pensato ne valesse la pena?

Alla fine mi dico di sì, ne è valsa la pena.

Perché quando non stai più bene con una persona, quando cominci a nasconderti dietro ai vari "questo a lui non piace" e "quest'altro non lo capirebbe", non ti mancano grandi cose. Ti mancano quelle invisibili: sentirti davvero a tuo agio a casa tua, perdere venti minuti per ordinare il cibo che vuoi senza che qualcuno ti metta fretta, mangiare sul pavimento, guardare uno stupido documentario che piace solo a te.

Non so per quanto tempo rimango qui così.

Quando chiudo il computer, mi stiracchio, raccolgo i contenitori di cibo vuoti e li butto via.

Poi accendo la luce piccola, quella davanti al bagno, e mi metto a rovistare negli scatoloni che ha portato su Lorenzo. Quando apro il primo, il mio sguardo cade subito su un oggetto rettangolare infilato in verticale su un lato, sepolto da tutto il resto.

Lo tiro fuori con cautela e, con un pizzico di malinconia, mi ritrovo fra le mani un quadretto scarabocchiato: riesco lo stesso a riconoscere il profilo delle mura bianche e antiche di Alghero, quello scorcio fatto di stradine strette e lastricate, gli edifici color pastello con le loro facciate dipinte di rosa, giallo e arancione, le vetrine delle botteghe artigiane piene di meraviglie: ceramiche colorate, coralli, tessuti e gioielli.

Ero solo una ragazza, allora.

Avevo i sogni che mi ballavano tra i capelli e la pelle abbronzata.

E poi c'era quel ragazzo, quello che mi aveva fatto venire voglia di dipingere solo perché, anche se non gliel'avevo detto, volevo fermare da qualche parte il modo di stare al mondo che mi aveva regalato quell'estate.

Chiudo gli occhi per un momento e mi sembra di tornare là: sento l'odore del mare, la luce del tramonto, le setole del pennello piegarsi sul foglio.

Mi scappa un sorriso, perché questo quadretto sembra saltato fuori apposta per ricordarmi la parte di me che per anni ho trascurato, quella audace e appassionata.

Quella che ho smarrito per strada. Quella che ho lasciato andare per essere una donna diversa. Una donna che non ha mantenuto la promessa scritta sul retro di questo dipinto, ancora lì: ferma e adamantina.

Promettimi che ti vorrai sempre spettinata. Perché signifi-

ca che continuerai ad amare il vento e i baci con le mani nei capelli. Promettimi che non smetterai mai di nascondere il tuo cuore sotto strati di sicurezza e di mostrarlo com'è solo a chi se lo merita.

E promettimi che non smetterai di ascoltare la musica che tanto cerchi di farmi amare.

Con un sospiro, appoggio il dipinto sul divano, e mi dico che devo trovargli uno spazio degno del ricordo che porta con sé, che non sia più la soffitta.

Torno a guardare dentro lo scatolone e ci trovo una montagna di CD, gli stessi che in quegli anni ascoltavo fino a consumarli.

Immerso lì in mezzo, il mio vecchio lettore CD.

Quello di quell'estate in Sardegna.

Quello che ha attraversato con me tutta l'adolescenza e che ho rifiutato di abbandonare quando sono arrivati i primi MP3.

Provo ad accenderlo, schiacciando il tasto PLAY.

Come pensavo, non dà cenno di vita.

Do un'altra occhiata a quell'ultima frase scritta in piccolo e sorrido malinconica, eppure con il cuore leggero.

E promettimi che non smetterai di ascoltare la musica che tanto cerchi di farmi amare.

Comincio a rovistare in quel mucchio di CD dai titoli scoloriti e dalle copertine usurate, alla fine ne prendo uno a caso e mi avvicino al vecchio stereo che quando vivevo con Giacomo tenevo in un angolo del bancone della cucina, sempre spento, e che ho portato qui prima di tutto il resto.

Inserisco il CD nella fessura e premo PLAY.

Subito, un dolce ronzio inizia a galleggiare nella stanza.

Sulle note di *Anthem* degli Arch Enemy, comincio a rovistare negli altri scatoloni e a mettere in ordine con cura gli oggetti nella mia nuova casa, danzando a piedi nudi.

I miei passi risuonano sul pavimento mentre canto a bassa voce le canzoni con cui sono cresciuta.

All'improvviso questo appartamento mi sembra un libro tutto da scrivere.

Un libro da riempire con la vita che voglio.

Non importa quanto tempo impiegherò a sistemare tutto: voglio che questo diventi il mio rifugio, il posto in cui costruirò i miei nuovi ricordi e in cui coltiverò speranze nuove.

Voglio svegliarmi in una casa che mi faccia desiderare di alzarmi e di fare colazione.

Sistemo tutto in modo che mi somigli: il quadretto sulla parete di fronte alla cucina, i CD sullo scaffale accanto al comodino…

Voglio svegliarmi ogni mattina in una casa vissuta con cura e amore. In un posto in cui si notino le piccole attenzioni.

Nel frattempo sorrido.

Sorrido come una ballerina dietro le quinte, che aspetta il momento in cui si aprirà il sipario sul palcoscenico dei suoi sogni.

16

Quando qualcuno ti lascia non hai bisogno di ritrovarti, hai bisogno di tornare a crederci

Tommaso

Dicembre 1998

Sono sdraiato sul mio letto a pancia in su, completamente nudo, tengo lo sguardo fisso sul soffitto della mansarda, dalla finestra semiaperta filtra l'odore della strada e dei boschi. Addormentata con il viso sul mio petto c'è una ragazza che non amo.

A dire il vero non so nemmeno il suo nome.

Quando ci siamo conosciuti al John Club, tre ore fa, non ha voluto dirmelo.

So solo che è venuta a sciare a Lavarone, a qualche chilometro da Nosellari, con un gruppo di amici.

Prima di togliersi il reggiseno invece mi ha sussurrato: «Puoi chiamarmi Gioia», ma non credo sia il suo vero nome.

Quando ha cominciato a ballarmi addosso, Federico mi ha infilato nella tasca del giubbotto le chiavi della sua macchina e mi ha detto: «Io un modo di tornare lo trovo».

È stato eccitante, devo ammetterlo.

Comunque, probabilmente Gioia è fidanzata e io sono giusto la scappatella di una sera. Ma non m'importa, perché in fondo volevamo entrambi la stessa cosa.

A dire il vero mentre ballavamo, dopo essermi scolato non so più quanti cocktail e fumato un pacchetto di Lucky Strike, mi sembrava più bella.

Tutto sommato però mi sono divertito: lei mi toccava nei punti giusti, si muoveva a un ritmo che mi piaceva, mi parlava all'orecchio.

Gli unici rumori nella stanza, adesso, sono il costante ticchettio della sveglia sul comodino e il respiro regolare di lei che dorme.

Tutto il resto è immobile, avvolto nel silenzio.

Quel prurito sul mio petto è lo stesso che sento da un po' di tempo al centro del cuore.

Ho imparato a non ascoltarlo, ma diventa sempre più forte.

«Che ore sono?» Gioia apre gli occhi e si alza sui gomiti.

«Non lo so, credo sia da poco passata l'una.»

Con le labbra mi sfiora il collo.

La lascio fare.

«Devo essermi addormentata. E tu?»

«Veramente non ho sonno...»

«Come mai?»

Mi limito ad alzare le spalle.

La verità è che adesso sono infastidito.

Quando mi porto a casa una ragazza e ci vado a letto, dopo l'orgasmo mi sale dentro un desiderio irresistibile di stare solo.

Gioia mi abbraccia.

«Forse dovresti tornare a casa» le dico io, invece.

Lei si blocca e mi guarda negli occhi.

Poi mi fa un sorriso fra l'amaro e il sarcastico, si alza in piedi, scende dal letto.

«Adesso che hai avuto quello che volevi ti dà fastidio avermi qui, eh.»

Mentre si riveste rimango a osservarla nella penombra della camera da letto.

La guardo uscire e ascolto i suoi passi veloci scendere le scale fino al portone di casa. Solo quando questo si chiude con un tonfo mi sembra di ricominciare a respirare.

Poi prendo il cellulare dal comodino e mando un messaggio a Fede.

Dove sei?

Abbandono il telefono sulle lenzuola, accendo una sigaretta e aspiro profondamente.

Mentre trattengo il fumo in gola appoggio la sigaretta accesa sul comodino, mi alzo e m'infilo un paio di jeans larghi, una camicia a maniche lunghe a quadri e, sopra, un cardigan di lana.

È dicembre e il gelo dei primi giorni d'inverno comincia a entrarti dentro. Vedo lo schermo del cellulare illuminarsi nel riflesso dello specchio, lo raccolgo dalle lenzuola.

Hai già finito? Ci metti poco tu, eh. Comunque, ho trovato uno strappo, sono già a casa. Domani mi racconti com'è andata. Se vuoi raggiungerlo, Paolo è da Winny.

Infilo il cellulare in tasca, scendo i gradini due alla volta, fermo sul pianerottolo trovo papà in mutande.

Mi guarda con gli occhi sottili.

«Dove pensi di andare?»

Mio padre è un omone di un metro e novanta con due pale al posto delle mani.

«Raggiungo Paolo da Winny» gli rispondo senza guardarlo, cercando di infilarmi fra il suo braccio appoggiato al muro e la porta.

«Tua madre stava per salire di sopra. Non puoi portarti in camera una ragazza diversa quasi tutte le sere e fare questo casino.»

Riesco a passare sotto il suo braccio.

Mi siedo per terra e calzo le mie Nike Air Max.

«Ma non eri tu che da ragazzino mi dicevi: "Mi raccomando, portane a casa più che puoi, se non ce la fai tu ti aiuto io?".»

Papà mi dà un cazzotto sulla spalla. «Non glielo dico a tua madre che sei ubriaco fradicio. Ma così non guidi. Ti porto io da Winny.»

Come ogni anno, tornare a Nosellari per le feste di Natale significa fare un tuffo nel mondo in cui sono cresciuto: un mondo a misura d'uomo in cui tutto è così piccolo da farti sentire sempre dentro una famiglia, un mondo fatto di caprioli fuori casa, di montagne così grandi e imponenti che le cime spariscono nelle nuvole, di alberi maestosi e prati verdi di cui in estate non si vede la fine e che d'inverno si ammantano di bianco.

Tornare qui significa ricordare tutto con un filo di nostalgia: la tenda dietro il bosco in cui io e i miei amici andavamo a dormire quasi tutte le notti, le gite in bicicletta, i pomeriggi a cercare grotte dimenticate, i giochi in cantina, i Capodanni a ballare nella saletta grande come la mia stanza, le scuole medie con una classe fatta solo da sette persone, i primi baci di nascosto dietro la chiesa.

Tornare qui significa incontrare ovunque volti e vite che conosci a memoria, perché quando cresci in un paese di sessanta persone incastonato tra i monti vuol dire avere amici dappertutto e nonni ovunque, chiacchierare con chiunque trovi seduto sulle panchine di fronte al bosco, andare al Bismark Pub, che tutti però chiamano Winny, come il suo proprietario.

Per andare da Winny bisogna prendere la macchina, fare una strada tutta curve e costeggiare un lago che con il sole sembra uno specchio e con le stelle anche.

E Winny è là, ad aspettarti dietro al bancone probabilmente da sempre, in mezzo a quei tavoli di legno massiccio impregnati di alcol, panini allo speck e formaggio e sogni infranti.

Non faccio in tempo a entrare che Paolo mi è già addosso con una mano dietro la spalla.

«Ti ha accompagnato il paparino?»

Mi ha sempre preso per il culo per via dell'attenzione dei miei a certe cose.

Poi mi tira verso un tavolo a cui sono seduti Checco e un'altra dozzina di persone.

«Ehi, questo giro lo offre Tommy.»

«Sei davvero un bastardo» gli sussurro, a denti stretti.

Paolo alza un sopracciglio. «Fede mi ha detto che sei riuscito a scopare anche stasera. Ma come fai? Adesso come minimo ci paghi la sbronza.»

Detto ciò, si avvia da solo verso il bancone e ordina un giro di birra media per tutti.

Poi torna a passi lunghi verso di me, che sto salutando i miei amici con quel pugno contro pugno che fa parte del nostro modo di essere da sempre.

«Tommy, te la fai un partita a freccette con un panino di quelli di Winny?» mi propone.

«Sì, ma il panino lo paghi tu, eh.»

«Andata. Checco?»

«No, raga, fate voi. Io oggi passo...»

Ordino due panini di quelli che sa fare solo Winny e vado nella sala accanto, tutta tappezzata di vecchi vinili.

Stacco le sei freccette dal bersaglio elettronico.

«Quando torni a Firenze?»

Ne passo tre a Paolo e mi metto dietro la linea di tiro.

«Ai primi di gennaio. A metà mese iniziano gli esami. Al Policlinico mica scherzano. Tu invece? Quando a Trento?»

Faccio il primo tiro e fisso subito un venti triplo.

«Cazzo, ma che culo c'hai?» Paolo si appoggia con i palmi al tavolino accanto.

«Pure io. Il 18 ho l'orale di Filologia. E non ho ancora studiato un cazzo.»

Paolo sorride soddisfatto quando le mie altre due freccette non hanno la stessa fortuna della prima.

«Ah, ma quindi pure a Lettere avete gli esami?»

Questa è la sua battuta preferita.

«Comunque, dovresti venire a trovarmi appena puoi, venti giorni fa ha aperto un nuovo locale vicino casa.»

Da quando Paolo vive a Firenze il suo divano è diventato il mio letto quasi tutti i fine settimana.

«Ma ai tuoi coinquilini non dà fastidio avermi sempre tra i piedi?»

«Scherzi? Ti adorano! Roberto mi chiede di te tutti i giorni, e quando siamo in gruppo la storia preferita di Leonardo è quella di quando nella vasca da bagno…»

Accenno un sorriso e scuoto la testa, divertito.

«Ehi, comunque…» Mentre mi faccio da parte per lasciare il posto a lui, Paolo mi dà una piccola gomitata.

«Cosa?»

«Hai visto chi c'è?» Mi fa cenno di guardare al tavolo all'angolo, nella sala più grande.

Maya è seduta con un gruppo di amici.

Porta un cerchietto ai capelli, ha le unghie smaltate di nero e sta ridendo con la bocca aperta per una battuta che non ho sentito.

Paolo mi osserva, poi si volta, tira una freccetta.

«Io non capisco proprio…»

D'un tratto Maya guarda nella nostra direzione, mi vede, mi sorride e io le rispondo con un cenno della mano.

Mi giro in tempo per vedere Paolo ripetere il mio venti triplo e annullare così il mio vantaggio.

«Cosa non capisci?»

«Ma insomma. È pazza di te. Lo sanno tutti. Ed è pure una delle ragazze più belle che conosciamo. È simpatica, gentile e non ha troppi grilli per la testa. E tu neanche la vedi. Preferisci uscire e cercarne una nuova ogni sera...»

Vado al bersaglio a raccogliere le freccette.

«Cosa vuoi che ti dica? Non è il mio tipo...»

Paolo alza un sopracciglio.

D'un tratto compare Winny con i nostri panini.

«Pausa?» Appoggio le freccette sul tavolo, mi siedo e do il primo morso al panino più buono dell'universo.

«A me sembra che da due anni e mezzo a questa parte nessuna sia il tuo tipo» replica lui.

«Ah, ecco dove volevi arrivare» gli rispondo, irritato. «Quando la smetterai con questa storia, Pa'?»

«Avanti, credi che non lo sappia il motivo per cui sei diventato così?»

Do un altro morso al panino. «Perché, come sono diventato?»

«Come sei diventato? Andiamo. Sei diventato una merda. Fammi indovinare com'è andata stasera. Hai conosciuto una in un locale, te la sei portata a casa, siete finiti a letto insieme, poi lei voleva fermarsi a dormire e tu l'hai mandata via con la tua solita faccia da schiaffi. Dopodiché sei venuto qui a bere birra e giocare a freccette.»

Adesso sto fissando un punto al di là della sua spalla.

«Grazie del pippone, Pa'. Non sapevo ti fossi trasformato in mia madre...»

«Fai come ti pare, ma tu non eri così» ribatte sbuffando lui. «Anzi, se devo proprio dirla tutta, tu non sei così.»

Lo guardo di traverso un'altra volta, poi mi lascio andare

sullo schienale, appoggio l'ultimo pezzo di panino sul piatto e incrocio le braccia sul petto.

«Così come?»

Nemmeno la mia è una domanda, in realtà.

È più un: "Dai, forza. So che muori dalla voglia di dirmelo".

«Uno che cambia donna ogni sera. Uno che dopo aver avuto quello che vuole la caccia dal letto senza nemmeno accompagnarla alla porta. Tu sei uno gentile. Tu sei uno che pure se è stata una scopata di merda prima di salutarla le prepari lo stesso un caffè.»

Faccio un sospiro più lungo degli altri. «Senti... hai ragione, okay? Lo so che non sono così...»

«Cazzo, lo so che lo sai. Ma la domanda è un'altra: perché non la smetti di essere qualcuno che non sei? Perché non ti togli questa cazzo di maschera da duro?»

«Perché la verità è che nessuna di loro sa tirarmi fuori chi sono davvero. Queste ragazze mi sembrano tutte uguali. Davvero. Pa', te lo giuro, dicono tutte le stesse cose. Potrei anticipare le loro risposte a ogni mia domanda. Come faccio a spiegartelo? Non ne vale la pena. Parlo con loro due minuti e l'ho già capito. Non c'è nessuno: nessuno a cui mi venga voglia di rimanere abbracciato prima di dormire, o che mi faccia sentire il desiderio di svegliarmi la mattina dopo proprio lì...»

Paolo lancia un'altra occhiata verso il tavolo di Maya. «Adesso ti dico una cosa che non immagineresti mai. Cioè, non è molto da me. Quasi mi vergogno a dirla, giuro. Ma perché per una volta non provi a prenderti una pausa? Voglio dire, perché non provi a stare solo, invece di buttarti a capofitto in questo mucchio di braccia sbagliate? Non è che se non provi niente per nessuno allora devi portarti a letto mezzo mondo, eh! Cazzo, mica puoi spezzare il cuore a tutte le ragazze che incontri, solo perché l'hanno spezzato a te... voglio dire, non pensi che prima dovresti ritrovarti?»

So benissimo dove vuole andare a parare Paolo.

«A parte che non ti si può proprio sentire parlare così. Non sei credibile. E comunque, me l'ha detto anche Federico qualche giorno fa. Vi siete messi d'accordo? No, perché avete rotto il cazzo a ripetermi che devo ritrovarmi, che mi hanno deluso...»

Paolo alza un sopracciglio, dubbioso. «Non è così?»

«No. Senti. Quando vieni lasciato non vuoi ritrovarti. Quelle sono le solite cazzate che si dicono. La verità è che vuoi trovare qualcuno per cui perdere la testa. È per questo che ci si infila nel letto di chiunque capiti. Non dico sia giusto. Ma lo fai, non tanto per la paura di avere il cuore spezzato, quanto per il pensiero che non esista qualcun altro che possa rimetterne insieme i pezzi. La verità è che sei terrorizzato all'idea di non essere più capace di provare una cosa così grande.»

Questa volta Paolo rimane zitto.

Per un attimo si sente solo il rumore della pallina del calciobalilla qui accanto che sbatte sul tavolino da gioco.

«Non ho bisogno di ritrovarmi, ho bisogno di tornare a crederci.»

D'estate, la strada che separa Winny da Nosellari diventa teatro di lunghe passeggiate notturne: attraversa un piccolo paesino di case di montagna, costeggia il lago e si tuffa fra i faggi e gli abeti rossi.

E così stasera, dopo la partita a freccette con Paolo, me ne frego dei pochi fiocchi di neve che cominciano a cadere dal cielo, e decido di camminare fino a casa.

Percorro come uno spettro questi borghi che conosco come le mie tasche, scendo lungo il pendio, mi fermo un attimo a guardare il lago ghiacciato con il volto nascosto nella sciarpa e raggiungo Nosellari senza nemmeno accorgermene.

Quando arrivo davanti al portone le prime luci dell'alba lambiscono le vette più lontane e ha smesso di nevicare.

Salgo i gradini due alla volta facendo attenzione a non svegliare i miei, l'odore del legno mi avvolge dappertutto, le lenzuola sono ancora umide di sesso.

A piedi nudi mi avvicino al comò di legno scuro di fronte al letto, faccio scorrere le dita sulla sua superficie lucida, alla fine trovo la piccola fessura che mi permette di aprirlo con uno scricchiolio.

Dentro, vecchie musicassette di papà, una fotografia di famiglia sviluppata e mai incorniciata, il biglietto del concerto degli 883 che Federico mi ha regalato per il mio compleanno, la mappa stradale che papà usa per andare al mare, un braccialetto di cuoio, un paio di occhiali da sole con le lenti graffiate.

E poi, lì, sommerso sotto tutti quegli oggetti, ciò che cercavo.

Prendo il quadretto e lo sfioro con le dita.

Le pennellate di tempera con cui Rebecca ha immortalato lo scorcio di Alghero sono sbiadite appena.

Il mio ricordo di quella notte invece no.

Mi giro e rigiro il dipinto fra le mani per qualche secondo, poi lo volto.

La grafia disordinata di Rebecca è ancora lì come allora.

Promettimi che rimarrai sempre quello che ha voglia di rubare gli attimi durante le notti degli altri, quello che dedica canzoni e scrive lettere senza risposta, quello che quando qualcosa non va ti porta al luna park e ti compra lo zucchero filato. Promettimi che rimarrai quello che nonostante tutto saprà sempre amare come non ama più nessuno.

Un filo di luce filtra attraverso la fessura delle tende chiuse e riflette il mio sguardo lucido nello specchio.

Alla fine, quella promessa non sono riuscito a mantenerla.

Sono cambiato.

Non sono più il ragazzo di quell'estate.

Ho smesso di dedicare canzoni e di credere nelle lettere senza ritorno.

Non ricordo più come si fa ad amare.

Mi sento anestetizzato dalla vita.

Ma non mi sento in colpa.

A volte non cambi perché vuoi.

Cambi perché hai bisogno di spegnere il cuore.

Di non sentire più nulla per un po'.

Sono ancora arrabbiato con Rebecca.

Sono arrabbiato perché potevamo essere qualcosa, invece ha preferito questo niente.

Sono pieno di rabbia e rancore.

E di domande senza risposta.

Dopo quante sconfitte smetti di chiedere la rivincita?

Dopo quanti abbandoni arriva il momento di infrangere le promesse?

Di ridere dei "per sempre"?

Di chiudere in un cassetto la parola "noi"?

Non è semplice continuare a crederci quando il mondo ti rema contro con infiniti incastri sbagliati, con occhi che non sanno guardarti dentro e mani che non ti stringono quanto vorresti.

Ogni incontro diventa solo un promemoria di ciò che ti sei lasciato indietro, di quelle canzoni che non sei più in grado di dedicare.

E allora non hai bisogno di ritrovarti.

Hai bisogno di scoprirti nuovo.

Nuovo come solo l'amore sa renderti.

17

Voglio tornare a essere il posto giusto per me

Rebecca

Oggi

«Dobbiamo perdere l'equilibrio per trovare un appoggio migliore. Meglio saltare che cadere.»

Ho letto questa frase su Instagram.

Su una di quelle pagine tutte uguali che postano decine di citazioni al giorno.

In realtà è tratta dal libro *Greenlights* di Matthew McConaughey.

Ho pensato che è proprio questo che accade.

Quando finisce una storia, facciamo di tutto per non perdere l'equilibrio, perché temiamo di finire in un pozzo buio.

Ma non capiamo che, mentre ci sforziamo di non cadere, stiamo già cadendo.

È per questo che sono saltata.

È per questo che ho deciso di atterrare su me stessa.

Perché è così che va quando finisce un amore.

D'un tratto ci si ritrova di nuovo in intimità con se stessi.

All'improvviso sei sola, di nuovo.

Da quanto non ti capitava?

Dopo tanti anni, anche se va tutto male, hai il numero due inciso dentro. Anche nei gesti più piccoli. Anche quando non te ne accorgi. Quando compri le prime albicocche di stagione perché c'era un tempo in cui sapevi che erano il suo frutto preferito, quando apparecchi automaticamente per due anche se sai che lui a pranzo non c'è.

All'inizio, tutto questo mi ha fatta sentire smarrita. Vuota.

Vuota come tutto il tempo libero che mi sono ritrovata ad avere.

Il tempo libero che desideravo tanto, ma a cui mi ero disabituata.

Era come se mi covasse dentro l'invisibile paura di prendermi cura di me. E così nell'ultimo periodo mi sono ritrovata quasi sempre a trascorrere il tempo in pigiama a guardare dalla finestra il sole sorgere e tramontare.

Osservavo i giorni passare anonimi, proprio come mi sentivo io.

Quando mi sono trasferita nella mia nuova casa, pensavo sarebbe stato tutto diverso.

Invece mi sono ritrovata a fare i conti con il rumore del mondo.

Quello che ti dice che alla fine di un matrimonio ci deve essere il tempo del dolore.

Che un aperitivo è fuori luogo.

Che fare tardi è fuori luogo.

Che ridere di gusto è fuori luogo.

Come quando muore qualcuno.

Quando succede qualcosa di brutto è vietato essere felici.

E così, all'inizio, siccome temevo che Giacomo aspettasse un mio passo falso per rinfacciarmi tutto, ho cercato di non deluderlo.

Anche se la nostra storia era finita, per i primi mesi le aspettative di Giacomo hanno continuato a riverberare dentro di me come un'eco lontana.

Spegnere l'interruttore del nostro matrimonio non è bastato per accendere la luce sulla mia vita.

Ho continuato a camminare nella penombra di me stessa: combattuta fra ciò che era giusto e ciò che desideravo.

Fra il "voglio essere felice" e il "perché non riesco a essere felice?".

Perché, nonostante avessi deciso di saltare per non cadere, forse non avevo ancora trovato un posto sicuro su cui atterrare.

Ho sentito il vuoto sotto i piedi per mesi.

Lo stesso vuoto che hai alla bocca dello stomaco quando vai sulle montagne russe.

Continuavo a sentire lo stesso rumore di prima.

Nonostante tutto, Giacomo mi mancava.

Qualche volta lasciare una persona non basta per smettere di sentire il bisogno di averla accanto.

E così ho continuato a non provare niente.

La mia vita è rimasta ovattata.

Poi, piano piano, senza rendermene conto, ho sentito i passi timidi con cui avevo iniziato a passeggiare nella mia nuova vita farsi sempre più sicuri.

Per una volta non ho spento i pensieri.

Piuttosto, ho spento quel rumore.

Perché l'unica via per aderire ai nostri sogni è silenziare tutto il resto e guardarci dentro.

Opinioni, aspettative, costrizioni.

È solo quando finalmente ce ne freghiamo che smettiamo di essere qualcuno che non conosciamo e iniziamo a essere noi.

D'un tratto, in un momento che non dimenticherò mai, mentre ero affacciata alla finestra di casa, ho guardato fuori e mi è sembrato di vedere tanta bellezza, una bellezza che prima non riuscivo più a cogliere. Mi sono commossa.

Mi sono sentita di nuovo agganciata alla vita.

Ho ricominciato a sentire i profumi, a vedere i colori, a udire suoni che non ricordavo.

E proprio in quel momento, quando ormai iniziavo a credere che non fosse più possibile, ho ripreso ad ascoltarmi.

A mettere in luce le mie ombre.

A trasformare quel vuoto nella pancia in uno spazio da arredare.

A tenermi per mano e portarmi a prendere il sole.

Tramonto dopo tramonto, ho ricominciato ad apprezzare l'aria, le nuvole, i fili d'erba sfiorati dal vento, e a guardare la vita da una prospettiva nuova.

Ho smesso di chiedermi: gli altri che cosa si aspettano da me?

Ho cominciato a chiedermi: *io* cosa mi aspetto da me?

E allora sono tornata ad appiccicarmi addosso i miei valori.

A prendermi dieci minuti, la sera, per domandarmi che cosa avessi fatto davvero per me stessa, durante la giornata.

A promettermi di andare a vedere, una volta alla settimana, un posto nuovo: una strada, un prato, un borgo qui vicino.

Quando c'è stato quel *clic*, dentro di me, mi sono sentita improvvisamente piena di vita come mai prima.

Sembravo impazzita.

Mi sentivo piena di tutto, fino a scoppiare.

Ho iniziato ad alzarmi all'alba e ad andare a correre prima di chiudermi in negozio, a sperimentare ricette nuove, ad andare al cinema da sola e al ristorante con le amiche.

A dire di sì quando mi andava e a dire di no quando serviva.

Prima di ogni scelta, piccola o grande, ho imparato a chiedermi: è in linea con la donna che voglio essere?

Ho imparato ad accettare solo situazioni che mi assomigliassero.

Soprattutto, ho scoperto di nuovo cosa significa meravigliarsi.

Sono tornata a commuovermi davanti a quelle piccole cose che una volta mi sorprendevano e che avevano smesso di farlo, presa com'ero da tutto il resto: il gelato fragola e limone, il rumore della pioggia sull'asfalto, il fruscio delle foglie, la magia di un piatto ben riuscito, un bicchiere di vino rosso, passeggiare senza una meta, visitare un museo, andare in libreria e leggere la prima pagina di decine di libri senza comprarne neanche uno, assaporare l'attesa del caffè fatto con la moka.

Una mattina sono andata in un colorificio e sono tornata a casa con due secchi di vernice lilla, che ho dovuto trascinare lungo le scale perché l'ascensore era rotto.

Ho trascorso il pomeriggio con addosso un grembiule da cucina e il pennello in mano.

Guardare la mia camera da letto cambiare colore è stata una soddisfazione bellissima.

Insieme a lei mi illuminavo anche io.

Una domenica mattina invece ho preparato il pane a casa.

Non lo facevo da anni, e mi è piaciuto tantissimo.

Alla fine, la cucina era fragrante come la mia vita.

E mi sono portata quel profumo dappertutto, perfino al lavoro.

È come se in questi mesi fossi nata una seconda volta.

Sentivo il bisogno di imparare, conoscere, annusare, toccare, chiedere, correre, scoprire significati nuovi.

E anche Firenze, con il suo traffico, i suoi polmoni verdi, le opere d'arte che la fanno sembrare un museo a cielo aperto, ha ricominciato a farmi sentire nel posto giusto.

Mentre io ricominciavo a essere il posto giusto per me.

E così, piano piano, è sbocciata una donna nuova, una donna che non trova più scuse, che non dice più "domani" ma "adesso", e che ha ritrovato la magia di stare a casa con la televisione spenta.

Una donna che un giorno, durante la pausa pranzo, ha attraversato Firenze per andare a comprare tempere di tutti i colori e tele di tutte le dimensioni per potersi costruire un piccolo angolo lontano dal mondo in cui essere completamente se stessa.

Una donna che adesso vuole portarsi dove ha bisogno di andare.

18

Ti ha parlato Paolo di questo posto?

Tommaso

Marzo 2000

L'Electric Avenue Rock Club di Firenze non è altro che un'antica sala da concerto trasformata in un rifugio intimo per gli amanti della musica rock. Una volta varcata la pesante porta di legno ci si trova catapultati in un posto in cui la malinconia e la nostalgia si fondono con le pareti rivestite da un intreccio di mattoni rossi.

Da qualche lampada vintage arriva una luce soffusa che getta ovunque ombre morbide e avvolgenti.

Un sottile strato di fumo aleggia nell'aria. Le pareti sono adorne di poster lacerati e sbiaditi dal tempo, di frammenti di storie scritte a mano. Biglietti strappati e strisce di nastro adesivo creano un patchwork di ricordi musicali.

Io sono qui, seduto su uno sgabello accostato al bancone, e ho le labbra ancora umide di birra.

«Ti ha parlato Paolo di questo posto?»

D'un tratto una voce che riconoscerei fra mille mi fa sobbalzare.

Mentre mi volto il mio cuore ha già saltato un battito.

Quando incontro il suo sguardo smetto di respirare.

Rebecca ha il mento appoggiato alle mani, gli occhi che ricordavo, le stesse lentiggini a punteggiarle le guance.

E mi guarda incuriosita, come se non ci vedessimo da ieri.

19

L’importante non è quando ti senti pronta a partire, ma sapere che non sei mai in ritardo

Rebecca

Oggi

«Perché è così giallo?»

Ho la testa sopra la spalla di Alice e sto sbirciando il pentolone di brodo in cui sta versando un cucchiaio di zucchero di palma.

Lei mi guarda spazientita, poi strizza nel brodo del succo di limone.

«Per la curcuma. E per il curry, anche.»

Arriccio il naso e la guardo perplessa.

«Sei sicura che ci vanno tutti e due insieme?»

Alice mi lancia un’occhiataccia. «Sì, sono sicura.»

«Come hai detto che si chiama questa cosa?»

«Khao soi. È una zuppa al curry con pollo e noodles» mi risponde, continuando a mescolare. «Ma tu non eri quella che passava il tempo a guardare documentari sull’Asia?»

«Sì. Ma questo piatto non lo conosco. Si parla sempre del pad thai…»

Alice mi guarda con una smorfia di disapprovazione. «Il pad thai è più una cosa turistica. Cioè, i thailandesi se lo mangiano davvero, eh. Però non tutti i giorni. A Chiang Mai te lo cucinano dappertutto, ma i locali mangiano più altre cose. Soprattutto riso e pollo, e…»

«… e il khao soi.»

«Sì, e il khao soi. Oddio, pure quello lo cucinano ovunque. Ma è ancora diffusissimo anche nei ristoranti locali autentici, nei mercati di alimentari e nelle bettole di strada. Soprattutto a Chiang Mai.»

«E cosa ci va dentro oltre a un chilo di curcuma, al pollo e ai noodles?»

«Ci vanno lo scalogno fresco a fette, lime e peperoncino in polvere. Ma quelli vanno messi in un piattino a parte. Perché poi ognuno ce li aggiunge a suo gusto.»

Cerco di metterci dentro un dito, ma Alice mi afferra il polso in tempo. «Perché non finisci di apparecchiare invece di stare qui a fissarmi?»

Faccio la faccia da finta arrabbiata, poi prendo la tovaglia a quadri dal cassetto e vado a stenderla sul tavolo.

In realtà non la aspettavo, Alice.

Non me l'aveva detto di essere tornata in Italia da un altro dei suoi viaggi. Si è presentata direttamente sotto casa mia un'ora fa con due bustoni di spesa, mi ha abbracciata, poi ha cominciato a mettermi sottosopra la cucina.

Fuori dalla finestra, l'estate dipinge Firenze.

Sono trascorsi quasi nove mesi dal giorno in cui ho lasciato la casa in cui vivevo con Giacomo, a ottobre dell'anno scorso.

Non è stato facile abituarmi a questi angoli, all'inizio.

Adesso, però, è tutto su misura: il piccolo balcone con l'amaca intrecciata, le pareti lilla, il pavimento in legno scuro, i tappeti morbidi e colorati, i tre pouf vintage in un angolo, al posto del divano.

Mentre dalla credenza prendo le posate di legno vedo Alice versare il pentolone di khao soi in due ciotole di ceramica che si è portata da casa.

Dice di averle comprate a Chiang Mai e che non si può mica mangiare il khao soi in un piatto diverso.

«Ma dove hai imparato a cucinarlo?»

«In Thailandia ci sono cooking classes dappertutto. Ne ho frequentate diverse negli anni. Quando sono stata in Asia la prima volta mi sono innamorata soprattutto del cibo. È così diverso dal nostro. Semplice ma super saporito. Lo sai che il premio come piatto più gustoso al mondo lo ha vinto proprio un piatto thailandese di origine islamica? Il massaman curry!»

Guardo Alice davvero sorpresa. «Sul serio?»

Lei appoggia le due ciotole fumanti di khao soi sul tavolo.

«Sul serio. Ci sono dentro pollo, latte di cocco, tamarindo, patate, cipolla, arachidi, anice, cardamomo, alloro, cumino, zucchero di palma, noce moscata, chiodi di garofano e peperoncino piccante.»

Prendo due flûte dalla credenza e la bottiglia di prosecco dal frigorifero, stappo la bottiglia con un *pop*, riempio i due bicchieri e ne poso uno davanti ad Alice, che intanto si è già seduta.

«Pensa che io faccio casino anche a cucinare la pasta al pomodoro.»

Immergo il cucchiaio nel khao soi e me lo porto alle labbra.

Alice rimane in attesa. «Allora? Com'è?»

«Buonissimo!»

«Te l'avevo detto!»

L'equilibrio fra i vari ingredienti è davvero perfetto.

«Tu invece ce l'hai sempre avuta la passione per la cucina.»

È da tutta la sera che mi sembra di avere di nuovo vent'anni, in quell'appartamento che dividevo con lei ed Emma all'università.

Lo faceva anche allora, Alice. All'improvviso decideva di cucinare, andava a svuotare il supermercato e trasformava la cucina in un casino tale che il giorno dopo dovevamo saltare le lezioni per rimanere a casa a pulire.

«Te lo ricordi, quando cucinavi ai tempi dell'università? Poi ci mettevamo tutte e tre sul divano a guardare un film dietro l'altro fino a mattina...»

«Certo che me lo ricordo...»

Alice afferra la ciotola di khao soi con entrambe le mani, se la porta alle labbra, fa un risucchio che di sicuro hanno sentito anche i vicini, poi mi rivolge uno sguardo che non riesco a decifrare.

Si alza, scivola verso l'attaccapanni vicino alla porta, quello su cui ha appeso lo zainetto con il quale è arrivata.

Lo agguanta dal manico in alto, lo appoggia in mezzo al

tavolo, fra le ciotole di khao soi quasi vuote e i bicchieri di prosecco che invece dobbiamo ancora toccare.

La guardo curiosa.

«Cos'hai portato?» le domando mentre faccio per aprire la zip.

«Aspetta. Prima, abbiamo dimenticato una cosa importante.» Fa una piccola pausa e sorride. «Siamo qui per festeggiare. Ce ne abbiamo messo di tempo per organizzare questa prima cena insieme nella tua nuova casa, eh...»

Alice inclina il calice di prosecco nella mia direzione. «Però l'hai sistemata davvero bene.»

Mi guardo attorno, orgogliosa.

Poi i due bicchieri tintinnano a metà strada.

«Be', veramente non abbiamo organizzato niente. Più che altro ti sei autoinvitata. E comunque, non è mica colpa mia se sei sempre in giro per il mondo...»

Alice finge di non ascoltarmi e fa un gesto teatrale con le mani.

«Adesso puoi aprire.»

Curiosa, apro la zip.

Mi brillano gli occhi.

Dentro, in mezzo a qualche vestito arrotolato, c'è una pila di DVD.

L'intera prima stagione di *Sex and the City*.

Sorrido, al ricordo di tutte quelle serate tra ragazze trascorse a sorseggiare camomilla e a piangere come matte per le storie di Carrie, Samantha, Charlotte e Miranda, mentre ai piedi indossavamo i calzettoni invernali più brutti del mondo.

Alice è divertita dal mio stupore.

«Hai da fare stanotte? Che ne dici di spararci tutta la stagione?»

«Tutta la prima stagione? Ma sono dodici puntate!» Rido.

«Come fai a ricordarti il numero esatto? E comunque sì, vabbè, ma durano solo mezz'ora l'una. Quindi senza pause sono a malapena sei ore.»

Scuoto la testa, incredula. «C'è solo un problema.»

«Quale?»

«Non ho un lettore DVD, qui.»

«Ah, ma questo lo sapevo. L'ho portato io.»

Alice apre l'altra zip dello zaino e sfila un vecchio aggeggio grigio.

«Non lo uso da una vita, ma dovrebbe funzionare.»

«Tu sei matta.»

Sono sicura di avere lo sguardo pieno di gratitudine.

«Accendo la macchina dei popcorn?»

«Non riesco a capire cosa stai aspettando.»

Mezz'ora più tardi le ciotole di khao soi sono ancora sporche sul tavolo, la pila di DVD è lì per terra accanto ai pouf in attesa di farsi sempre più piccola, e noi stiamo dando fondo alla prima scodella di popcorn.

Quando i titoli di testa appaiono sullo schermo ci guardiamo con gli occhi scintillanti.

La sigla della prima puntata mi fa venire una gran nostalgia e mano a mano che gli episodi finiscono e ricominciano uno dopo l'altro mi sembra di rivivere la vita una seconda volta: le storie in cui abbiamo creduto, quelle che non hanno creduto in noi, le delusioni, ciò che abbiamo conquistato e ciò che abbiamo perso, le amicizie come la nostra.

Sei ore più tardi, quando lo schermo diventa buio, Alice ha la testa appoggiata sulla mia spalla e sta cercando di asciugarsi le lacrime sulla mia maglietta.

«Potrei rivederlo duecento volte e piangere tutte quante.»

Sorrido e le accarezzo i capelli.

Lei si stropiccia gli occhi assonnati. «Meglio che vada. Non ho più l'età per fare queste cose. Ho la sensazione che mi sia passato sopra un camion. Adesso mi servono quindici giorni per riprendermi.»

Vorrei chiederle se si riferisce al fatto che abbiamo fatto tardi o al finale di stagione, che sembra proprio averla distrutta.

«Ma te la senti di guidare fino a casa? Se vuoi puoi fermarti a dormire qui. Lo sai.»

Alice ride. «Non siamo cresciute troppo per dormire nello stesso letto?»

«Secondo me no.» Rido anche io.

«Comunque lo farei, se non sapessi che andrebbe a finire che domani ci svegliamo a mezzogiorno.»

Alice stacca il lettore dalla corrente, ammucchia la pila di DVD nello zainetto e chiude le due zip delle tasche grandi.

Poi apre quella piccolina.

«In realtà non sono venuta qui per cucinare il khao soi e brindare alla tua nuova casa. Cioè sì, okay, anche per quello, ovvio. Ho una cosa per te...»

Alzo un sopracciglio mentre la vedo sfilare una busta gialla.

«Un'altra? Non ti sembra di esagerare?»

«Sì, forse sì. Ma è tutta la sera che resisto alla tentazione di darti questa busta. Quindi aprila in fretta.»

Curiosa e un po' sorpresa prendo la busta dalle mani di Alice, la rigiro fra le dita per qualche secondo, poi la apro.

Mi basta un secondo per capire tutto.

All'improvviso smetto di respirare.

Rimango a fissare il biglietto aereo con gli occhi lucidi per non so quanto tempo.

Da: MILANO MALPENSA (ITALIA)

A: BANGKOK (THAILANDIA)

Andata: 11 settembre 8.20 – Ritorno: 11 novembre 22.30

«Le date sono flessibili, eh. Quindi puoi stare tranquilla. Insomma, capisco che con il lavoro non si sa mai...»

Le lacrime mi rigano le guance.

«Non riesco a capire se piangi perché sei felice o perché sei già preoccupata per quello che dovrai mettere in valigia.»

Rido e continuo a piangere nello stesso tempo.

La mia mente e il mio cuore stanno giocando al tiro alla fune. Sono combattuta tra una felicità che mi fa venire voglia di vivere e una paura che mi paralizza.

Alice, che in questi trent'anni di amicizia ha conosciuto tutte le versioni di me, mi guarda con dolcezza e comprensione, come può fare solo chi ti capisce anche quando non ti capisci nemmeno tu. Il suo è lo sguardo di chi non era d'accordo ad acquistare un biglietto flessibile, lo sguardo di chi lo ha fatto comunque solo per offrirmi un'ancora di salvezza.

Perché per me, abituata come sono a sognare da dentro le mura di casa mia, legata alla routine e alle certezze che la vita di ogni giorno può offrirmi, un volo è un salto nel vuoto.

Non si tratta di uno spostamento geografico.

Si tratta di allargare i confini della mia vita, di spalancarmi nuovi orizzonti.

Si tratta di andare verso una parte di me che è sempre stata lì, ma che non ho mai incontrato.

Si tratta di un appuntamento con la donna che non so di essere.

Sento le dita di Alice asciugarmi due lacrime dalle guance.

«Ali, io... insomma... voglio dire. Lo avrai pagato un occhio della testa. Lo so che mi vuoi bene, ma è troppo. Davvero. Ti ringrazio. Però non posso accettare...»

Lei fa una smorfia. «No, guarda che non hai capito. Cosa credi? Non l'ho fatto perché ti voglio bene, ma perché non ho voglia di andarci da sola.»

Riesco a ridere perfino fra le lacrime. Come quando il vento soffia forte ma i fiori continuano a sbocciare lo stesso.

«Sei proprio una stupida.»

Sono ancora qui ferma in piedi al centro del mio soggiorno, gli occhi fissi su quel rettangolino di carta.

«Rebe. Dai, sto scherzando. Veramente è stato Marco a insistere tanto.»

«Marco?»

«Sì. È un regalo anche da parte sua. Negli ultimi mesi mi avrà chiamata almeno duecento volte.»

Devo proprio chiamare Marco e dirgli che, quando da bambino continuavo a ripetergli di non mollare mai, non intendevo in senso così letterale.

Ti auguro un'amica che viaggi per il mondo senza dimenticarsi che il suo mondo sei anche tu.

Un'amica con cui passare notti intere davanti a una serie TV, un'amica che abbia il tuo stesso modo di essere ma un modo diverso di guardare, perché è solo quando cambi punto di vista che scopri prospettive nuove. Un'amica che non ti giudichi per le tue scelte, ma che abbia come unico fine il tuo sorriso.

Una che suoni il tuo campanello senza essere stata invitata e abbia voglia di farti scoprire sapori inediti, che desideri festeggiare la tua nuova casa anche con un anno di ritardo, che ti dica di essere sempre forte pur sentendosi libera di piangere sulla tua spalla.

Ti auguro un'amica che ti dia il coraggio di saltare nel vuoto, ma che sia sempre lì ad allungare la mano per aiutarti quando non riesci a salvarti da sola.

Un'amica che ti regali un biglietto aereo con date flessibili.

Perché l'importante non è *quando* ti senti pronta a partire, ma sapere che non sei mai in ritardo per prendere quel volo.

20

Ci sono amori che ti lasciano quella sensazione. Che potrai amare altre volte. Ma mai così

Tommaso

Marzo 2000

«Ti ha parlato Paolo di questo posto?»

Rebecca ha i capelli più lunghi, indossa un giubbotto nero aperto e aderente, una maglietta con uno scollo a V che svela abbastanza pelle da catturare gli sguardi di chiunque, dei jeans attillati strappati qui e là, un paio di stivaletti, dei braccialetti argentati al polso.

Non me la ricordavo così bella.

Di una bellezza prepotente, diversa. Sua.

Gli occhi di quella ragazza che ascoltava i Black Sabbath in camper hanno dentro un'intensità nuova. Un'intensità che mi prende alla bocca dello stomaco oggi come allora.

Le è bastata una domanda per farmi mancare il terreno sotto i piedi, come nessun'altra ha fatto da quando non c'è stata più lei.

«Allora? Che fai? Non mi rispondi?»

Ha ancora il mento appoggiato alle mani e non ha smesso di fissarmi, curiosa, mentre nella mia mente si accumula tutta una serie di ricordi dell'estate più bella della mia vita.

«Veramente lo conosco benissimo.»

Uso un tono così distaccato che farebbe fare un passo indietro a chiunque. Rebecca invece non lo nota nemmeno.

Non può ripiombare qui quattro anni dopo e buttarla sul ridere.

Non può fingere di non essersene andata come ha fatto.

«Lo sapevo. È stato il CD che ti ho lasciato, vero? Sapevo che ti sarebbe piaciuto un sacco. È per questo che sei venuto? Ce l'hai ancora?»

Ha il solito modo irriverente di parlare.

Quello che mi ha fatto innamorare di lei.

Accenno un sorriso, faccio un tiro di sigaretta e alzo il bicchiere vuoto, richiamando con un cenno il ragazzo tutto tatuaggi che sta dietro al bancone.

«Mi fai un'altra birra?»

Lui annuisce e prende un boccale dalla mensola.

C'è una parte di me che vorrebbe abbracciarla, un'altra che vorrebbe alzarsi da questa sedia, urlarle un gran vaffanculo e andare via.

«È inutile che fai finta di non sentirmi.»

Rebecca si siede accanto a me salendo sullo sgabello.

Mi arriva un alito del suo profumo e per un momento sento nella pancia la sensazione di quando ti lanci nel vuoto.

«No. Non ce l'ho più...» Intanto guardo il cameriere sciacquare il boccale e cominciare a spillare la birra.

Non capisco se Rebecca ci sia rimasta male sul serio.

«Eddai... sei ancora arrabbiato?»

Nel locale comincia a rimbombare *Every You Every Me* dei Placebo.

Faccio una smorfia, il ragazzo con i tatuaggi mi appoggia la birra sul bancone, bevo un sorso senza guardarla.

Rebecca rimane lì ad aspettare una risposta che non le do.

Sento i suoi occhi addosso come una volta.

«Ma davvero non c'è Paolo? Volevo salutarlo. Lui magari è più felice di vedermi. Tu sei diventato così scorbutico.»

Mi limito a fare un cenno con il bicchiere verso la pista da ballo, dove almeno duecento ragazzi si stanno spintonando per arrivare più vicini al palco.

«È là in mezzo.»

Rebecca sposta lo sguardo, poi torna a fissarmi e scrolla le spalle.

«Lo saluterò un'altra volta. Lui studia qui, giusto?»

«Sì, giusto.» Sospiro. «Tu invece non hai delle amiche da raggiungere?»

«Sì, sono sedute a quel tavolo là.» Mi indica un gruppo di ragazze attorno al tavolo nell'angolo. Poi lancia un'occhiata al mio bicchiere di birra. «Mi aspettavo ordinassi un Jack Daniel's, comunque.»

Vorrei proprio che non avesse questo vizio di dire sempre la cosa giusta al momento giusto.

Mi scappa un mezzo sorriso.

Se ne accorge e scappa un sorriso anche a lei.

Con quell'espressione che adesso è diventata perfino più irriverente, si sistema meglio sullo sgabello, appoggia un gomito al bancone e si sorregge la testa con un palmo. Poi fa cenno al cameriere.

«Ci fai due Jack Daniel's?»

Lui guarda un po' confuso il mio bicchiere ancora mezzo pieno.

Rebecca lo anticipa. «Sì, sai. Ha bisogno di sciogliersi un po'.»

Sospiro, alzando gli occhi al cielo. Rebecca è proprio come la ricordavo: diretta, spocchiosa, bella da fermarti il respiro.

Aspettiamo i Jack Daniel's in silenzio.

Lei continua a guardarmi senza un pizzico d'imbarazzo, io faccio finta di interessarmi a un vecchio poster appeso sopra la macchina del caffè.

Quando il cameriere ci allunga i bicchieri sul bancone, Rebecca indica le sue amiche. «Puoi segnare sul conto di quel tavolo?»

Lui annuisce, io invece corrugo la fronte.

«Paga Giorgia. È quella con il top bianco. La vedi? È il suo compleanno...» mi rassicura, vedendo la mia espressione confusa.

Alzo un sopracciglio, dubbioso. «Anche per me?»

Con questo suo atteggiamento Rebecca mi ha quasi fatto dimenticare perché sono arrabbiato con lei.

«Sì, anche per te.»

Si sistema i capelli dietro l'orecchio e beve un sorso.

Io faccio lo stesso e i nostri sguardi si sfiorano a metà strada, sopra i bicchieri.

Per una frazione di secondo i nostri occhi si mescolano come un tempo e qualcosa nel mio stomaco si contrae come un elastico.

«Non ti dai mai per vinta, vero?»

«Lo sai.»

«Senti, vuoi la rivincita?»

Stavolta è Rebecca a guardarmi stranita.

Con lo sguardo allora indico un punto alle sue spalle.

Lei si volta e si ritrova a fissare un vecchio biliardino.

Quando torna a posare gli occhi dentro i miei un sorriso presuntuoso ha già preso il posto dello stupore.

Ero convinto che non avrebbe mai rifiutato.

Invece Rebecca non riesce a essere banale nemmeno adesso.

«Perché invece non ce ne andiamo via da tutto questo caos?» mi domanda saltellando sulla sedia, impaziente.

Non riesco a staccare gli occhi dalle sue labbra.

«Non puoi mollare qui Giorgia il giorno del suo compleanno.»

«E va bene, dai, non è davvero il suo compleanno. Ti ho detto una bugia…»

Chissà perché non sono poi così sorpreso.

«La verità è che ti aveva notato. Ma l'ho fermata subito, eh. Allora mi ha detto che tanto uno come te non se la sarebbe mai filata una come me. Così ho scommesso un drink che sarei riuscita a rimorchiarti.»

«Ma non vale. Noi ci conoscevamo già.»

«Sì, ma lei non lo sa. E comunque, cosa vuoi dire, scusa, che una come me non l'avresti mai notata?»

Osservo i lineamenti del suo viso, i capelli che le cadono morbidi da una parte e dietro l'orecchio dall'altra, quello sguardo così grande e tutto ciò che contiene.

Rebecca l'ho notata quattro anni fa dentro quel camper. Ma mi avrebbe catturato ovunque.

Tutt'a un tratto lei scende dallo sgabello, si alza sulle punte, afferra due bicchieri di plastica da dietro al bancone e travasa i Jack Daniel's alla velocità della luce. Ne prende uno e me lo mette in mano. «Sei venuto in macchina a Firenze?»

Sfilo le chiavi dai jeans e le faccio dondolare all'altezza del fianco.

Rebecca me le strappa dalle mani. «Guido io. Che se guidi la macchina come guidi il motorino...» Senza darmi il tempo di ribattere mi strappa di mano le chiavi e si fa strada tra la folla che ci separa dalla porta d'uscita.

Quando esco dall'Electric Avenue Rock Club la trovo lì fuori ad aspettarmi con una Virginia Slims già fra le labbra, e a me sembra si stia riavvolgendo il mondo.

Rebecca è qui come allora, solo circondata dalla vita vera: quella fatta di rumori di clacson, gente ubriaca che barcolla sul marciapiede, qualche sguardo viscido che le cade addosso.

Sfilo una Lucky Strike dal pacchetto.

«Vedo che fumi ancora quella robaccia.»

Alzo le sopracciglia in segno di assenso, senza ribattere.

«Hai parcheggiato lontano?»

«Non molto. Dieci minuti a piedi.»

Percorriamo quel chilometro scarso che divide il locale dalla mia auto come abbiamo attraversato il campeggio per raggiungere quel bar chiuso che di notte era diventato il nostro posto segreto, alternando i sorsi di Jack Daniel's ai tiri di sigaretta.

Parliamo come due vecchi amici che s'incontrano dopo tanto tempo.

Non c'è un filo di imbarazzo fra di noi.

E nemmeno il più piccolo attimo di silenzio.

Le mie parole s'incastrano alle sue come ha sempre fatto anche tutto il resto.

Ma stiamo attenti a non sfiorare quell'estate.

Ci giriamo attorno, come si fa durante le interrogazioni, quando non sai la risposta giusta.

In questi dieci minuti, in compenso, scopro un sacco di cose su di lei: che quando parla continua a gesticolare tantissimo, che ha lo stesso modo di sbuffare, che però è anche più paziente e attenta. Quando parlo mi guarda assorta, e se faccio una pausa non s'intrufola più nel mio discorso, ma rimane in attesa.

Chissà invece cos'ha scoperto lei di me, fra un passo e l'altro.

Arriviamo al parcheggio che le sigarette sono finite da un pezzo, e prima di salire in macchina beviamo l'ultimo sorso di whisky seduti sul cofano.

Poi, quando Rebecca mette in moto, dalle casse esplode a tutto volume *Smells Like Teen Spirit* dei Nirvana, una delle canzoni del CD che mi ha lasciato.

Reagisco d'istinto, portando la manopola del volume bruscamente sullo zero.

Per un attimo cala un silenzio assoluto.

Nel buio dell'abitacolo si sente solo il lieve ronzio del motore.

A un certo punto Rebecca preme il pulsante dell'autoradio, il CD esce con un *clic* e lei mi guarda con degli occhi che sembrano brillare più del cielo di quell'estate.

«E così non lo avevi più, eh? Stronzo» esclama, tirandomi un pugno sulla spalla. Poi mi lancia un'occhiataccia, spinge di nuovo il CD dentro il lettore e *Smells Like Teen Spirit* riparte.

Rebecca si destreggia fra le strade trafficate di Firenze come può fare solo chi le conosce come le proprie tasche.

«Comunque, non mi hai ancora detto che cosa ci fai qui.»

«Sono venuto solo a trovare Paolo.»

Fra le note delle canzoni che fuoriescono una dopo l'altra dalle casse filtrano i suoni della città di notte: il fruscio degli pneumatici sull'asfalto, il suono lontano di un sax, il tintinnio dei bicchieri dei bar ancora aperti.

«Ma che poi, scusa, dove stiamo andando?»

«Mi è venuta fame. E siccome in questo periodo a Firenze non ci sono luna park andiamo da me a farci un piatto di pasta. In quel posto servivano solo patatine senza sale e hamburger così vecchi che sembravano di plastica. Però cucini tu, eh. Io non sono mica migliorata...»

Sorrido al ricordo di quella serata ad Alghero, ma subito dopo mi assale il nervosismo, al pensiero di salire a casa sua.

Lei, invece, sembra tranquilla come al solito.

Come se mi avesse chiesto di andare a correre al parco.

«Vivi con i tuoi?» le domando, fingendomi indifferente.

«No! Sei matto? I miei vivono fuori Firenze. Quando ho cominciato l'università sono venuta ad abitare in centro per arrivare prima a lezione. Ma gli affitti costano un occhio della testa. Sto con Alice ed Emma in un appartamento in zona universitaria. Ma stasera non ci sono. Torneranno tardi. Sono andate in un locale dall'altra parte della città. Per una volta che Emma si smuove da casa ne approfittiamo. E poi se andiamo a casa posso regalarti un altro CD dal mio repertorio. Così lo cambi, saranno anni che ascolti lo stesso...»

Faccio finta di non aver colto la sua provocazione.

Piuttosto passo a un altro argomento.

«Alice? Quella Alice?»

Lei accenna un sorriso, senza distogliere lo sguardo dalla strada. «Sì, quella Alice.»

La canzone successiva è *Everlong* dei Foo Fighters.

Cazzo, se solo Paolo sapesse che sono qui.

«Dipingi ancora?» le domando d'un tratto, dopo qualche secondo.

«Perché me lo chiedi?» mi risponde, sorpresa.

«Sono solo curioso.»

Rebecca accenna un sorriso.

«Comunque no. E tu?»

Aggrotto la fronte. «Io non dipingevo neanche prima...»

Il suo sorriso si allarga. «Be', magari ti avevo fatto appassionare.»

Sorrido anche io e la sbircio mentre guida, con le mani fisse sul volante.

«Come mai hai smesso?»

Rebecca fa spallucce. «Sai che non lo so?»

Io non rispondo e lei diventa silenziosa.

Percorriamo gli ultimi chilometri così, senza parlarci. Rebecca con gli occhi sulla strada e io con la testa appoggiata al finestrino, mentre si susseguono a ruota *Man in the Box* degli Alice in Chains, *Plush* degli Stone Temple Pilots, *Always* di Bon Jovi.

Ogni tanto la scruto per cercare di capire che cosa l'abbia fatta diventare improvvisamente così seria.

Ma non ci riesco.

A un certo punto imbocca un vialetto lastricato sulla sinistra, supera un locale che sta tirando giù le serrande, poi accosta davanti a una piccola scalinata di tre gradini.

Quando spegne l'auto, la musica tace e noi rimaniamo d'un tratto avvolti da un silenzio assordante.

«Perché non mi hai più cercata dopo quell'estate?»

Rebecca me lo chiede con un tono fra l'arrabbiato e il malinconico, con le mani ancora sul volante e lo sguardo puntato fuori.

La leggerezza di qualche momento fa è già finita chissà dove.

«Cosa?»

I suoi occhi si fanno più intensi.

«Quando sono andata via, dopo quell'estate in Sardegna, perché non mi hai mai chiamata? Perché non mi hai cercata?» ripete lentamente.

Sono incredulo.

«Rebecca, sei andata via tu. Mi hai lasciato con una lettera. Sei partita senza nemmeno salutarmi. Te lo ricordi?»

«Sì, ma...»

«No, non ci sono "ma", Rebecca.» Stavolta ho un tono così tagliente e deciso che si zittisce subito. «Hai fatto l'unica cosa che non mi sarei mai aspettato da te: mi hai dimostrato di non essere coraggiosa. Che amarmi ti faceva paura. Non hai idea di come questo mi abbia fatto sentire.»

Mi sono immaginato tantissime volte il momento in cui glielo avrei detto guardandola negli occhi.

Ma non avrei mai pensato di sentire una rabbia così.

Comincia a piovigginare e il *tic toc* sul parabrezza sembra diventare l'unico rumore di tutta Firenze.

«La verità è che non ti è bastata quella magia per decidere di andare avanti senza bruciare tutto...»

Rebecca continua a guardare fuori. Qualcosa le luccica negli occhi. E non è il riflesso della luna.

«Tu non capisci...» Ha una voce flebile, che non le avevo mai sentito prima.

Vederla fragile però mi manda ancora più in bestia.

Non può fare così.

Non può far passare me da carnefice e lei da vittima.

Il giorno in cui ha deciso di andarsene ha fatto la sua scelta. Per tutti e due.

«Sai perché l'ho fatto? Sai perché ti ho lasciato quella lettera? Perché tanto lo sapevo come sarebbe andata a finire. Io avrei frequentato l'ultimo anno di liceo a Firenze nella scuola che odiavo e tu invece avresti cominciato l'università e la tua vita sarebbe stata tutta nuova. All'inizio mi avresti scritto cento messaggi al giorno e saresti venuto a trovarmi tutti i fine settimana. Poi i messaggi sarebbero diventati cinquanta e sarebbe arrivato il giorno in cui per la prima volta mi avresti scritto che eri un po' stanco e che a Firenze magari ci saresti venuto la settimana dopo. E io ti avrei scritto che ti capivo, ma in realtà avrei già cominciato a consumarmi dentro e a immaginarmi di nuovo senza di te. Nel frattempo, tu ti saresti fatto un sacco di nuovi amici, avresti avuto delle compagne di corso fichissime con cui ti saresti scambiato gli appunti delle lezioni, fino al giorno in cui ti saresti accorto che una di loro aveva un culo e delle tette più belli dei miei e lei si sarebbe accorta di quanto sei intelligente e bello, e una sera in discoteca vi sareste baciati, e il giorno dopo non me lo avresti nemmeno detto. Semplicemente i tuoi messaggi avrebbero cominciato a diventare prima venti, poi dieci, poi cinque. E a Firenze avresti cominciato a non venirci più. E io mi sarei ritrovata ad aspettare con il cuore distrutto un messaggio prima di dormire. Quell'unico messaggio che a un certo punto non sarebbe più arrivato. E questo avrebbe rovinato tutto. Ma tutto davvero. Mica solo la nostra storia. Soprattutto i ricordi di quell'estate. Non ci sarebbe stata più nessuna magia. Sarei diventata una delle tante. Sarei diventata solo quella che hai lasciato al primo anno di università, quella che hai tradito da ubriaco. E non lo avrei sopportato, Tommaso. Non volevo accadesse tutto questo. Non volevo che quello che c'è stato tra noi si trasformasse in odio e rancore. Volevo che il nostro ricordo rimanesse incontaminato. Volevo rimanere per sempre la ragazza di quell'estate in Sardegna, quella che hai visto per la prima volta attraverso il vetro del camper. Desideravo che restassimo gli stessi di quell'estate, l'estate che nessuno dei due avrebbe mai dimenticato.»

Rebecca ha detto tutto senza respirare e gesticolando tantissimo, proprio come quella sera in cui ha fatto il bagno di notte per la prima volta.

Fuori la pioggia è già diventata un temporale.

«Avevo paura, Tommaso. Sì, lo ammetto. Avevo paura che se non lo avessi fatto, se non fossi andata via senza salutarti, non sarei stata capace di dirti addio. E allora sarebbe accaduto tutto questo. E sarebbe arrivato il giorno in cui ti saresti dimenticato com'ero vestita quella sera sulla spiaggia, prima di fare l'amore con te...»

Rebecca dice quest'ultima frase con la voce rotta di chi si sta sforzando di tenersi dentro le lacrime.

Io invece sto per mollare. Mi bruciano gli occhi.

«Avevi una maglietta lunga e larga color lavanda con un cuore stilizzato sotto il colletto e la scritta *Girl Power: The 90's Revolution*. Indossavi degli orecchini lilla e ti eri fatta i codini. Ai piedi portavi delle infradito pastello più o meno dello stesso colore della maglietta. E delle mutandine abbinate agli orecchini.»

Rebecca non riesce proprio a lasciar andare il volante. Ma per la prima volta da quando ha spento il motore sposta lo sguardo dentro il mio e mi guarda proprio come quella sera.

Rimaniamo per un attimo così.

Ci sono quest'auto con il motore spento, il portone del suo condominio in cima a tre gradini, un cielo che è diventato una cascata d'acqua.

Alla fine Rebecca sbatte velocemente le palpebre, come per cacciare indietro una lacrima.

Finalmente molla la presa sul volante e si posa le mani in grembo.

«Stasera quando Giorgia mi ha fatto cenno verso di te, non ti avevo ancora visto. Mi è venuto un colpo perché...» Fa una piccola pausa e comincia a mordicchiarsi il labbro, indecisa se andare avanti oppure no. Poi prosegue. «La verità è che non ho mai smesso di guardare quel cellulare in attesa di un tuo messaggio. Perché, nonostante tutto, speravo che tu *non* mi ascoltassi. Che tu tornassi a prendermi...»

Non immaginavo di sentire queste parole dalle sue labbra.

La sua voce riverbera nell'abitacolo per un attimo, il tempo che mi serve per schizzare con lo sguardo su di lei e capire che non c'è via di fuga.

D'un tratto tutte le illusioni, le speranze e le delusioni diventano un mare di emozioni contrastanti e sento un nodo all'altezza della bocca dello stomaco.

Ogni cosa svanisce nell'ombra.

Senza più esitazioni, mi lascio guidare da quest'istinto che sento bruciarmi dentro, afferro il suo viso fra le mani e premo le mie labbra sulle sue.

Ci baciamo come due persone convinte che non si sarebbero più ritrovate e cercano di cancellare ogni traccia di dolore e incertezza.

È un bacio intenso, dolce, frenetico.

Come le mie mani, che si perdono nei suoi capelli setosi.

È un bacio che si strappa via a morsi tutte le parole che non ci siamo detti.

In pochi secondi siamo fuori dall'auto.

La prendo per mano, lasciando che la pioggia ci inzuppi i vestiti.

In un baleno raggiungiamo il suo appartamento.

Nemmeno il tempo di chiuderci la porta alle spalle, e ci spogliamo come chi non può più aspettare, esplorando con il palmo aperto ogni centimetro dei nostri corpi, riscoprendo ogni dettaglio, ogni curva, ogni solco.

Come fosse la prima volta.

Entriamo in camera sua già completamente nudi, dentro un buio che diventa penombra grazie alla luce dei lampioni che filtra attraverso le fessure della persiana abbassata.

A un certo punto sembra che tutto vada al rallentatore: il movimento delle nostre labbra, le nostre mani, i nostri respiri.

Siamo in piedi l'uno di fronte all'altra, Rebecca con la schiena contro il muro, io appiccicato a lei con le mani appoggiate alla parete sopra le sue spalle.

D'un tratto lei si allontana di qualche centimetro dal mio viso, mi posa una mano sul petto e mi spinge con delicatezza all'indietro, facendomi sedere sul suo letto.

«Chiudi gli occhi» mi sussurra.

La sento inginocchiarsi davanti a me, le sue dita si serrano attorno al desiderio che ho di lei, le sue labbra si schiudono su di me e la sua lingua mi avvolge.

Si ferma solo quando comincio a pulsare e mi manca davvero poco per venirle in bocca.

Apro gli occhi e lei mi sta ancora guardando.

Dopo averle sfiorato le spalle, la faccio alzare, la afferro forte per i fianchi e la faccio sedere sulla sua scrivania vicino all'armadio.

Rebecca chiude gli occhi e la mia lingua lambisce il suo seno, i suoi fianchi, le sue gambe.

Il suo profumo è cambiato, ma è buono come allora.

Mi stringe i capelli in un pugno mentre le mie labbra si bagnano della voglia che ha di noi.

Come lei, smetto solo quando sento il suo clitoride pulsare.

Rebecca apre gli occhi e me lo prende in mano, portandoselo tra le cosce per farmi sentire che non le va più di aspettare.

È così bagnata che scivolo subito dentro di lei.

Quando inizio a muovermi deciso Rebecca comincia ad ansimarmi nell'orecchio sempre più forte, fino ad aggrapparsi alle mie spalle e soffocare le sue urla mordendomi il collo.

Veniamo insieme, con i corpi bollenti e le mie mani a tenerle le gambe aperte.

Con le labbra che si cercano ancora.

Ci sono amori che si intrecciano alle note del destino.

Sono quegli amori che, anche quando sembrano perdersi per sempre, continuano a risuonarti dentro, come un'eco.

Sono quegli amori che, nel corso degli anni, si perdono e si ritrovano ancora.

Quelli che, nonostante tutto, ti fanno sentire sempre come la prima volta.

Quelli che ti lasciano ovunque quella sensazione.

Che potrai amare altre mille volte.

Ma mai così.

Sono quegli amori di cui impari a fare a meno, ma che continueranno a mancarti.

Come versi di una poesia a cui manca il finale.

Sono quelli invisibili, che però ti lasciano i tatuaggi sull'anima.

Quegli amori che non stanno insieme.

Eppure...

Quando il giorno dopo apro gli occhi, il piumone mi copre fino alla vita e gli abiti sparsi sul pavimento sono lì a dirmi che è successo davvero.

Nella stanza c'è la stessa atmosfera di stanotte.

Rimango un momento a guardarmi attorno.

La camera da letto in cui mi trovo può essere solo di Rebecca: le pareti sono rivestite con una vecchia tappezzeria dai toni pastello su cui sono appiccicati poster di band alternative, la scrivania vintage vicino all'armadio ricorda un tempo che non c'è più, le mensole sono cariche di un mucchio di oggetti curiosi: una collezione di libri dall'aria polverosa, una serie di polaroid sbiadite, una piccola radio transistor.

Lei è qui accanto a me, nel posto in cui avevo ormai perso la speranza di incontrarla: ha i capelli scompigliati sul cuscino, un sorriso leggero sulle labbra, il respiro profondo.

Mi avvicino delicatamente e le sfioro la guancia con un bacio.

Lei sorride nel sonno e io rimango un momento fermo così, a rubare ogni dettaglio che mi ha fatto innamorare di lei.

Vorrei impacchettare la notte che abbiamo passato e scartarla nella mia vita di tutti i giorni.

Vorrei che la quotidianità da cui tutti scappano diventasse la nostra routine.

Vorrei farla ricominciare a dipingere, portarla a vedere i film in bianco e nero e continuare a fingere di odiare la musica che tanto ama.

Vorrei guardarla dormire tutte le mattine proprio come adesso e darle fastidio solo per farle fare quella smorfia.

Quella che mi piace tanto cancellarle dal viso.

Ma non posso.

Questa volta sono io a dover andare via.

Mi guardo attorno cercando di raccogliere i pensieri.

Mi alzo dal letto con cautela, mi vesto lentamente, guardo Rebecca un'ultima volta.

Poi, mentre cerco di allontanarmi silenzioso come un ladro, sfioro accidentalmente un vaso di vetro sulla scrivania.

Rimango a fissarlo impotente dondolare e finire per terra.

Il rumore del vetro che va in frantumi fa sobbalzare Rebecca. I suoi occhi si aprono e per un attimo mi guarda confusa, ancora intontita dal sonno.

«Fai piano. Di là dormono Emma e Alice…» mi dice con un sorriso, assolutamente indifferente al fatto che io abbia appena fatto esplodere il suo vaso in mille pezzi.

Poi però si accorge che me ne sto lì in piedi, già vestito, con questa espressione di chi è stato colto sul fatto che non riesco proprio a mascherare, e capisce tutto.

«Non pensavo che anche tu fossi così… uno che scappa senza nemmeno salutare.»

Apro la bocca per rispondere, ma Rebecca non me ne dà l'opportunità.

Ha un viso così duro che non sembra neanche il suo.

«Vedo che la vita ti ha cambiato. E non ci ha messo neanche tanto.»

Vorrei dirle così tante cose che non riesco a dire niente.

Vorrei spiegarle, ma questo nodo alla gola non mi permette di respirare.

«Vai pure. Non preoccuparti. Ci penso io qui…»

Le lenzuola le scivolano sulla pelle mentre si alza, appoggia i piedi nudi sul pavimento facendo attenzione a non tagliarsi, e si inginocchia a raccogliere i frammenti di vetro.

Io rimango fermo lì, a guardarla, improvvisamente più lontana da me che mai.

Poi mi volto e me ne vado, cercando di non pensare a tutto ciò che avremmo potuto essere.

Non posso sapere che, mentre esco dalla sua stanza, Rebecca si ferma a guardare le mie spalle sparire oltre la porta.

E che, quando sente il motore della mia auto allontanarsi da lei, è ancora lì inginocchiata a terra, a singhiozzare con il volto nascosto fra le mani.

21

Ci sono incontri che ti regalano un biglietto di andata e ritorno nel passato

Rebecca

Oggi

Riconoscerei quelle spalle ovunque.

L'ultima volta che le ho viste, lui stava andando via per sempre dalla mia stanza e dalla mia vita, mentre io ero inginocchiata a raccogliere i frammenti di vetro di un vaso andato in mille pezzi. Era passata solo una manciata di ore da quando le mie mani lo avevano stretto e per un attimo avevo creduto che fosse il mio amore giusto.

Adesso invece è seduto qui, allo stesso bancone in legno dell'Electric Avenue Rock Club, proprio quel bancone al quale ci siamo incontrati di nuovo una sera di ventitré anni fa, quattro anni dopo quell'estate in Sardegna.

Non posso fare a meno di restare a bocca aperta.

È trascorso così tanto tempo che mi fa sorridere pensare a quanto ci sia rimasta male quella mattina, quando mi sono svegliata di colpo e l'ho scoperto mentre scappava via dopo l'amore senza nessuna spiegazione.

Per un po' non sono riuscita a dimenticarlo, ero convinta che non sarei più stata capace di desiderare qualcuno allo stesso modo, e mi sentivo come quel vaso, finito in frantumi sul pavimento della mia camera da letto.

Ma quella mattina di ventitré anni fa, non potevo sapere che qualche anno dopo avrei incontrato Giacomo, che lo avrei amato in modo incondizionato e adulto e che per la prima volta avrei cominciato a desiderare di restare per sempre con la stessa persona.

Piano piano, il ricordo di quel ragazzo che mi guardava di nascosto attraverso il finestrino di un camper parcheggiato male è sbiadito e infine sparito completamente dentro la mia vita di tutti i giorni: una vita che per moltissimi anni mi ha resa così felice da farmi sentire irripetibile. Una vita di cui ero così grata da non avere più spazio per i ricordi, perché è questo che succede quando ci sentiamo nel posto giusto.

Non pensavo a Tommaso da anni, se non quando con Alice per qualche motivo parlavamo di quell'estate ad Alghero.

In quei momenti, di sfuggita, mi passava in fretta davanti agli occhi qualche immagine di noi.

Ma poi andava via senza lasciare tracce.

Eppure, ritrovarmelo qui adesso, mentre ride disinvolto per la battuta di qualcuno che non conosco, mi crea una voragine nello stomaco.

«Scusa...»

Alice compare dietro di me e mi appoggia il mento sulla spalla, mentre segue il mio sguardo ancora incatenato a lui.

La guardo, corrucciando la fronte. «Per che cosa?»

Sono tornata single dopo più di vent'anni e lei, come al suo solito, mi vuole far vivere la vita a pieno. Ha preso la mia rinascita come una missione da portare a termine e mi trascina ovunque. Ogni tanto devo dirle che non ho voglia di uscire perché è sempre a mille.

La prima sera che mi ha invitata fuori ci ho impiegato due ore a prepararmi, non ero più abituata al trucco e agli abiti eleganti.

Quando è venuta a prendermi a casa avevo l'armadio aperto e il letto coperto di vestiti.

Lei mi ha guardata con una smorfia, ha afferrato un abito che non ricordavo nemmeno di aver mai indossato e mi ha detto: «Mettiti questo».

Alice è sempre stata l'amica che mi ha aiutato a essere la migliore versione di me stessa.

Nei vestiti e nella vita.

«Perché non ti ho detto che ci sarebbe stato anche Tommaso…»

Faccio un passo di lato, voltandomi verso di lei con gli occhi spalancati.

«Tu-lo-sapevi?»

«Sì.» Alice fa una smorfia di finto dispiacere. «Ti ricordi che quando ti ho invitato a questa serata ti ho detto che era stata organizzata perché un tizio aveva rilevato il locale?»

«Sì, e allora?»

«Be', quel tizio è Paolo...»

«Paolo? Paolo, l'amico di Tommaso? Quello della Sardegna?»

«Sì. Quel Paolo.»

Mi guardo attorno per cercarlo con lo sguardo, ma non lo trovo.

«Scusa, ma tu come lo sai?» indago.

Alice adesso sembra davvero divertita. «Il fatto è che io e Paolo ci siamo sentiti ogni tanto. Niente di che, eh. Ci siamo visti qualche volta, quando tornavo dai miei viaggi. Ci è capitato di andare a cena assieme o di bere un caffè...»

Penso di essere incredula come poche altre volte in vita mia.

«Cioè, fammi capire. Tu e Paolo vi siete sentiti per tutto questo tempo e tu non me lo hai mai detto?»

«Aspetta! Non è che ci siamo sentiti per tutto questo tempo. Ci saremo visti due, tre volte all'anno al massimo. E comunque sì, non te l'ho detto. Come tu non mi hai detto altre cose, Rebe...»

Non so se mi stupisce di più il fatto che Alice e Paolo siano amici o il fatto che la mia migliore amica mi stia accusando con un sorriso divertito di avere dei segreti.

«Cosa? Non è vero! Sono pronta a giurarlo. Io ti ho sempre detto tutto!»

«Ah, sì?»

«Sì...»

A questo punto Alice alza un sopracciglio. «Anche che un po' di tempo dopo quell'estate in Sardegna tu e Tommaso siete stati di nuovo a letto insieme? Mi hai detto anche questo?»

«Ma cosa...» Faccio per rispondere su due piedi, però poi mi blocco, consapevole che le parole di Alice significano molto di più di quello che dicono. Alla fine, mi limito solo a un sospiro. «Come lo sai?»

«Andiamo, Rebe. Il rumore di quel vaso che si è rotto avrebbe svegliato un rinoceronte. Mi sono alzata e sono uscita in corridoio per capire cosa diavolo fosse successo. E niente, giusto il tempo per vedere Tommaso uscire da camera tua e andarsene.»

Lo sguardo, per un attimo, torna di nuovo di là, sulle spalle di Tommaso, ancora seduto al bancone.

«Perché non me lo hai mai detto?» chiedo ad Alice, continuando a guardare lui.

«Non lo so. All'inizio pensavo lo avresti fatto tu. Dopo un po', quando mi sono resa conto che non sarebbe successo, ho capito che non era andata come speravi. E ho lasciato stare. Poi...»

«Poi cosa?»

«Il giorno dopo che tu sei stata a letto con Tommaso ho ricevuto un messaggio da Paolo. Diceva solo: *Scendi, sono sotto casa tua.* Evidentemente aveva estorto l'indirizzo a Tommaso. E niente. Siamo andati a bere uno spritz insieme, è stato carino e siamo diventati buoni amici.»

Alice si interrompe.

Io sto per ribattere, ma la musica si abbassa all'improvviso.

Alice mi fa cenno di guardare alla mia sinistra.

Seguo il suo sguardo e vedo Paolo in piedi sul palco dove si sta esibendo la band, con un bicchiere di whisky in mano.

È cambiato così tanto che se lo avessi incontrato per strada non lo avrei mai riconosciuto.

Ha i capelli scuri scompigliati, la barba incolta, uno sguardo maturo che fa a pugni con il ragazzo che ricordavo io.

Il suono delle chitarre si attenua ancora di più, lui alza il bicchiere verso l'alto.

«Grazie a tutti di essere venuti! Ho trascorso qui dentro così tante serate che non potevo permettere che il locale chiudesse. Questo posto deve continuare a essere un tributo alla musica rock! Che sia una notte indimenticabile!»

Attorno a noi scoppiano tutti in applausi e acclamazioni, mentre le luci al neon ricominciano a pulsare al ritmo della musica.

«Be', si è sprecato con questo discorso...»

«Scusami un attimo» replico io, e mi dirigo verso il bancone dalla parte opposta del locale.

Sgomito per farmi spazio, quasi litigo con due ragazze che non vogliono lasciarmi passare, e prendo una Coca-Cola in un bicchiere di plastica.

Quando mi volto, lo sgabello su cui poco fa era seduto Tommaso è vuoto.

Rimango qualche secondo a guardarmi attorno.

Del vecchio locale di una volta è rimasto poco: le pareti sono dipinte di nero e adornate da chitarre elettriche appese come opere d'arte; accanto ai poster di allora sono esposte fotografie delle band emergenti che hanno calcato il palco del locale negli ultimi anni.

«Vedo che ormai anche tu sei passata agli analcolici.»

Mi giro con un sobbalzo.

Tommaso mi fissa con un sorriso appena accennato.

Indossa una camicia bianca sbottonata con le maniche arrotolate fino al gomito e dei pantaloni denim scuro, e sta bevendo un Crodino.

I suoi capelli spettinati, la barba curata senza troppa attenzione, il braccialetto di cuoio al polso, uno sguardo più intenso rispetto al passato.

«Sono più scioccata dal fatto di vederti indossare una camicia, in realtà.»

Le rughe sottili attorno agli occhi e alle labbra mi ricordano il motivo per cui l'ho sempre trovato bello e affascinante.

«Comunque, sono passati ventitré anni ma in questo posto continui a sembrarmi fuori luogo» aggiungo dopo un po'.

Tommaso accenna un sorriso che mi provoca una morsa allo stomaco.

Non è attrazione, non è nostalgia.

È qualcosa che non conosco.

«Sai che mi sono chiesto se ci saresti stata anche tu?»

Forse è la sua voce profonda e sicura.

«Non dirmi che tu lo sapevi…»

«Che cosa?»

Oppure forse è la sua postura rilassata.

«Che Paolo e Alice sono rimasti in contatto.» Mentre lo

dico cerco Alice con lo sguardo e la trovo a ridere proprio con Paolo vicino al palco.

Tommaso beve un sorso di Crodino.

«Veramente sì. Lo sapevo...»

«Dai, non posso crederci...»

«L'ho scoperto il giorno in cui Paolo mi ha chiamato per dirmi che stavi per sposarti...»

Non so bene come, ma questa volta riesco a nascondere lo stupore. Alla fine, sdrammatizzo con una battuta.

«Paolo non è mai stato bravo a farsi gli affari suoi.»

Il sorriso di Tommaso diventa appena più evidente.

«No, in effetti no. Vivevo ancora a Barcellona, allora...»

«A Barcellona?»

«Sì... a Barcellona.» Beve un altro sorso, poi indica la porta d'uscita con gli occhi. «Ti va una sigaretta?»

«Ho smesso. Ma ti accompagno.»

Attraversiamo il locale, Tommaso davanti e io dietro.

È davvero strano essere qui.

Parlare come due vecchi amici.

Riuscire a ridere alle nostre battute come se non fosse trascorso tutto questo tempo.

«Allora? Come ci sei finito a vivere a Barcellona?» gli domando una volta fuori, mentre lui sfila un pacchetto di Marlboro dalla tasca dei pantaloni. Vorrei fare una battuta a proposito del fatto che ha cambiato marca di sigarette, ma mi trattengo. «Comunque dovresti smettere anche tu, lo sai?» gli dico invece.

«Sì, lo so» mi risponde infilandosi la sigaretta fra le labbra.

Poi, senza preavviso, mi butta lì l'unica cosa che proprio non mi aspettavo.

«L'ultima volta che ci siamo visti ero in partenza per fare un anno di università all'estero. Avevo il volo per Barcellona dieci giorni dopo...»

Rimango un momento in silenzio e ingoio la sorpresa senza lasciarla trapelare, poi sospiro. «È per questo che quel giorno te ne sei andato così?»

Tommaso rimane chiuso in un silenzio che significa "sì".

«Ma potevi dirmelo...» protesto.

Uno sbuffo di fumo esce dalla sua bocca e si sfalda nel buio.

«Ci ho provato, ma se te lo ricordi mi hai interrotto. Tu mi interrompevi sempre, lasciatelo dire.» Tommaso accenna un sorriso, poi stringe gli occhi e parla con il tono di voce basso di quando si dicono le cose importanti, quelle che ti sono rimaste dentro per chissà quanto. «Avrei potuto insistere, lo so. Ma la verità è che avevo paura che se non fossi andato via subito, poi non l'avrei più fatto. E ci tenevo troppo a fare quell'esperienza. Non me lo sarei mai perdonato...»

Adesso Tommaso sta guardando un punto lontano, quasi si fosse dimenticato della mia presenza.

«Alla fine di quell'anno a Barcellona mi sono innamorato di Camila, la ragazza che mi dava lezioni di spagnolo. Così ho deciso di restare. Ho finito l'università in Spagna e sono andato a vivere con lei. Siamo stati insieme più di vent'anni, fino a due anni fa. Quando ci siamo lasciati ho deciso di tornare. L'Italia cominciava a mancarmi.»

Aspetto che finisca di parlare e rimango a immaginare la sua vita lontano da qui.

Cerco di figurarmelo durante gli ultimi vent'anni.

Lo immagino condividere la vita con Camila, passeggiare lungo la Rambla con il passo sicuro di chi si sente a casa, essere felice dentro la vita che aveva paura di perdersi.

Poi, per un momento, rifletto su tutto quello che ci ho fatto stare io, in questi vent'anni. Penso al giorno in cui ho conosciuto Giacomo e a mio figlio Marco, di cui non sarei mamma se le cose fossero andate diversamente.

E, dentro di me, nel profondo, mi dico che forse Tommaso ha proprio fatto bene a scappare via, quel giorno.

«Be', comunque ti sei comportato da bastardo lo stesso. Sono stata molto male per te in quel periodo.»

La sua risata è genuina.

Che belle le risate leggere con il senno di poi.

Quelle che ormai si sono scordate delle incomprensioni, del dolore, di tutto.

Quelle che lasciano intravedere solo i piccoli frammenti dei bei momenti che contano.

«Dai, un po' te lo meritavi...»

Mi torna in mente la mia fuga dal campeggio di Alghero. «Sì, forse un po' sì.»

Tommaso finisce il Crodino.

Io accenno con lo sguardo in direzione del bicchiere vuoto.

«Il secondo giro te lo offro io, visto che in realtà andando via quel giorno mi hai dato l'occasione di incontrare mio marito.»

«Almeno mi sono guadagnato un Crodino. Hai visto che alla fine sei stata felice?»

Mi sistemo i capelli dietro l'orecchio. «Sì, è vero. Ma alla fine ho anche divorziato. Infatti, il terzo giro di Crodino lo offri tu, perché anche questo è colpa tua.»

Tommaso arriccia le labbra. «Non sapevo del divorzio. Mi dispiace. Paolo non me lo ha detto.»

Per un attimo tra noi cala il silenzio. Poi, dopo un po', mi viene voglia di dirglielo. «Domani tocca a me partire. Lo sai?»

«Sul serio? Dove vai?»

Tommaso schiaccia la sigaretta nel posacenere sopra il bidone della spazzatura e appoggia la schiena alla parete, proprio come ha fatto ventitré anni fa.

«In Thailandia con Alice. Ne ho davvero bisogno. Con Giacomo è finita l'anno scorso. Ma dopo un amore così lungo non è facile come sembra ricordarti chi sei. Tu, invece, l'hai superata la storia con Camila?»

Proprio mentre Tommaso sta per rispondermi, veniamo interrotti dalle risate di Paolo e Alice che escono dal locale e ci raggiungono.

«Ah, eccoli qui! I due single più gettonati della città.»

Paolo dà una pacca sulla spalla di Tommaso.

Poi mi abbraccia come se non ci vedessimo da ieri.

«Guarda come sei invecchiata a forza di mozzarelle, Rebe…»

Gli tiro un pugno sulla spalla e rido. «Ehi… grazie, eh! Anche io sono felice di vederti!»

D'un tratto ci ritroviamo a ridere tutti e quattro insieme, così, in piedi, fuori da un locale di Firenze, una vita dopo averlo fatto l'ultima volta ad Alghero.

Alice mi posa delicatamente una mano sulla spalla mentre il suono delle nostre risate sta ancora vibrando nell'aria.

«Che dici, Rebe, ce ne andiamo? Domani levataccia per andare in aeroporto.»

«Sì, direi di sì...»

Lo sguardo mi cade in automatico negli occhi di Tommaso, e li trovo già dentro i miei.

«Be', mi ha fatto piacere vederti.»

Fortunatamente Paolo e Alice stanno di nuovo chiacchierando fra loro e il nostro breve scambio di sguardi passa inosservato.

Tommaso si avvicina e mi sorride. «Sì, anche a me.»

Per un momento nella sua espressione mi sembra di vedere di nuovo il volto di quel ragazzo, quello che ho conosciuto mentre mi dondolavo avanti e indietro a gambe incrociate con le cuffie nelle orecchie e a cui ho lasciato il numero di telefono su un vetro appannato.

«Perché stai sorridendo?» mi domanda Alice poco più tardi.

Siamo sulle strisce pedonali, l'Electric Avenue Rock Club è lontano ormai un centinaio di metri, fra qualche ora salirò sul volo che aspettavo da sempre anche se non lo sapevo.

«No, niente. Mi ero persa a pensare.»

La guardo di sfuggita e continuo a passeggiarle accanto.

Ma non glielo dico.

Non glielo dico che il mio stomaco è un po' in subbuglio.

E che questa serata è stata come entrare in un frullatore di ricordi.

Rivedere certe persone è come sfogliare un album di vecchie fotografie, nei loro occhi ti rivedi cambiata, diversa, e senti un nodo alla gola non per quello che avreste potuto essere ma per quella che *avresti* potuto essere.

Per un istante mi sono incastrata nella versione di me che ricordavano i suoi occhi, l'ho indossata, e mi sono sentita quella ragazza che dipingeva il mondo con facilità.

Mi sono chiesta che donna avrebbe potuto essere se la vita le avesse fatto imboccare strade diverse, fatte di avventure e sogni mai lasciati a metà.

Solo per un istante mi sono concessa di vivere il film di una vita mai vissuta.

Ci sono incontri che ti regalano un biglietto di andata e ritorno nel passato.

E qualche volta è proprio ciò di cui hai bisogno per ritrovare il coraggio di ascoltare chi sei.

22

Ovunque tu sia, torna a prenderti

Rebecca

Oggi

Mi trovo di fronte alle imponenti vetrate dell'aeroporto di Milano Malpensa in attesa dell'imbarco. Alice è seduta qui accanto a me, ha una mano sulle mie ginocchia, i nostri bagagli sono sparpagliati davanti a noi.

La pista di decollo è illuminata dalle prime luci del giorno. Si è fatta da poco l'alba e i raggi del sole dipingono tutto del color seppia del mattino, quello che profuma di tranquillità e promesse. Mi sono persa con lo sguardo in questo cielo coperto, attraversato a intervalli regolari da qualche aereo che si libra in volo e scompare fra le nuvole bianche lasciando dietro di sé una scia sottile.

E così, alla fine, eccomi qui. All'inizio di un viaggio che sogno fin da ragazza e che avevo sempre immaginato di fare insieme all'uomo che amavo.

«Rebe, sei silenziosa stamattina. È tutto okay?»

Alice ha ragione, non ho praticamente aperto bocca per tutto il tragitto in auto.

Ci ha accompagnate Marco, ma ho lasciato che Alice si sedesse sul sedile anteriore e che le loro parole occupassero il tempo.

«No, scusa. È tutto okay. Davvero...»

Attorno a noi ci sono famiglie allegre e turisti impazienti, abbracci fra amici e parenti, baci scambiati fra amanti.

Gli aeroporti sono crocevia di vite: sono i luoghi degli addii, e i posti in cui si aspettano dei ritorni.

«Davvero pensi di cavartela così? Lo sai che lo capisco quando mi dici bugie. Sei un po' nervosa, Rebe? È questo?»

Alice è come me.

Quando si intestardisce nel voler sapere qualcosa non ti lascia in pace.

Faccio un sospiro e torno di nuovo a guardare fuori.

«In realtà sì. Sto cercando di capire come diavolo possono dei cosi di ferro come questi...» Indico la fila di aerei qui sotto. «... stare in aria per dodici ore senza cadere.»

Alice ride. «La probabilità di morire in un incidente aereo è di uno su undici milioni. Quindi puoi stare tranquilla.»

Le lancio un'occhiataccia, ma la sua battuta riesce a strapparmi un sorriso.

«E va bene, Ali, non è questo...»

«Lo so che non è questo. Su, che succede?»

«È che ho trascorso gli ultimi vent'anni della mia vita a immaginare questo viaggio. L'ho vissuto e rivissuto nella mia testa centinaia di volte. E ogni volta, accanto a me, c'era Giacomo. E che ne so. C'è una parte di me che oggi, adesso che sono qui, non riesce a smettere di pensare al fatto che anche questo è solo un altro dei desideri che avevamo e che non abbiamo realizzato. Pensavo che lui fosse l'uomo della mia vita. Invece no. A volte mi chiedo perché. Forse siamo cambiati? Forse non ci siamo sforzati di capirci abbastanza? Forse abbiamo cominciato a guardare solo ciò che ci divide e ci siamo scordati cosa ci ha fatti innamorare? Sai che mi ha detto il giorno in cui sono uscita da casa nostra con gli ultimi scatoloni? Che non sono stata capace di tenerlo.»

Io sono serissima, Alice invece la butta sul ridere. «Be', prima di tutto sono davvero offesa. La mia compagnia è infinitamente migliore della sua. Comunque...» Il suo tono torna a essere quello dell'amica a cui posso confidare tutto. «Ti ha detto che non sei stata capace di tenerlo? Ah, perché un amore che non funziona più va tenuto insieme a tutti i costi? Io non penso. Credo che, se cerchi di tenere insieme qualcosa per troppo tempo, dopo un po' finisce comunque. È come... che ne so... come quando sei in palestra e fai plank...»

Ho sempre trovato le sue metafore un po' strampalate.

«Come quando fai plank?»

«Sì. Devi tenere duro, no? Se non hai tanta resistenza crolli dopo venti secondi. Se sei bravo tieni fino a cinque minuti. Sì, un po' di più. Ma mica per sempre. Comunque prima o poi la stanchezza ti fa mollare la presa in ogni caso.»

«Forse hai ragione. Ma è pur sempre un fallimento.»

«E perché mai?»

«Be', perché ci hai investito tutto te stesso.»

Alice per il viaggio ha deciso di indossare una tuta di cotone blu navy con la coulisse in vita.

«Sai cosa dice Raffaele Morelli?» mi domanda, dopo qualche secondo.

«Chi?»

«Raffaele Morelli. Ma davvero non lo conosci? È uno psichiatra e psicoterapeuta famosissimo. Te lo giuro. Su TikTok mi escono i suoi video in continuazione.»

Faccio una smorfia divertita. «A me su TikTok escono solo video di gattini.»

«Sì, vabbè. Comunque sai cosa dice?»

«No, cosa dice?»

«Che non devi mai dire: "Il mio matrimonio è fallito". Devi dire: "Il mio matrimonio è finito". Perché il vero fallimento sai quale sarebbe stato? Continuare quella vita nonostante tutto. E poi dice anche un'altra cosa. Che nei momenti in cui provi dolore per qualcuno che non c'è più, non c'è cosa più sbagliata di chiederti *perché* è successo. E *dove* hai sbagliato...»

Faccio una piccola smorfia, stavolta non riesco proprio a sorridere. «Sì, ma non è mica facile.»

Al posto mio però sorride Alice.

«Certo che non lo è, nessuno ha detto che lo sia. Vado a prendermi un caffè. Lo vuoi anche tu?»

«No, grazie. Sono già abbastanza nervosa.»

Stavolta invece mi riferisco davvero alle dodici ore di volo che ci aspettano.

Guardo Alice allontanarsi e accodarsi in fila davanti alla

cassa, io intanto sfilo distrattamente il cellulare dalla borsa e apro Facebook per ammazzare il tempo.

D'un tratto, mentre scrollo la home senza particolare interesse, noto nella parte superiore dello schermo il pallino rosso delle notifiche accanto all'icona della chat.

Apro il messaggio e impiego meno di una frazione di secondo per riconoscere quel sorriso e quei capelli spettinati.

Ma a leggere *Tommaso* sento il solletico nel cuore lo stesso.

Il messaggio è composto soltanto da un link.

Premo, e mi ritrovo davanti a una playlist di Spotify dal titolo *Per ricordarti chi sei.*

Dentro, le canzoni della mia adolescenza.

Quelle che con tanta convinzione ho voluto fargli amare.

«Perché stai sorridendo?»

Alice si siede accanto a me con il caffè fumante in mano. È la seconda volta che mi fa questa domanda in meno di dodici ore.

Facendo finta di nulla, schiaccio il pulsante laterale per oscurare lo schermo, infilo di nuovo il cellulare in borsa e scuoto la testa, distratta. «No, niente...»

Lo so che Alice non se l'è bevuta.

Stavolta però non insiste.

Un'ora più tardi sono seduta accanto al finestrino, il mio cuore batte al ritmo di ciò che mi aspetta e le prime note di *Too Late* contenuta in *Dehumanizer* dei Black Sabbath risuonano dentro di me.

La voce graffiante di Ronnie James Dio si unisce al coro di chitarre e mi trascina verso un tempo in cui mi intrufolavo a tutti i concerti che potevo, verso le lunghe notti trascorse a ballare e a inventarmi il presente.

Mi manca quella ragazza.

Quella che credeva nel potere della musica, che si sentiva viva con poco.

Mentre l'aereo accelera sulla pista fino a decollare, il mio sguardo si perde fuori, a guardare il mondo diventare sempre più piccolo.

Stringo i pugni sulle ginocchia e chiudo gli occhi.

D'un tratto, mentre il presente e il passato si mescolano, mi sento pronta.

Ci sono momenti in cui c'è bisogno di mettere in pausa la vita, come quando stai guardando il tuo film preferito, squilla il telefono e premi STOP per non perderti qualcosa di importante.

A volte c'è da risincronizzarsi su se stessi.

La vita è piena di distrazioni che durano molto di più dello squillo di un telefono.

In un mondo che ci vuole a misura dei sogni degli altri, che ci insegna ciò che è giusto e cosa non lo è, che ci impone di essere sempre all'altezza di tutto, vince chi non accetta di partecipare a questa corsa.

Perché nel frastuono di una routine così caotica, se non ci dedichiamo uno spazio per ricordarci ciò che eravamo prima di tutto questo, quel rumore finisce per coincidere con ciò che siamo.

Quello è il momento in cui smettiamo di vivere e cominciamo a esistere.

È il giorno in cui per la prima volta ci alziamo e rispondiamo al telefono senza mettere in pausa il film della nostra vita, perdendoci tutte le emozioni che contano.

E allora, ribellati.

Magari non puoi diventare tutto ciò che vuoi.

Ma puoi essere tutto ciò che sei.

Smetti di cercare sempre il peggio di te e smetti di cercarti in altri occhi.

Quello che hai bisogno di trovare non è in qualcun altro.

Quella persona sei tu.

Ricomincia a guidare contromano e a stupire le persone.

Se ti diranno che stai sbagliando, allora sei sulla strada giusta.

È solo quando navighi senza bussola che puoi scoprire acque nuove in cui tuffarti.

Non ti metti a fuoco da troppo tempo.

Sei stata così concentrata sui ricordi degli altri che hai messo i tuoi a prendere polvere, e adesso il tuo specchio riflette dei lineamenti che non riconosci più.

Ti auguro di diventare una donna capace di dire "lo farò", prima di poterlo fare davvero.

Ti auguro di essere la persona con cui hai voglia di uscire a cena.

E di non vivere più dei complimenti degli altri.

La tua rivoluzione comincia quando i complimenti te li fai tu.

E la tua rinascita quando cominci a crederci davvero.

Torna a essere il tuo promemoria.

Salvati fra gli amici più stretti.
E desidera per te il cielo.
Sii sempre la stessa, ma di colori diversi.
Non cercare solo il sereno.
Ricorda che i baci più belli si danno sotto la pioggia.

23

La paura non dura per sempre, i rimpianti però sì

Rebecca

Oggi

Ci sono momenti che ti si incastrano dentro per sempre.

Sono quelle fotografie che scatti senza accorgertene con gli occhi.

Quelle che potresti sfogliare anche dopo una vita intera: è sufficiente una risata, un profumo, un colore.

Quelle che mettono a fuoco la vita e che si appiccicano indelebili nell'album degli attimi che non scorderai più.

Una di queste fotografie la scatto mentre stiamo sorvolando Bangkok: i grattacieli della città si fanno piano piano più vicini, le luci di tutte quelle finestre sembrano solo migliaia di lucciole, mi sembra di sentire il cuore atterrare nel posto giusto.

Quando tocchiamo questa terra lontana è come se venissi risucchiata dentro uno di quei documentari che ho visto per anni, e vivo l'attesa dell'apertura delle porte dell'aereo in apnea.

Avevo dimenticato quanto diventano corti i respiri quando i tuoi desideri stanno per realizzarsi.

La prima cosa che penso quando faccio il primo passo fuori dall'aeroporto è che l'odore di questa città non l'ho mai sentito da nessun'altra parte: un misto di spezie, cibo di strada, incenso e umidità tropicale.

Alice contratta un passaggio con un tuk tuk, il tradizionale mezzo di trasporto thailandese a tre ruote, con un sedile per il conducente nella parte anteriore e una piccola fila di sedili aperti sulla città sul retro, e quando ci immergiamo nel traffico senza sosta della città, fatto da auto e oceani umani in motorino, passo tutto il tempo a guardarmi attorno con la stessa eccitazione di una bambina al luna park.

Attraversiamo strade piene di negozi e bancarelle illuminate da neon o lanternine colorate e costeggiamo per un tratto il Chao Phraya, il maestoso fiume che taglia in due Bangkok.

Il riflesso delle luci si allunga sull'acqua scintillante, i barcaioli offrono gite notturne sulle tradizionali *long-tail boats* e le sagome degli edifici e dei templi si stagliano contro il cielo stellato.

È questa sinfonia di caos urbano, colori sgargianti e profumi che cambiano al ritmo del paesaggio a darmi il benvenuto dall'altra parte del mondo.

Un sorriso mi riempie il cuore e una lacrima di commozione mi riga la guancia.

Mi mancava tanto piangere davanti alla bellezza, attraversare con gli occhi sgranati un posto e una lingua che non conosco, sentire la stanchezza senza aver voglia di addormentarmi.

Il nostro appartamento si trova nella zona di Khao San Road, la via più caotica della città e una delle più iconiche al mondo, piena zeppa com'è di negozi, bar, ristoranti, mercatini, nightclub, venditori ambulanti e alloggi economici, nel cuore di Bangkok, ed è un piccolo angolo accogliente e colorato, situato in un edificio tradizionale thailandese, con un ingresso decorato da lanterne colorate e piante tropicali.

Ci sistemiamo alla meno peggio, m'infilo sotto la doccia per lavarmi via l'odore del viaggio, poi, mentre è il turno di Alice, rimango a gambe incrociate davanti alla finestra.

Appena ci mettiamo a letto mando un messaggio a Marco per informarlo che siamo arrivate. Poi, tutt'a un tratto, il peso del viaggio mi crolla addosso e mi addormento in un istante.

Il primo cucchiaio di zuppa mi sorprende con la sua consistenza morbida e leggermente cremosa, mentre il gusto del riso e del pollo si fonde con gli aromi delle spezie. «Mi sembra di essere finita dentro *Date da mangiare a Phil*.»

Sono le dieci e mezzo del mattino, siamo sedute a un tavolino all'aperto ed è appena cominciato il primo dei tre giorni che abbiamo previsto di trascorrere a Bangkok, giusto il tempo necessario ad Alice per recuperare i materiali che le servono per terminare la sua collezione prima del mercato del mese prossimo.

Quando poche ore fa abbiamo aperto gli occhi, ho attraversato il nostro piccolo soggiorno a piedi nudi e aperto le finestre: l'aria calda e umida della città si è infilata nella stanza e la spossatezza ha lasciato subito spazio all'entusiasmo.

Così abbiamo fatto una breve passeggiata per raggiungere un locale tipico in cui Alice viene a fare colazione tutte le volte in cui si trova in città.

Abbiamo ordinato due tazze di caffè thai ghiacciato che ci hanno servito con latte condensato dolce e una spruzzata di cardamomo, e due piatti di khao tom, una zuppa di riso aromatica con spezie, erbe fresche e pollo.

«Che cos'è *Date da mangiare a Phil*?» Alice sorride da sopra la tazza nel vedermi così emozionata.

«Scherzi? Non lo hai mai visto? È un documentario su Netflix. Phil, il conduttore, gira per il mondo mangiando qualsiasi cosa. C'è una puntata intera su Bangkok. Me la sono riguardata almeno duecento volte prima di partire. Infatti dobbiamo provare tutto, te lo dico. È per quello che ho messo questi pantaloni così larghi, cosa credi? Così non mi stringono la pancia.»

Mi sento sulla pelle tutta quella voglia di scoprire cose nuove che mi ha divorato negli anni. Ogni boccone e ogni sorso sono una finestra aperta su ciò che desideravo.

Per un attimo mi fermo con il cucchiaio di legno a mezz'aria e mi guardo attorno: tutto è vibrante e affascinante.

I colori sgargianti dei tuk tuk che sfrecciano ovunque, le bancarelle di cibo che attirano l'attenzione dei passanti curiosi, l'odore che in questa zona della città non sempre è gradevole.

Sfilo dalla borsetta la guida della Thailandia.

Alice mi guarda accigliata, con un'espressione fra l'incredulo e il divertito. «Ma fai sul serio?»

«In che senso?»

«Cosa ci fai con quella?»

«Ti piace? L'ho comprata qualche settimana fa. Mi sono presa il tempo di leggerla tutta. Vedi queste orecchiette? Sono le cose che non posso assolutamente perdermi.»

Alice scuote la testa. «Ma non era più semplice cercare su Google? E poi io Bangkok la conosco bene...»

«Volevo essere sicura di sapermi muovere anche nel caso mi avessi abbandonata» dico scherzando.

La verità è che nella mia vita tutte le volte che mi sono pensata in questo viaggio l'ho fatto immaginandomi con una guida sottobraccio. Mi fa sentire più affascinante.

«E comunque, non devi sentirti in dovere di accompagnarmi ovunque. Tu avrai visto questi posti mille volte...»

«Ma che dici? Dovresti vedere la tua faccia. Sei uno spasso!» Alice inarca un sopracciglio e mi sorride divertita. «Allora, dove mi porti oggi?»

E così, dopo colazione, porto Alice al Wat Pho, uno dei templi più antichi e importanti di Bangkok, custode di un gigantesco Buddha reclinato di cui non si riesce a vedere la fine.

Passo tutto il tempo a guardarmi intorno per non perdermi nulla: i riflessi della luce, le voci dei fedeli che pregano, i monaci con indosso l'inconfondibile abito arancione che recitano i loro mantra.

Più tardi, poco prima di pranzo, ci infiliamo a Khao San Road. Alla prima bancarella di street food ordiniamo un pad thai che ci gustiamo continuando a camminare.

Tutto ciò che i miei occhi sfiorano è nuovo e, quando dopo pranzo saliamo su un autobus locale, senza vetri e senza aria condizionata, e il vestito leggero mi svolazza sulla pelle, per la prima volta ho la sensazione che la bussola della mia vita stia tornando a puntare nella direzione giusta.

La riva è ancora lontana, ma ho cominciato a nuotare.

A metà pomeriggio andiamo in centro a guardare le vetrine, anche se non compro niente mi fa stare bene, e dopo un po' ci perdiamo, con la macchina fotografica al collo e lo zainetto in spalla percorrendo una strada fiancheggiata da grattacieli e poi attraversando tutto il verde di Parco Lumphini: un polmone fatto di erba tagliata, acqua che scorre e profumi di fiori tropicali.

Qui, ci togliamo le scarpe e ci sediamo per terra.

Alice sfila dallo zaino un quaderno su cui si è scritta i gioielli che deve cercare e si perde un po' nei suoi appunti, io invece mi metto le cuffie nelle orecchie e mi guardo attorno.

Le persone che vedo passeggiare mi sembrano proprio come vogliono essere.

Tutte vestite un po' a casaccio, gli uomini con le magliette tirate sopra l'ombelico, le donne con qualche fiore nei capelli.

Sembrano indossare tutto senza pensarci su troppo.

Sembrano libere di uscire davvero come meglio credono.

Appena il sole comincia la sua discesa verso l'orizzonte, ci alziamo e, mentre costeggiamo un laghetto, scopriamo qualcosa che per un momento mi fa raggomitolare il cuore su se stesso: uno maxischermo allestito in mezzo al parco.

«Ci fermiamo?»

Alice ha il potere di dire la cosa giusta anche senza saperlo.

Ci sediamo su uno dei tappeti stesi sull'erba, mentre le luci della città si accendono, e nella mia testa si affaccia di nuovo il ricordo di Tommaso, seduto là, a quel bancone, un paio di sere fa, e poi un altro, che sembra arrivare da un'altra vita: siamo seduti su una coperta come questa, in Sardegna, e io l'ho portato a vedere un film.

Due momenti così diversi eppure uguali. E in mezzo, tutta una vita che abbiamo comunque vissuto a modo nostro.

Sfilo il cellulare proprio mentre lo schermo si accende, apro la chat di Facebook su quell'unico messaggio di Tommaso al quale mi sono perfino scordata di rispondere, presa come sono da tutto il mondo che mi sta entrando dentro in queste ore.

Sorrido fra me e me, poi alzo il cellulare all'altezza del mio sguardo e scatto una fotografia.

Ti ricorda qualcosa?

Premo INVIO e allego l'immagine.

Ah, e comunque la canzone numero nove della playlist che mi hai inviato è una porcheria. Io non l'avrei mai ascoltata.

Infilo il cellulare nello zainetto, Alice è assorta, io mi tiro le ginocchia al petto e ci appoggio sopra il mento. Torno qui, in questo parco, nella mia pelle.

Due ore più tardi mi prende sottobraccio e mi dice soltanto: «Adesso vieni con me. Ti porto nel mio posto preferito».

«Posso fidarmi?» le domando divertita.

Lei mi lancia un'occhiataccia, mi tira fuori dalla folla e mi trascina in una strada piena zeppa di motorini. Poi prendiamo un paio di stradine buie che da sola avrei sicuramente evitato, entriamo in quello che sembra un palazzo lussuosissimo, e lei si mette a parlare con qualcuno alla reception. Alla fine saliamo su un ascensore che schizza verso l'alto e sembra non fermarsi mai.

Quando le porte si aprono, rimango a bocca spalancata come poche altre volte in vita mia.

Bangkok si estende ai miei piedi, scintillante e vibrante come una miriade di stelle cadenti sulla terra. Le luci della città formano un mosaico caleidoscopico e illuminano tutto: gli edifici più moderni, i templi di una volta, il fiume che serpeggia attraverso la città.

Da quassù le strade, prima così fitte e intricate, sembrano solo linee di luce che s'intrecciano come i fili della mia vita.

«Ma è...» Rimango senza parole davanti a uno degli skyline più belli al mondo.

«Sì, lo so...» Alice sorride al mio fianco. «E non è finita qui. Vieni, manca il pezzo forte...»

Senza aspettarmi sale una stretta scalinata di una dozzina di gradini e d'un tratto ci troviamo sul tetto di uno dei grattacieli più alti della città, davanti al ristorante più mozzafiato che abbia mai visto.

Senza pareti, aperto direttamente su Bangkok, con i tavoli a picco sulla città, le note di un pianoforte a disegnare la colonna sonora perfetta per un attimo come questo.

«Ho prenotato il tavolo migliore un mese fa. Come puoi immaginare è sempre pieno…»

Mi fa strada fra tantissime lingue diverse, poi un cameriere ci fa accomodare a un tavolino all'angolo.

«Da quanto non ti vedevo con una faccia così.» Alice mi passa un menù.

La guardo con gratitudine, senza dirle niente e dicendole nello stesso tempo tutto.

Ordiniamo un tom yum goong, una zuppa di gamberi piccante e aspra che dividiamo, due porzioni di green curry accompagnato da riso bianco e due papaya salad.

È una cena silenziosa, quella fra me e Alice.

Un panorama come questo non ti fa venir voglia di parlare.

Mentre aspettiamo il caffè sfilo il cellulare.

Vedere la notifica e poi leggere il suo nome sullo schermo mi dipinge un sorriso sulle labbra.

Spero ci sia un film più bello dell'ultima volta. E comunque la canzone l'ho inserita di proposito. Volevo vedere se l'avresti ascoltata davvero…

«Chi ti fa sorridere così?»

La voce di Alice mi fa sobbalzare all'improvviso.

Di scatto infilo il cellulare nello zainetto, che adesso ho appoggiato sulle ginocchia.

«Ma no, nessuno…»

Alice ha uno sguardo inquisitorio.

Non lo so perché non le ho detto del messaggio di Tommaso.

O forse sì, lo so. Forse non gliel'ho detto perché non è niente di importante.

«È Tommaso, vero?»

Avere dei segreti con Alice è davvero impossibile.

Sospiro. «Sì, è Tommaso. Ma guarda che è solo un messaggio. Non farti strane idee...»

Sono già pronta a sentirmi rivolgere una delle sue domande scomode, invece Alice annuisce soltanto, dà un ultimo sguardo alla città illuminata, poi si alza.

«Mi sa che è meglio andare. Altrimenti domani chi si alza più...»

Riattraversiamo i tavolini e tutte quelle lingue che non conosco, scivoliamo in ascensore, poi prendiamo la metro sopraelevata che ci porta a casa in un lampo.

«Buonanotte» sussurro ad Alice, poco dopo, mentre la sento raggomitolarsi qui nel letto accanto al mio.

«Rebe, devo dirti una cosa...» mi risponde lei con un filo di voce.

Apro gli occhi al buio. «Che succede?»

«Ma no, niente... è che prima ho sentito alcuni fornitori per le pietre che mi servono per terminare la mia collezione. Sono un po' in ritardo. So che abbiamo già prenotato l'autobus per Chiang Mai, ma... non posso proprio spostarmi...»

Sento immediatamente un pizzico di delusione.

Aspettavo Chiang Mai come si aspettano i tramonti.

È il posto in cui più di tutti desidero andare: quello dei templi come una volta, dei mercati tradizionali, dei monaci, delle lanterne, degli elefanti.

«Però... credo che dovresti andarci da sola» aggiunge Alice.

Provo a guardarla, ma non riesco a vederla.

Mi immagino prendere un autobus, percorrere quasi ottocento chilometri, arrivare in questa città incastonata fra le montagne di un mondo lontano. Mi immagino uscire dalla stazione e guardarmi attorno smarrita, andare a fare colazione per conto mio, vedere gli elefanti e non poterlo raccontare a nessuno.

E mi viene un po' di paura.

E anche un po' di malinconia. Ma non lo dico.

«Non fa niente, Ali, davvero. Non voglio lasciarti qui da sola. Che amica sarei? Siamo partite insieme...»

Scelgo le parole con cura, per mascherare quello che sento.

Lei invece risponde con la velocità di chi conosceva la mia risposta molto prima che io la pronunciassi.

«Lo sai che la mia era una battuta, quel giorno. Quando ti ho dato il biglietto e ti ho detto che non volevo venire qui da sola. Sono abituata a viaggiare così, davvero. Sì, siamo partite insieme. Ma questa per te è un'opportunità che non puoi perderti. E non voglio che succeda per colpa mia...»

Rimango ancora qualche secondo senza dire niente.

«Ma no, Ali, davvero, preferisco stare qui a farti compagnia.»

Le mie parole sembrano cadere nel buio.

Stavolta è lei a non rispondermi.

All'inizio penso stia cercando le parole giuste per dirmi che sto sbagliando, poi invece, quando comincio a pensare si sia addormentata, mi fa una domanda a bruciapelo.

«Rebe, posso chiederti una cosa?»

«Dimmi…»

«Ma che quello di Tommaso è solo un messaggio lo dici perché ne sei convinta oppure perché pensi sia troppo presto?»

Per un attimo mi sembra che siamo tornate ragazze, quando condividevamo l'appartamento all'università e prima di dormire stavamo ore a parlare di tutto al buio.

«Non ho più diciott'anni, Ali. Incontrarlo è stata una sorpresa. E sicuramente è diventato un bell'uomo. Ma non siamo più i ragazzi di allora. Li abbiamo lasciati in Sardegna, quelli…»

«Veramente sei stata tu a lasciarli lì, quei due ragazzi.»

In effetti, in fondo ha ragione lei.

«Comunque, è stato bello chiacchierare con lui. Fare qualche battuta, ricordarmi com'ero quell'estate, e anche dopo. Ma in mezzo c'è stata tutta un'altra vita. E non basta incontrarsi di nuovo dopo tanto tempo per cancellarla.»

«Non è questo che intendevo. Non ho creduto nemmeno per un momento che rivedendo Tommaso avresti avuto una specie di nuovo colpo di fulmine. Alla nostra età non funziona così. Ma questo non significa nulla. Quello che non devi fare è rinunciare all'opportunità di conoscere un uomo. E io lo so che, se dovessi decidere anche solo di uscire a bere un caffè con qualcuno, quel qualcuno sarebbe Tommaso.»

Rimango in silenzio.

Alice quando vuole riesce a togliermi le parole.

Mi concentro sul mio respiro regolare, sul rumore dei motorini che filtra fino a qui, sul tocco delle lenzuola sulla mia pelle.

«Ali…» sussurro, dopo un po'.

«Sì?»

«Secondo te, quanto tempo è giusto aspettare dopo la fine di una storia, prima di provare di nuovo qualcosa? Insomma, quando arriva il giorno giusto?»

«Il giorno giusto?»

«Sì, quello in cui finalmente puoi dire: "Okay. È passata una quantità di tempo abbastanza lunga da non farmi sembrare una che la supera troppo facilmente, ma non sufficiente per farmi sembrare una che non è capace di innamorarsi di nuovo".»

«È il giorno dopo la fine di una storia.»

«Il giorno dopo?»

«Sì. Quando ami. Quando ami davvero, dico. Quando ami come sai amare tu. Non devi sentirti in colpa. Okay? Perché tu sei una che ama il doppio, che dà tutto ciò che ha e anche di più, una che prova a tenere tutto insieme anche quando non è rimasto più niente da incollare. Quelle come te amano fino alla fine. Fino a quell'ultimo addio. E lo fanno senza riserve e soprattutto con rispetto. Ma non fare l'errore di spostare troppo in là il giorno in cui puoi amare di nuovo in onore del ricordo di un amore che non c'è più. Non devi avere paura di essere una donna che va avanti. Devi avere paura di diventare una donna che spegne i sentimenti. Devi essere egoista con il tuo tempo. La paura non dura per sempre. I rimpianti però sì.»

Il giorno dopo, quando mi sveglio, il letto di Alice è vuoto.

È mattina presto, fuori albeggia. La trovo seduta in soggiorno con una tazza di caffè fumante in mano.

«Nella moka ce n'è anche per te. Ne ho fatto troppo.»

Vado in cucina, mi verso una tazza di caffè, torno in soggiorno e mi siedo accanto a lei a guardare fuori.

«Ali...»

«Sì?»

«Ho pensato a quello che mi hai detto.»

«Al fatto che dovresti conoscere qualcuno? Vuoi scaricarti Tinder?»

«No, stupida. Ho pensato che sì, dovrei andarci da sola, a Chiang Mai.»

Lei rimane in silenzio.

«Ci sei rimasta male?»

«Ci sarei rimasta male se non avessi avuto questo coraggio.»

Prendo un sorso di caffè e mi tiro un ginocchio al petto appoggiando un piede nudo sul davanzale della finestra.

«Hai visto che ho fatto bene a comprare la guida della Thailandia?»

«Sì, ma abbiamo ancora due giorni interi insieme.»

«Sulla guida c'è scritto che...»

«No. Ieri abbiamo fatto a modo tuo. Oggi e domani facciamo a modo mio.»

Sbuffo fingendomi contrariata, ma in cuor mio già so che questi tre giorni a Bangkok insieme ad Alice saranno fra i più indimenticabili di tutta la mia vita: mi piacerà sentirmi lontana dai miei pensieri, scherzare con lei come facevo una volta, specchiarmi al mattino e vedere il riflesso di una donna a cui voglio bene.

Andremo insieme al *floating market*, un mercato dove le

bancarelle di frutta, verdura, tessuti, piatti tipici e souvenir sono barche galleggianti cui passi accanto solcando il fiume, visiteremo il Palazzo Reale e ci perderemo nella folla che di notte popola il quartiere di China Town, un'esplosione di luci e cibo cinese che ti fa dimenticare di essere in Thailandia.

Due giorni dopo, ci salutiamo con un abbraccio davanti alle porte aperte dell'autobus che mi porterà a Chiang Mai. Mentre prendo posto su un sedile malconcio accanto al finestrino, sento nella pancia quella vibrazione invisibile che si prova quando d'un tratto, dopo tanto tempo, ti rendi conto di star bene con te stessa.

Quando torni a respirare meglio e ti accorgi di aver ripreso il tuo posto.

Quello dal quale, nonostante tutto, puoi ancora ammirare in prima fila lo spettacolo della tua vita.

24

Non basta smettere di essere arrabbiati, bisogna imparare a essere felici

Rebecca

Oggi

Qual è il confine tra tutelarsi e sentirsi libere?

Per noi donne è molto labile. Difficile.

La libertà è sempre un po' un rischio che dobbiamo assumerci.

Con la paura di sentirci dire: "Te la sei cercata".

Fin da bambine ci insegnano a stare attente.

A evitare situazioni pericolose.

A non alzare lo sguardo con la persona sbagliata.

A non viaggiare da sole perché non si sa mai…

E con il tempo ci lasciamo convincere.

Forse è giusto rinunciare a una passeggiata lungo il fiume dopo il tramonto. Forse è giusto non rientrare a casa da sole la notte. E forse è meglio evitare la gonna, i tacchi alti o il rossetto rosso.

Per non dare nell'occhio.

Ecco, il segreto è questo. Non dare nell'occhio.

Camminare veloce. A testa bassa. Annullarsi.

Trattenere il respiro. Non fiatare. Fingere di non esistere.

Giusto per qualche minuto.

Il tempo di arrivare a casa.

E tutto questo ci fa sentire più sicure. Ma non meglio.

Quello no. Perché ci toglie comunque qualcosa.

Ci priva della libertà. Di scegliere. Di vivere.

Quante volte abbiamo dovuto togliere una cuffia per ascoltare il ritmo dei passi dello sconosciuto dietro di noi.

Quante volte abbiamo evitato certe zone della città.

Quante volte abbiamo finto di essere al telefono con qualcuno. Quante volte abbiamo ignorato fastidiosi apprezzamenti.

Quante volte...

Tante volte allora mi sono chiesta qual è il confine tra essere libera ed essere stupida.

Qual è il confine tra vivere e cercarsela?

Tutto questo è vero, ma quando siamo a casa sembra che il mondo sia solo pieno di pericoli. Invece non è così.

A Chiang Mai, mi sento al sicuro come poche altre volte nella vita.

Sicura a passeggiare di sera, sicura nel mio essere donna, sicura nel mio viaggiare da sola per la prima volta in vita mia.

Dopo tre giorni in una città tutta disordine e caos come Bangkok, arrivare a Chiang Mai è stato come entrare in una bolla fatta di silenzio al profumo di tamarindo e palme da cocco.

Qui tutto è più a misura d'uomo, il traffico non è così intenso, si vede il verde delle colline ovunque, a piedi si arriva dappertutto.

Imparo in fretta che passeggiare a Chiang Mai significa sentire in poche centinaia di metri tutti gli odori possibili: quello dell'incenso che arriva dai templi, quello del caffè e delle colazioni all'aperto, quello del fiume che scorre pacifico, disegnando la valle con le sue curve.

Quando ho saputo che Alice non avrebbe potuto condividere questi giorni con me ho deciso di disdire l'appartamentino che abbiamo prenotato qualche settimana fa e di prendere una stanza privata in un ostello proprio al centro della città vecchia, un museo di artigianato e Buddha dorati.

Non sono mai stata in un ostello, prima d'ora, e quando varco la soglia lo faccio timidamente, in punta di piedi.

Alcuni ragazzi lavorano al computer, qualcuno legge seduto sulle poltroncine colorate della zona comune, l'ingresso è un viavai di viaggiatori che arrivano e viaggiatori che se ne vanno.

Trascorro le prime ore dentro una bolla di leggero imbarazzo: un po' per la differenza d'età, un po' perché qui sembrano conoscersi tutti, un po' perché il mio inglese è sempre stato buono, ma improvvisamente mi sembra di non riuscire a spiccicare parola.

Già dopo poche ore, però, imparo tante cose della vita qui: ci sono tantissime ragazze che viaggiano da sole, sedersi nell'area comune significa fare subito amicizia con chiunque, nessuno ti prende in giro per la tua incertezza di fronte a una lingua che non ti appartiene, e soprattutto si entra immediatamente in confidenza.

Arrivo a Chiang Mai da sola, ma dopo i primi giorni più che in un ostello sembra di stare in una famiglia.

Programmo le mie giornate con l'entusiasmo di un'adolescente in gita scolastica, ogni giorno scopro posti nuovi in cui pranzare e templi segreti da esplorare: mi affido alla guida, ma soprattutto alle persone che incontro, che mi suggeriscono luoghi sconosciuti incastonati nel paesaggio come piccole meraviglie tutte da scoprire.

È proprio uno di questi, che diventa "il mio posto": quello per cui mi ritaglio sempre dieci minuti, che mi fa sentire i tramonti dentro e che in qualche modo mi connette con il mio io, quel genere di connessione che senti quando ti stai di nuovo innamorando di te stessa.

Il mio posto è un antico tempio nel bosco, aperto sul panorama più bello che si può ammirare a Chiang Mai. Gli alberi si arrampicano sulle sue mura e all'ora del tramonto c'è un silenzio irreale in cui echeggiano solo i canti dei monaci e quello di una piccola cascata che scroscia qui sotto.

In Asia tutti vanno in giro in motorino, ma a Bangkok ho visto scene incredibili: famiglie di quattro persone filare via sullo stesso mezzo, bambini di otto anni che guidavano, frotte di moto che sembravano scontrarsi a ogni incrocio.

E così i primi giorni a Chiang Mai cammino tantissimo e, quando ho voglia di raggiungere il mio posto, contratto un prezzo con un tuk tuk. Poi però, dopo aver visto tutte queste ragazze coraggiose con i capelli al vento, trovo il coraggio di noleggiare un motorino anche io. Ed essere libera di poter raggiungere tutto ciò che voglio mi ricorda all'improvviso quanto amo stare all'aria aperta.

Vivo Chiang Mai a piedi nudi, con il naso all'insù, a rubare tutto quello che posso.

La sera del quarto giorno scovo un ristorantino locale gestito da una signora anziana che non conosce una parola d'inglese.

Ordino un khao soi che è la fine del mondo, mando una fotografia ad Alice e le scrivo un messaggio.

Comunque quello che mi hai preparato tu non era così buono.

Quando rientro in ostello mi perdo a sfogliare le decine di volantini vicino alla reception e scopro che è possibile partecipare a un giorno di ritiro con un monaco, in un tempio poco lontano da qui.

Il buddhismo mi ha sempre affascinato, e quando nel corso degli anni ho guardato i documentari sull'Asia i monaci hanno sempre esercitato su di me la malia delle cose lontane.

E così il giorno dopo mi sveglio all'alba, faccio colazione in ostello e con il mio motorino raggiungo il tempio, dove incontro un'altra dozzina di persone.

Le prime luci del mattino danzano fra gli alberi e l'aria ha l'odore che ho sempre immaginato.

Il monaco ci accoglie con un sorriso gentile e si presenta.

Il suo nome è Phra KK. *Phra* in thailandese significa "monaco".

Ci invita a sederci in cerchio per cominciare la giornata, una di quelle destinate a cambiare per sempre la mia prospettiva.

Mi sento in agitazione come a scuola.

Sono affascinata da ogni cosa: dai colori chiari che indossiamo tutti, dalle tante sculture dorate del Buddha che decorano la stanza, dall'abito arancione ed energetico che porta il monaco, dal suo essere così sorridente, dalla sua capacità incredibile di parlare cinque lingue, dal suo talento di sedersi accanto a noi e di farci entrare in contatto con lui.

Prima di arrivare qui non sapevo che cosa aspettarmi, perché la sua è una di quelle figure così sacre che sembrano fuori dal tempo. Ma è bello scoprire che in fondo siamo più simili di quanto pensassi.

La giornata inizia con un pennarello e una lavagna bianca e continua con una breve introduzione ai concetti più importanti del buddhismo.

Poi, dopo pranzo, seguiamo il monaco fuori dalla stanza, passeggiamo qualche minuto attraverso i colori sgargianti di Chiang Mai e ci fermiamo all'interno di un piccolo tempio che ci accoglie con i rintocchi delle campane e il profumo dell'incenso.

Lasciamo le scarpe all'ingresso, a piedi nudi entriamo in un giardino che è un'oasi di tranquillità, con alberi secolari che arrivano fino al cielo, e troviamo alcuni tappetini già stesi lì per noi.

Non ho mai meditato prima d'ora, per me è tutto così nuovo che quando mi sistemo nella posizione del loto, con le gambe incrociate, la schiena dritta e gli occhi chiusi, la commozione mi bagna le ciglia.

La voce profonda del monaco diventa la guida da seguire durante la meditazione: mi aiuta a focalizzarmi sul respiro, a percepire ogni singola fibra del mio corpo, a tornare qui ogni volta che la mente tenta di andare lontano.

I primi minuti sono un disastro: la mia testa è un tumulto di pensieri e distrazioni.

Poi però, piano piano, con il passare dei minuti, sboccia dentro di me una sensazione di pace che non saprei descrivere.

Non so per quanto tempo rimaniamo così, immobili. So solo che c'è quest'aria leggera che mi entra nei polmoni e riesce a farmi respirare meglio, che ho la sensazione di avere un palloncino al posto del cuore, e che non ricordavo più che cosa volesse dire sentirsi così bene. Dentro questo silenzio riesco a farci stare la gratitudine per tutto: per gli odori che sento, per Marco e per tutte le prime volte che lo hanno fatto diventare grande, per la vita con Giacomo, per Alice e gli amici che sono sempre stati qui, per questo giardino verde, per il cielo azzurro, per il sole che splende nonostante tutto, per le opportunità che ho preso al volo e quelle che sono diventate solo rimpianti, per gli errori che mi hanno fatta arrivare fino a qui, per i giorni belli e quelli talmente brutti che credevo non sarebbero mai finiti, per i sogni nel cassetto, per quelli che sto cercando di tirare fuori, per questo viaggio, per le cose nuove, per la voglia di cambiare e crescere ancora, per me.

Per quella donna che ho lasciato da qualche parte e non so ancora bene dove, ma che finalmente voglio ritrovare.

Quella donna che sto cercando di conquistare, giorno per giorno.

«Credo che il mio problema sia la rabbia...»

Poco dopo la fine della meditazione, KK ci ha ringraziati con il tipico saluto thailandese, un piccolo inchino con le mani giunte, e noi abbiamo fatto lo stesso.

Poi ci ha invitato, se avevamo qualche domanda, a fermarci un po' con lui. Mi sono guardata attorno timida e ho osservato le persone accanto a me diradarsi con educazione. Nel giro di pochi minuti sono rimasta da sola con lui.

Il monaco allora mi ha invitato a sedermi sotto un albero maestoso, poi si è allontanato, ha varcato una piccola porta di legno di un edificio accanto al tempio ed è tornato verso di me con due tazze di tè.

Alla fine, si è seduto qui, senza dire niente, i suoi occhi gentili dentro i miei.

Per un attimo mi è sembrata una situazione surreale: io, qui, seduta a bere tè con un monaco, all'interno di un tempio bellissimo con un giardino profumato.

Mi sono persa per un momento con lo sguardo attorno: alcuni monaci seduti sotto gli alberi, altri intenti a pregare, altri ancora a chiacchierare fra di loro.

Alla fine, anche se una parte di me si è sentita davvero stupida a rubare del tempo a KK, ho detto quella frase.

«Credo che il mio problema sia la rabbia...»

E allora adesso eccomi qui, a fissarmi le mani, mentre KK beve un sorso di tè e mi guarda negli occhi.

«Perché sei arrabbiata, Rebecca?»

Chiudo gli occhi e per un attimo mi rivedo in tutte le versioni di me che sono stata: una ragazza alla ricerca del suo posto nel mondo, una donna con la voglia di diventare moglie e mamma, il riflesso di me stessa quando mi sono resa conto che, nonostante la vita che avevo costruito mi avesse fatta ritrovare, avevo bisogno di continuare a cercarmi.

Quasi senza accorgermene, gli racconto ogni cosa: quanto sono stata felice, il fatto che io e Giacomo non siamo stati capaci di tenerci la felicità, che il tradimento di Giacomo ha rotto tutto, come ho tentato di tenere in piedi la famiglia, i sensi di colpa con cui ho fatto i conti e faccio i conti ancora oggi, il fatto che mi sono annullata dimenticandomi di vivere.

«Sono arrabbiata perché, nonostante tutto quello che sto facendo da quando ho deciso di riprendere in mano la mia vita, dentro, nel profondo, il dolore per come sono andate le cose esiste ancora.»

KK rimane ad ascoltarmi con pazienza, senza interrompermi, mentre io parlo così veloce da non avere il tempo di respirare.

«A volte mi chiedo: "Perché proprio a me?"» concludo, quasi in un sussurro.

KK mi sorride con gentilezza. «La domanda giusta è: "Perché no?".»

I miei occhi si specchiano in quelli di KK, poi accenno un sorriso e annuisco appena.

«Rebecca, ricordi le quattro verità di cui abbiamo parlato

stamattina?» KK ha un modo di conversare lento, come se pesasse ogni singola parola.

C'è qualcosa nel suono della sua voce che mi fa sentire in pace.

«Sì, certo.»

KK beve un altro sorso di tè. «"La sofferenza fa parte della vita, è inevitabile." La sperimentiamo tutti i giorni: malattie, addii, delusioni. Questa è la prima verità. La seconda, invece, è che la causa di queste sofferenze siamo sempre noi stessi.»

Ha pronunciato le stesse parole poche ore fa, e anche prima non sono riuscita a farle mie fino in fondo.

«Non capisco. Ci sono cose che non possiamo decidere. A volte la sofferenza arriva e basta. E non possiamo farci niente...»

Temevo che parlare con un monaco fosse complicato.

Che fosse necessario misurare le parole, e che le sue potessero risultare difficili da capire.

Invece, seduti qui a gambe incrociate all'ombra di un albero secolare, mi sembra tanto di chiacchierare con un amico.

«Ti faccio una domanda, Rebecca. Immagina che qualcuno ti spari. Ti colpisce vicino al cuore. Tu cadi a terra. Provi dolore. Cominci a sanguinare. La ferita è evidente. Hai due possibilità: correre dietro alla persona che ti ha procurato quel dolore oppure voltarti dall'altra parte in cerca di un dottore che possa salvarti la vita...» Il monaco fa una pausa e sorride. «Che cosa scegli?»

Alzo un sopracciglio, poi rispondo senza pensarci su troppo. «Scelgo di salvarmi la vita, ovvio...»

«Sì. È vero. È ovvio.» KK annuisce con convinzione. «Allora, perché continui a sprecare energie correndo dietro ai dolori del passato invece di salvarti la vita? Lo so. A volte soffriamo più di quanto meritiamo. Ma ricorda: il problema non è il dolore. È come vivi il dolore. Quella sì che è una tua scelta...» KK beve un sorso di tè. «Il problema, Rebecca, è che in questi anni hai evitato la sofferenza, invece di viverla. Ti sei tenuta occupata per non pensarci. Ma come puoi scappare da qualcosa che hai dentro? Quando proviamo dolore, non dobbiamo combatterlo. Dobbiamo accettarlo. Altrimenti non lo lasceremo mai andare. Sì, possiamo distrarci, possiamo evitare di pensarci per un po', ma sarà sempre lì. E prima o poi dovremo tornare a farci i conti. Ma se l'accetti, alla fine il dolore passa...»

Ripenso a tutte le volte in cui ho cercato di prendermi una pausa dalla tristezza, a tutte le volte in cui ho cercato di tenermi occupata, a tutte le volte in cui ho spento la mente grazie a un bicchiere di vino fra amiche, a tutte le volte in cui mi sono rifugiata nella mia stanza per stare dieci minuti con me stessa e chiudere il mondo fuori. A tutte quelle volte in cui, quando poi riaprivo la porta, tornavo a indossare una vita che non aveva più la misura dei miei sogni.

«Questa è la terza verità: con l'accettazione tutto finisce, anche il dolore.»

Annuisco, senza smettere di torcermi le dita.

«Rebecca, ricordi la quarta verità?»

«"Esiste un sentiero di mezzo che possiamo seguire per la fine della sofferenza."»

«Esatto. E sai che cosa vuol dire?»

«No.»

«Ti faccio un'altra domanda.» KK sorride di nuovo, poi alza appena la tazza di tè. «Fa bene continuare a bere senza mai fermarsi?»

Arriccio la fronte, confusa. «Be', direi di no...»

KK annuisce ancora una volta. «Hai ragione. Non fa bene. E non bere mai fa bene?»

«Anche in questo caso, direi di no.»

«Esatto. Neanche questo fa bene...» Le labbra di KK si tendono in un sorriso. «Vedi, gli estremi, nella vita, portano sempre e solo sofferenza. Posso farti mille esempi. Fa bene fare esercizio ogni secondo della tua vita? Ovviamente no! E non allenarsi mai? No, nemmeno questo. Fa bene lavorare tutti i giorni senza pause? Sarai d'accordo con me che no, non fa bene. Ma se non lavorassi mai? Infine: fa bene dormire ogni secondo della tua vita? E non dormire mai? Ecco... Però, oltre a tutto questo, dentro ogni situazione della vita, c'è il sentiero di mezzo. A me piace chiamarlo armonia. È il punto di equilibrio fra i due estremi. L'armonia, nella vita, è il sentiero che porta alla felicità.»

«Ma come si fa? Dove si trova l'equilibrio, nella vita?»

«A metà fra il mondo che c'è fuori e il mondo che hai dentro.»

Rimango in silenzio per un po', cerco di fare mie le parole del monaco. Le ascolto risuonarmi dentro.

«Rebecca, prova a chiudere gli occhi e immagina le tue giornate, quelle degli ultimi anni. Adesso prova a raccontarmene una...»

Timidamente chiudo gli occhi e riavvolgo il nastro. «Mi alzavo al mattino, preparavo il caffè a mio marito prima che andasse al lavoro, poi la colazione per Marco prima che andasse a scuola. Sistemavo la cucina, uscivo per andare al lavoro dove cercavo di fare del mio meglio. Volevo che i clienti andassero via sempre soddisfatti. A fine giornata tornavo a casa, ero sempre molto stanca, quindi andavo a letto…»

Apro gli occhi, KK è ancora qui con me.

«Molto bene… facevi davvero tante cose. Avevi una vita piena. Tutto quello che mi hai raccontato riguarda il mondo esterno: ossia ciò che è fuori di te. Il tuo mondo interiore, invece, dov'era? Ti dedicavi costantemente agli altri: ai tuoi impegni, alla tua famiglia. Facevi del tuo meglio per essere apprezzata a casa e al lavoro. Ma tu? Tu dov'eri, in tutto questo? Hai vissuto in un estremo…»

Mi perdo per un momento a fissare il riverbero dei raggi del sole giocare con l'oro delle decorazioni del tempio.

Poi, d'un tratto, mi torna in mente una frase di Alice.

«Una volta la mia migliore amica mi ha detto una cosa alla quale sul momento non ho dato molta importanza. Mi ha detto che il problema non è stato che ho dedicato la mia vita alle persone che amo o ho amato, ma che mi sono dedicata solo a quello…»

KK sorride. «Esatto. E non importa se le cose cambiano continuamente. Se la vita continua a farci perdere l'equilibrio e l'armonia per cui tanto lottiamo.»

Guardo KK, sorpresa. «Non importa?»

«No. Immagina di essere un surfista. La prima volta decidi di andare in mare quando non c'è vento. È un primo estremo. Naturalmente rimarrai immobile. La seconda volta, invece, uscirai con il vento troppo forte. È il secondo estremo. Non riuscirai lo stesso a surfare, perché le onde sono troppo alte: rischieresti di cadere e annegare. Se sei un surfista, hai la possibilità di scegliere quando e come salire sulla tavola, ma non puoi controllare le onde o il mare. Devi imparare a sfruttare l'oceano per trovare l'equilibrio giusto. Allo stesso modo, nella vita, devi essere flessibile e adattarti ai cambiamenti. Trovare il giusto equilibrio, la giusta armonia, fra il tuo controllo e l'accettazione dei cambiamenti è fondamentale. Come il surfista, devi essere in sintonia con le forze che ti circondano per cavalcare le onde della vita. Questa è l'unica via per la felicità: trovare l'equilibrio, trovare la giusta armonia fra il mondo esterno e il mondo che abbiamo dentro. Costruire un posto accogliente in cui vivere con le persone che amiamo, costruire dentro di noi un posto accogliente in cui tornare sempre. Dobbiamo imparare a prenderci un po' di tempo per noi e a raccontarci le cose in modo diverso. Oggi sei venuta qui. Mi hai detto che sei arrabbiata...»

Sento le parole di KK entrarmi nello stomaco. È come se due mani mi rovistassero dentro.

«Sì.»

«E che cosa fai per non essere più arrabbiata?»

Apro la bocca per rispondere. Poi all'improvviso la richiudo, e rimango in silenzio.

KK mi abbraccia con lo sguardo. «Ricorda, Rebecca: se non vuoi cambiare te stessa niente cambierà nella tua vita.

Se continui a pensare a come sarebbe andata, ai tuoi errori, a quelli degli altri, ti stai raccontando la storia sbagliata. Come puoi aspettarti di andare avanti se non smetti di guardarti indietro? La vita è come una bilancia. Negli ultimi anni non hai vissuto in armonia perché tutto il peso era su un lato: quello del mondo esterno. Hai avuto coraggio a mollare la presa. Quando hai deciso di dire basta, hai tolto del peso, ma se non lo metti dall'altra parte, la bilancia continuerà a pendere. Che cos'hai messo sull'altro piatto della bilancia? Finora hai sostituito la tua vecchia vita con la rabbia. Lo hai fatto perché ne avevi bisogno, per andare avanti. Ora però devi trasformare la rabbia in gratitudine per tutto ciò che hai. Non è sufficiente smettere di essere arrabbiati, bisogna imparare a essere felici.»

Ho gli occhi lucidi.

Mi capita spesso, durante questo viaggio.

Tutto ciò mi fa sentire forte e fragile allo stesso tempo.

KK mi sorride ancora una volta.

«Per tanto tempo sei stata uno specchio che rifletteva la luce degli altri. È arrivato il momento di tornare a guardare la tua luce riflessa. Ma non rischiare di passare da un estremo all'altro. Se hai dedicato tanto tempo agli altri, il segreto ora non è dedicarne altrettanto solo a te stessa. Chiediti come puoi bilanciare ogni attenzione che riservi al prossimo con un'attenzione che tieni per te. Come camminare in equilibrio fra il tuo spirito e il tuo corpo. Chiediti ogni giorno come trovare armonia fra i tuoi impegni e le tue passioni...»

Bevo un lungo sorso di tè, gli occhi colmi di riconoscenza fissi dentro quelli di KK. «Sarà difficile mettere tutto in pratica...»

«Oggi, durante la meditazione, sono sicuro che hai perso il senso del tempo. L'orologio corre veloce, quando siamo in contatto con noi stessi. Forse è la prima volta che hai meditato, ma non la prima in cui hai perso il senso del tempo. Ecco. Per aiutarti a portare nella tua vita un po' di quello che ci siamo detti, prova a pensare all'ultima volta che ti è accaduto: cosa stavi facendo?»

All'improvviso mi accorgo che, in mezzo a tanti interrogativi senza soluzione, la risposta a questa domanda, invece, la conosco.

Sorrido, e KK sorride insieme a me.

Qualche ora più tardi vado a mangiare al solito ristorantino all'angolo, faccio una videochiamata a Marco, poi esco a passeggiare per il centro di Chiang Mai con ancora addosso i brividi per questa giornata.

Le strade sono animate da un turbinio di suoni e colori, il richiamo degli ambulanti si confonde con le urla dei bambini che giocano nei cortili, i templi attorno a me sembrano toccare il cielo.

E penso che sì, è tutto vero.

Cerchiamo sempre la felicità fuori da noi. Lo facciamo quando non ci sentiamo completi senza l'amore, quando diciamo un sì invece di un no, solo perché abbiamo paura di deludere qualcuno.

Ho passato la mia vita a cercare di incastrarmi con il mondo, invece di provare a sentire quel *clic* con me stessa.

Da quanto non mi faccio le domande più semplici?

Quelle giuste?

Chi sono io?

Che cosa mi piace?

Che cosa mi riempie?

Che cosa voglio fare ogni giorno?

Per la prima volta voglio davvero essere sincera.

Voglio avere nuove orecchie per ascoltarmi e nuovi occhi per vedermi.

Finalmente ho capito che non tutto gira attorno alle relazioni, che l'armonia della vita ha bisogno anche di altre cose.

Che quella che sono deve essere allineata con ciò che faccio.

Come posso essere felice, per esempio, se non amo il mio lavoro?

Come posso essere felice se non trovo mai spazio per ciò che mi fa perdere il senso del tempo?

Come ho fatto a non capire che nella vita ciò che facciamo tutti i giorni è metà del nostro sorriso?

E allora non scegliete la strada più facile.

Focalizzatevi sui vostri punti di forza.

Non sulle vostre debolezze.

Quelle, semplicemente, non sono la vostra strada.

Trovate quella cosa che vi fa perdere il senso del tempo e inseguitela con tutto il vostro cuore.

Fatela coincidere con ciò che siete.

Non importa se sarà difficile.

Non importa se vi diranno di non farlo.

Una vita comoda con il cuore vuoto non vi farà sorridere.

E non smettete di credere.

Il più delle volte, l'armonia la troverete nei momenti bui, quando tutto vi sembrerà spento e avrete la sensazione di non brillare più.

È solo quando non c'è più rumore che possiamo finalmente ascoltarci ancora.

È solo quando tutto diventa oscuro che ricominciamo a vedere.

Tutto passa.

Anche il dolore.

E quando accade, se impari a guardare nel modo giusto, ti vedrai finalmente per ciò che sei e non per quello che credevi di essere.

25

Per essere felici non conta solo avere ciò che ci fa bene. Conta lasciare andare ciò che ci fa male

Rebecca

Oggi

A Chiang Mai in questo periodo dell'anno fa così caldo che i vestiti mi si appiccicano addosso, eppure attorno a me i locali portano magliette a maniche lunghe e pantaloni fino alle caviglie.

A Chiang Mai quando chiedo di avere un piatto poco piccante è comunque troppo piccante, solo perché abbiamo unità di misura diverse.

A Chiang Mai ogni pietanza è un miscuglio di ingredienti che mai mi sarebbe venuto in mente di mettere assieme. Ma, alla fine, è sempre tutto buono.

Chiang Mai mi ha insegnato tante cose.

Mi ha insegnato che tutto è relativo.

Il caldo e il freddo.

Il piccante e il poco piccante.

Che molto spesso la bellezza può trovarsi nei contrasti.

Chiang Mai mi ha insegnato a essere felice con niente.

E mi ha ricordato di tutte quelle volte in cui mi sono sentita infelice con molto di più.

Il giorno dopo l'incontro con il monaco, vado a vedere gli elefanti.

A pochi chilometri da Chiang Mai esiste un posto fuori dal tempo chiamato Elephant Nature Park.

Non è un parco, ma un luogo in cui gli elefanti vengono salvati e rimessi in natura dopo lo sfruttamento. Un luogo in cui si può passeggiare accanto a loro, conoscere i loro nomi e commuoversi di fronte alle loro storie.

Al mio arrivo, percorro un sentiero di fronde verdi e piante tropicali, poi li vedo: si muovono con un'eleganza incredibile a dispetto della stazza. Hanno lunghe proboscidi che oscillano con grazia e gli occhi gentili di chi sembra saperti leggere l'anima.

Rimango un momento a fissarli con la bocca spalancata e gli occhi lucidi, poi mi avvicino con rispetto.

Gli operatori del santuario mi insegnano come interagire in modo responsabile, mettendo sempre l'accento sul benessere degli animali, e mi danno l'opportunità di offrire loro un po' di cibo per instaurare un rapporto di fiducia.

L'attimo in cui uno degli elefanti solleva la proboscide prendendo la banana che ho in mano mi si incide dentro.

Poi ci spostiamo in un grande giardino dove posso partecipare alle attività di cura degli animali e, infine, mi rimane anche un po' di tempo per passeggiare accanto a loro, sempre alla dovuta distanza, per garantire la loro tranquillità.

Mentre cammino lentamente fra gli alberi, mi sento incredibilmente connessa con la natura e con questi meravigliosi esseri viventi, una sensazione di intimità con il mondo che mi resterà dentro per sempre.

A pranzo invio qualche fotografia della mia mattina emozionante a Marco e ad Alice.

Poi, per la prima volta senza chiedermi perché, ne mando una anche a Tommaso.

Mi sento così accesa che vorrei farlo sapere a tutti.

La prima a rispondermi è Alice.

Hai visto che hai fatto bene a prendere quell'autobus?

Marco mi videochiama subito. «Volevo solo dirti che sono orgoglioso di te» dichiara, facendomi venire le lacrime agli occhi.

Il messaggio di Tommaso mi arriva poco più tardi, mentre sto sorseggiando il caffè.

E pensare che avevi paura dei pesci...

Poi, subito dopo, aggiunge: *Ho fatto qualcosa di cui i noi due di vent'anni fa sarebbero davvero orgogliosi.*

Alzo un sopracciglio e sorrido.

Ora sono curiosa...

Rimango ad aspettare la risposta con la curiosità che mi divora.

Tommaso però non mi dà spiegazioni. Si limita a scrivermi una frase enigmatica.

Se tutto va bene te lo dico sabato 11.

Rimango di stucco.

Allora te lo ricordi quando torno...

A quel messaggio, però, Tommaso non risponde più.

Il giorno in cui vado a vedere gli elefanti è anche il giorno del Loi Krathong e dello Yi Peng.

Il Loi Krathong è una festa che si tiene in diverse parti della Thailandia, particolarmente sentita a Chiang Mai.

La parola *loi* significa "galleggiante"; *krathong* si riferisce invece a una piccola imbarcazione a forma di loto che sta nel palmo di una mano e che viene fatta galleggiare sulle acque del fiume che attraversa la città.

Queste barchette sono fatte di foglie di banano intrecciate e sono decorate con fiori, candele, incenso. Vengono consegnate alla corrente che le porta lontano, come simbolo del "lasciar andare".

Lasciar andare i cattivi auspici, le energie negative.

Soprattutto il passato.

La festa viene celebrata durante la notte di luna piena del dodicesimo mese del calendario lunare thailandese e in quell'occasione sciami di persone si riuniscono attorno al fiume per lanciare i loro *krathong* nell'acqua.

In quelle migliaia di piccole barche di banano che illuminano la notte galleggiando come stelle cadenti sull'acqua ci sono tante piccole delusioni, infiniti dolori, molti "mai più".

Quella del Loi Krathong è la notte per lasciar andare.

Per fare pace con se stessi.

Per chiudersi al passato e aprirsi ai nuovi inizi.

Lo Yi Peng, invece, è la festa del volo delle lanterne: prima di accendere la fiamma all'interno della lanterna si esprime un desiderio e si recita una preghiera.

Le due feste, a Chiang Mai, si celebrano lo stesso giorno, e la città diventa un gioco di luci che ti entra dentro.

Ritorno in ostello e scopro che la ragazza thailandese che lavora alla reception ha portato agli ospiti tutto il necessario per realizzare il proprio *krathong*: ci sono le foglie di banano, i fiori, le candele, l'incenso.

Mi siedo a gambe incrociate, seguo i suoi movimenti delicati e un'ora dopo stringo fra le dita la mia piccola imbarcazione.

«Che cosa lascerai andare, stasera?»

La sua voce gentile e delicata mi coglie alla sprovvista.

Non mi aspettavo quella domanda.

La guardo accennando un sorriso.

«Lascio andare tante cose. Anche qualche parte di me stessa che non voglio più portare con me...»

La vedo annuire timidamente, sorridendomi.

«Come mai è così importante questa notte, per voi?» le chiedo allora, con un pizzico di timore di essere fuori luogo.

Lei invece mi guarda con gli occhi luminosi di chi ha proprio voglia di parlare.

«Perché noi crediamo che rimanere aggrappati a qualcosa, rabbia, paure, o altro, ci impedisca di essere di nuovo felici. Sai, a volte pensiamo che quello che conta è avere tutto ciò che ci fa stare bene. Ma la verità è che è molto più importante lasciare andare ciò che ci fa male...»

Me lo dice con leggerezza, come se fosse ovvio.

«L'anno scorso ho abbandonato la vita a cui avevo dedicato tutto. È anche quella vita, che lascio andare stasera...»

Non so perché glielo dico.

Mi viene spontaneo.

Sarà la sua aria così gentile, sarà che qui è normale confidarsi con qualcuno anche se lo conosci appena, sarà che avevo bisogno di dirlo e basta.

«Non lasciare indietro proprio tutto, di quella vita. Tieni con te la gratitudine che puoi...» La guardo perplessa. «Voglio dire» si affretta poi ad aggiungere, forse temendo di essere stata indiscreta, «a volte ci sono situazioni o persone per cui proviamo sentimenti contrastanti. Magari sono state brutte notizie o solo rapporti che non sono andati come speravamo. Ma non è mai tutto da buttare. Se non possiamo provare amore per tutto quel passato, possiamo provare amore per una parte di esso... Sai cosa diciamo qui?»

«No, che cosa?»

«Diciamo che stanotte serve anche per perdonare. E non è importante se nell'esatto momento in cui lasciamo quel *krathong* sul fiume siamo soli. Perché a noi viene insegnato che il perdono è qualcosa che succede dentro di noi. E quando si perdona in questo modo riusciamo a perdonare anche noi stessi.»

Quella notte, attraverso Chiang Mai con il *krathong* fra le mani e il cuore pieno di tutto quello che è stato.

Le strade straripano di gente, spuntano bancarelle di street food in ogni angolo, tutto profuma di tradizione e spiritualità.

Arrivo con la punta dei piedi sulle sponde del Ping e la notte è calda e silenziosa: le luci soffuse delle lanterne danzano nel cielo mentre il fiume, calmo e placido, riflette la scena come uno specchio magico sulle cui acque scure galleggiano come stelle cadenti migliaia di *krathong*.

Chiudo gli occhi, rimango un momento così, sospesa al buio fra tutti quei puntini luminosi, poi mi piego sulle ginocchia, lascio andare sul fiume il mio *krathong* e rimango a guardarlo sparire silenziosamente nella notte.

A quel punto tiro fuori il diario che mi ha accompagnato per tutto questo viaggio, mi siedo lì, vicino all'acqua, e scrivo una lettera.

Una lettera che Giacomo non leggerà mai.

Perché oggi quella ragazza dagli occhi dolci aveva ragione: il perdono è qualcosa che succede dentro di noi.

Ciao, Giacomo.

Ho pensato tanto a noi.

Alle promesse che non abbiamo rispettato.

A quel "vissero felici e contenti" che non siamo riusciti a tenerci stretto.

Ho pensato a tutti i desideri che abbiamo portato via l'uno all'altra.

E ti ho odiato.

Per non aver mantenuto le promesse.

Per la vita che mi hai rubato.

Per avermi fatta sentire sola.

Per avermi fatto odiare me stessa.

Perché sono diventata una di quelle donne che veste l'insoddisfazione senza eleganza.

Che accusa ma non cambia.

Più passa il tempo, però, più i nostri ricordi diventano fotografie nitide e non scorci di una quotidianità che stava scomoda a entrambi.

E così ho iniziato a pensare a quelle promesse non dichiarate, a quei sogni che non ci siamo mai confessati.

Ho pensato a quegli intenti inaspettati che abbiamo portato a termine. E ho sorriso.

Quanta vita ci siamo donati senza chiedercelo?

Senza promettercelo?

Quanti sogni che non abbiamo condiviso a voce alta si sono realizzati nel silenzio e nelle attenzioni che ci siamo riservati?

E allora un giorno ho deciso di mettere da parte "ciò che non è stato" per lasciare posto a ciò che è stato.

Perché siamo stati davvero tanto.

Ho deciso di portare con me l'amore con cui mi hai accarezzato per anni e non le volte in cui ci siamo addormentati voltandoci le spalle.

Voglio portare con me la facilità con cui ci siamo sentiti a casa fin da subito, le risate nel cuore della notte, le prime volte in cui abbiamo detto la parola "noi" credendoci davvero.

Lascio indietro invece le lacrime abbandonate sul cruscotto di un'auto in cui si respirava la sensazione di non riuscire più a incastrarsi come una volta. Le volte in cui l'orgoglio ci ha tenuti lontani. I momenti in cui ci stringevamo la mano ma guardavamo altrove.

E ti chiedo scusa per le volte in cui ho creduto che il podio dell'incomprensione spettasse a me, per le volte in cui a furia di urlare ho coperto dei silenzi importanti. Ti chiedo scusa se spesso mi sono riparata sotto l'ombrello della frustrazione, anche quando fuori c'era il sole.

Qualche volta la rabbia non sa parlare al plurale, dimentica il "noi" e cerca qualcuno su cui potersi abbattere senza doversi guardare dentro.

Come ho potuto pensare che tutto questo amore non ne sia valsa la pena?

Come ho potuto pensare che tutto quello che abbiamo vissuto potesse essere cancellato dalla parola "fine"?

Ora che riesco finalmente a vedere attraverso la delusione e i rimpianti, voglio dirti che non fa niente se non abbiamo mantenuto le promesse.

Perché ciò che di più bello abbiamo amato, condiviso, vissuto non abbiamo avuto bisogno di dircelo.

E anche se le cose non sono andate come avremmo desiderato, è ancora tutto qui con me. Nella donna che sono.

Perché in tutto questo amore ho trovato la voglia di credere nelle favole, anche quando hanno un diverso lieto fine.

Ho trovato le radici in cui far crescere chi sono e un pensiero felice in cui rifugiarmi quando il mondo fuori mi fa paura.

E soprattutto questo amore mi ha insegnato la parola "famiglia", che porterò sempre con me, ovunque io sia, te lo prometto.

Perciò, grazie.

Per la vita piena e per i sogni spezzati.

Sappi che se potessi tornare indietro al giorno in cui ci siamo conosciuti rifarei tutto quanto.

Busserei ancora alla tua porta e mi innamorerei di nuovo di te.

Dell'uomo straordinario che sei stato.

Ti auguro di sentirti sempre al posto giusto.

Rebecca

26

Il problema non è stato quando ho smesso di disegnare le mie labbra con il rossetto, ma quando ho smesso di avere un sorriso da dipingere

Rebecca

Oggi

Vieni a guardare il tramonto?

Quando mi arriva il messaggio di Alice, sono seduta a gambe incrociate sulla piccola veranda in legno della minuscola guesthouse che abbiamo prenotato insieme. Sto cercando di leggere un libro, ma in realtà non riesco a staccare lo sguardo da ciò che mi sta attorno.

C'è un piccolo laghetto qui di fronte, le palme da cocco, un'amaca, più in fondo un sentiero sterrato, una giungla tropicale e, ancora più in là, il rumore delle onde.

Alice è andata sul mare.

Cinque giorni fa, ho lasciato Chiang Mai, ho preso un volo per Bangkok e ho raggiunto Alice, che nel frattempo era riuscita a trovare i materiali per realizzare i suoi gioielli.

E così, il giorno seguente, siamo salite insieme su un autobus, abbiamo viaggiato per circa sei ore e con un traghetto siamo finite qui, a Koh Kood, su questa piccola isola nel Golfo del Siam, al confine con la Cambogia, che possiamo attraversare in venti minuti di motorino.

Un'isola in cui il turismo ancora non esiste, protetta da un gigantesco Buddha dorato che guarda il mare dalla cima di una collina.

Batto velocemente le dita sul cellulare per rispondere al messaggio di Alice.

Arrivo…

Nemmeno il tempo di premere INVIO e lei mi ha già mandato la sua posizione.

Chiudo il libro, lo porto in stanza, poi salgo sul motorino e attraverso l'isola per raggiungerla.

La trovo seduta sulla sabbia, in quel pezzettino di mondo che non è mare e non è terra, dove le onde si allungano sulla spiaggia e ti bagnano la punta dei piedi.

Mi sistemo accanto a lei, ci sorridiamo complici senza dirci niente, ci godiamo il suono di questo mondo così semplice, in cui la felicità delle piccole cose ti dà la sensazione che non ti manchi nulla.

C'è il sole che è una palla di fuoco, c'è questo orizzonte nitidissimo, questo cielo rosso come non l'ho mai visto prima.

Soprattutto ci sono io. Qui. Adesso.

Di nuovo con me.

Con la sabbia che si sgrana fra le dita, con l'aria della sera che mi sfila fra i capelli, con il mio mondo dentro che scoppia.

All'improvviso mi commuovo.

Mi commuovo perché di solito le persone si chiedono tante cose: "Andiamo a fare un aperitivo?", "Usciamo a cena?", "Guardiamo una serie TV?".

Ma nessuno ti chiede mai: "Vieni a vedere il tramonto?".

E nessuno uscirebbe di casa solo per andare a vedere il tramonto con qualcuno.

E invece dovremmo proprio riscoprire piccole magie come questa.

Meravigliarci di fronte alle foglie che cambiano colore in autunno.

Rimanere fermi a guardare la neve cadere.

Incontrarci in spiaggia solo per contemplare il mare insieme.

Invitarci a guardare un tramonto.

D'un tratto, Alice si toglie la collana di conchiglie che indossa da anni, si allunga verso di me spostandomi i capelli e me la mette al collo.

Mi sorride e a me viene in mente quella sera di tanto tempo fa, quando sulla terrazza di casa sua le ho confidato tutte le mie preoccupazioni. «A volte mettere un punto a qualcosa è l'unico modo per iniziare ad amare di nuovo tutto il resto.» Ecco cosa mi ha risposto lei.

Quella sera, ho pensato che sembrava appena arrivata da un'isola deserta: il suo profumo, il suo vestito a fiori, lo sguardo leggero di chi ha trovato il suo posto nel mondo.

La sua pelle abbronzata decorata da questa stessa collana.

Sfioro con le dita le conchiglie attorno al collo.

«Questa vita è bellissima» le dico. «Vorrei farla sempre. Tu come hai fatto?»

Alice ha le gambe distese nell'acqua e le mani aperte nella sabbia. «In che senso? Ho preso degli aerei, per esempio.»

«Non prendermi in giro. Quello che sto cercando di dirti è che vorrei avere il coraggio che hai avuto tu nel seguire la tua passione, quando hai deciso di vivere realizzando gioielli. Tu come hai fatto a decidere di vivere una vita così?»

«Sai, io penso una cosa...» Sembra che stia cercando di trovare le parole giuste, nel suo sguardo si riflettono gli ultimi raggi di sole della giornata. «Penso che se mia sorella non avesse avuto il cancro io non avrei mai avuto la possibilità di essere così felice.»

La guardo, perplessa. «Ali, ma che dici?»

La sorella di Alice, Irene, è morta a ventotto anni.

Quello, me lo ricordo, è stato il periodo più buio della sua vita, a un certo punto ho creduto che non si sarebbe mai ripresa. Era arrabbiata con il mondo.

Poi, piano piano, il suo viso ha ripreso colore, i suoi occhi hanno ricominciato ad avere luce ed è tornata l'Alice di sempre.

Diversa, ma in qualche modo sempre la stessa.

Alice fa uno di quei sorrisi di cristallo. Quelli che nascondono la parte più fragile di noi. Ma non dice niente.

Essere amiche significa anche capire quando è il momento giusto di parlare di qualcosa. E così aspetto che sia lei a decidere quando proseguire con il discorso.

Alice sospira e si tira le ginocchia al petto.

«Mia sorella non era d'accordo con me quando le ho detto che dopo il diploma mi sarei iscritta a Giurisprudenza. Continuava a dirmi: "Sei una cretina. Non è la tua strada. Non vedi al di là del tuo naso". Sai, con quel suo tono di merda, te lo ricordi? Diceva che mi stavo buttando via. Al contrario, ogni volta che mi vedeva realizzare dei gioielli, così, a casa come passatempo, le si illuminavano gli occhi. Voleva convincermi a "mollare quell'università del cazzo" e a dedicarmi a questo. Io non l'avevo mai ascoltata, prima... Poi, quando se n'è andata, sono caduta in un pozzo. D'un tratto avevo la sensazione che nulla fosse più importante. Che tutto avesse perso di significato. La mia rinascita è cominciata quando ho capito che aveva sempre avuto ragione lei...» Alice mi sorride. «È per lei che ho scelto questa vita. Perché credeva che potessi farlo. E alla fine ha convinto anche me. Ma non pensare che io sia sempre stata coraggiosa. Avevo paura di vivere una vita fuori dalle convenzioni sociali...» Chiude per un attimo gli occhi, poi torna indietro, al punto da cui siamo partite. «Sì, lo so che detta così suona male, il fatto è che la malattia di Irene è stata la fine di tante cose: della sorella che pensavo di avere accanto, del mio sorriso come lo conoscevo, della mia famiglia come la desideravo. Me lo ricordo chi ero allora: una ragazza di poco più di vent'anni che aveva appena terminato l'università, con lo sguardo perso per la paura di sbagliare. Di non essere abbastanza brava. Di non essere abbastanza. Quando avevo l'opportunità di fare qualcosa dicevo sempre: "Domani". E invece guardami adesso. Viaggio per il mondo, vivo del lavoro che amo. Soprattutto...»

«Soprattutto hai imparato a dire: "Adesso"» la interrompo.

Alice accenna un sorriso.

«Esatto. È trascorso tanto tempo. Sono diventata una donna, i miei genitori sono riusciti a ritrovare la gioia di vivere. Lei non c'è più. Tutto è andato avanti lo stesso. Ho viaggiato in giro per il mondo per tantissimi anni. La sua malattia mi ha cambiato la vita. Mi ha spinto a osare. Mi ha insegnato a non avere paura, ma ad affrontarla. A lottare ogni giorno per non avere rimpianti.»

Poso la mia mano sulla sua, su questa spiaggia di sabbia bianca.

«È davvero incredibile...» le dico.

Alice ha lo sguardo rivolto all'orizzonte. «L'oceano?»

«No. Che a volte le persone ci abbandonano e, senza saperlo, ci danno le chiavi per essere felici. Tua sorella, andando via, è come se avesse fatto sbocciare una persona nuova dentro di te. Lo trovo bellissimo. Ha trasformato una fine in un nuovo inizio.»

«Ci penso tanto, sai?»

«Alle fini?»

«No, agli inizi. Il giorno in cui ho scoperto che a un certo punto non sarebbe più stata al mio fianco è stato una fine. Ma dentro quella fine c'è stato un inizio. L'inizio della donna che sono diventata. Di un modo nuovo di guardare. Tutto finisce, è inevitabile. Ci capiterà sempre di cadere in un posto buio: per una sorella che se ne va, per qualcuno che non ci ama più, o perché semplicemente abbiamo la sensazione di aver smarrito la strada. Solo che... bisogna imparare a non vederla così. Bisogna vederla più come dicono i *Peanuts*...»

Alzo un sopracciglio, divertita. «I *Peanuts*?»

«Ma sì, dai. Charlie Brown, Snoopy. Hai presente?»

«Certo che ho presente, ma che c'entrano adesso?»

«Eh, c'entrano. C'è una vignetta. Snoopy e Charlie davanti al mare. Charlie dice: "Un giorno ci toccherà morire, Snoopy". E sai come risponde lui?»

«No, come risponde?»

«"Sì, Charlie, però gli altri giorni no."»

Sorrido e chiudo gli occhi.

Faccio un respiro profondo e lascio che l'aria di questo luogo meraviglioso mi riempia il più possibile i polmoni.

Alla fine il segreto sta sempre tutto lì, nel guardare le cose dalla giusta prospettiva.

A Koh Kood dimentico il cellulare. Per la prima volta in vita mia sono così dentro a quello che sto vivendo che non ho tempo per fotografarlo.

E mi viene in mente una frase che ho letto tante volte e che non avevo mai compreso fino in fondo: "La vera felicità non la pubblicheremo mai, perché, quando siamo felici e viviamo vere emozioni, non siamo online".

A Koh Kood scopro l'arte di svegliarmi al mattino senza impostare la sveglia, imparo ad apprezzare come la luce tocca gli oggetti, a commuovermi davanti al ragazzo che gestisce la guesthouse, che ogni mattina va a raccogliere del cocco fresco solo per servircelo a colazione, vivo la magia di fare yoga sul mare e di meditare quindici minuti al giorno, prima di addormentarmi.

Quando Alice non deve lavorare passiamo le giornate sulla spiaggia, qualche volta affittiamo il kayak e percorriamo il fiume che s'intrufola nell'isola in cerca di angoli nuovi. E poi abbiamo il nostro appuntamento fisso con il tramonto.

A Koh Kood mangio con le mani, vado in giro scalza, mi ricordo della leggerezza che indossavo una volta.

Se Bangkok aveva il profumo del cibo e del traffico e Chiang Mai quello dell'incenso, queste giornate lente mi imprimono dentro il sapore della frutta fresca, e penso a quanto mi mancherà, a Firenze.

Perché la verità è che ho un po' paura.

Ho paura di tornare e di non riuscire a portare a casa la donna che sono qui, di dimenticarmi in fretta di tutto quello che posso essere, che questa esperienza possa rimanere solo una piccola parentesi della mia vita in cui mi sono sentita di nuovo in equilibrio con me stessa.

Vorrei incidermi sulla pelle queste sensazioni per sempre.

Vorrei incidermi dentro questo modo di essere.

E così, una mattina, dopo colazione, semplicemente ascolto il desiderio di fare qualcosa di irrazionale, di lasciarmi una traccia indelebile della persona che sono qui, per ricordarmi ogni giorno della persona che voglio essere.

Lascio Alice a lavorare seduta in veranda, salgo sul motorino, guido fino all'altra parte dell'isola e mi fermo di fronte a un piccolo studio di tatuaggi.

Il tatuatore mi saluta con un inchino e un sorriso.

Quando scopro che non parla inglese gli scrivo su un pezzo di carta la parola che voglio tatuarmi sul polso.

La parola che, da quel giorno a Chiang Mai, mi ripeto come un mantra.

Perché lo so che portarla con me è una mia responsabilità.

Lo guardo in silenzio realizzare una bozza e quando mi mostra il risultato sento un brivido di stupore attraversarmi la schiena.

Non conoscendo la lingua, il tatuatore non ha scritto le lettere nel modo corretto.

Lì per lì apro la bocca per dirglielo, poi mi blocco e alla fine sorrido.

Sì, è un errore.

Ma mai prima d'ora un errore mi è sembrato così giusto…

Il nostro ultimo giorno a Koh Kood, invece, prima di tornare a Bangkok e prendere il volo che mi riporterà a casa, faccio una cosa a cui pensavo da un po'.

La sartoria si trova in una stradina stretta in mezzo al verde, in cui i tetti spioventi delle case si intrecciano agli alberi attorno.

Quando varco la soglia vengo accolta da un'esplosione di colori e tessuti meravigliosi.

Seta fluente, cotone fresco, lino di prima qualità scivolano dalle pareti ornate con dipinti tradizionali.

Il profumo dei tessuti nuovi e il ronzio delle macchine da cucire si mescolano nell'aria, una signora anziana si muove agilmente tra i modelli e i campioni di stoffa.

Mi avvicino e chiedo per favore se possono realizzarmi subito un abito su misura.

Mi sono sentita dentro la taglia sbagliata per troppo tempo.

Sfoglio un mucchio di riviste di modelli, mi diverto a immaginare qualcosa di nuovo, a selezionare il colore che più di tutti m'illumina il viso.

Mentre osservo l'abito celeste dalle spalle scoperte prendere forma, sento dentro lo stesso *clic* che fanno i tasselli del puzzle quando s'incastrano nel punto giusto.

E sono felice.

Sono felice perché non ho dimenticato quel giorno, in negozio, quando ho desiderato sentirmi attraente agli occhi di uno sconosciuto.

Sono felice perché solo adesso capisco quanto fosse sbagliato.

Non desidero indossare questo abito per gli occhi degli altri.

Desidero indossarlo per i miei.

Viviamo in un mondo in cui la bellezza è un'etichetta che apre porte e cuori, in cui è spesso un ingrediente necessario per portare a casa l'amore che desideriamo o il lavoro dei sogni.

Perché ci fanno credere che quello che sembriamo è più importante di quello che siamo.

Per essere accettati dobbiamo essere perfetti.

Invece qui non è così.

Questo è un mondo imperfetto, in cui le persone ridono.

Ridono davvero. Continuamente.

Di gusto. Ovunque.

Durante il giorno sorrido così tanto che a sera mi fa male la faccia.

Io, che invece sono abituata ad autobus silenziosi, a persone che hanno tutto ma che sembrano stanche. Annoiate.

A persone che sono troppo spesso online per essere felici.

Dovremmo riscoprire la magia di dire "ciao" a uno sconosciuto, di camminare per strada cercando angoli nuovi.

Siamo chiusi nel nostro mondo, ma il mondo è lì fuori.

Ci perdiamo i momenti migliori perché abbiamo lo sguardo da un'altra parte.

Davanti al tramonto stiamo lì a fotografarlo invece di viverlo.

Abbiamo dimenticato che bisogna mettere a fuoco prima con il cuore.

Qui ci sono tante altre cose che non vanno.

Ma si vive ancora una cosa importante.

Il momento.

E così sono venuta qui, in questa piccola sartoria, ad acquistare un abito su misura con il mio modo di essere, solo perché questo è un momento per me.

Non è sbagliato truccarsi.

Volersi belli.

Acquistare un vestito che amiamo.

Quello che è sbagliato è non essere capaci di uscire senza trucco.

Non sentirsi all'altezza di un vestito.

Credere di non poter essere amati semplicemente così come siamo.

Guardare un tramonto per condividerlo invece di essere *qui.*

Finalmente imperfetti.

Sono felice perché questo vestito mi fa stare bene.

Ma soprattutto perché ho capito che non è come credevo.

Il problema non è stato quando ho smesso di disegnare le mie labbra con il rossetto, ma quando ho smesso di avere un sorriso da dipingere.

27

Quante volte hai messo le conseguenze prima della felicità?

Rebecca

Oggi

Esiste una parola danese, intraducibile in italiano. *Hygge*.

Hygge è la sensazione di sentirsi a casa.

A casa dentro le mura che ami.

Ma anche a casa *ovunque tu sia*.

Hygge è quando, d'un tratto, in un momento di quotidianità uguale a tanti altri, ti riscopri a sorridere senza più pesi sul cuore.

È il momento in cui coincidi con quella che sei.

L'attimo in cui tutto torna ad avere il profumo che ricordavi.

E tu torni a essere casa tua anche se attorno la vita continua a sferzarti con le sue tempeste.

Hygge è quando ti senti al sicuro dentro di te.

È così che mi sento mentre, affacciata al finestrino dell'aereo, guardo Bangkok farsi piccola e poi sparire dietro le nuvole.

Spesso gli addii ti spezzano il cuore.

Qualche volta allo stesso tempo, però, te lo aggiustano.

Non lascio in Thailandia un pezzo del mio cuore. Porto tutto quanto con me.

Perché un luogo, una voce, un abbraccio possono farti sentire *hygge*.

Ma puoi dirti davvero rinata solo quando capisci che la tua casa non deve avere confini.

Il mio viaggio è iniziato con la voglia di scappare lontano, forse un pochino persino da me, e finisce con la voglia di starmi accanto.

Qualche minuto dopo il decollo il giorno diventa crepuscolo e improvvisamente mi lascio andare alla stanchezza che ti prende dopo aver vissuto intere settimane con il cuore a cento all'ora, quando ti fermi un attimo a respirare per allargare il petto e farci stare dentro tutto quanto.

Ore dopo, appena l'aereo inizia la sua discesa verso il mondo in cui sono cresciuta, vengo colta dalla sensazione di rientrare in un posto che non amo.

La vita è una storia d'amore con noi stessi che abbiamo la responsabilità di far durare per sempre.

E non è facile continuare ad amarsi nella routine di tutti i giorni.

Però, non è come ci fanno credere.

Non c'è bisogno di cambiare vita, di smettere di fare ciò

che facciamo e diventare così diversi da non riuscire più a riconoscerci allo specchio.

Non c'è da cancellare le nostre vecchie abitudini.

C'è da trovare qualcosa di nuovo in quello che esiste già.

C'è da portare lo straordinario nella nostra quotidianità.

Qualche giorno fa mentre leggevo un libro sulla spiaggia mi sono imbattuta in un'antica storia cherokee.

Un anziano saggio dice a suo nipote: «La vita è una continua battaglia fra due lupi che risiedono dentro di noi. Uno di essi rappresenta la rabbia, l'invidia, la paura, l'insicurezza. L'altro invece rappresenta la pace, l'umiltà e la positività. Questi due lupi combattono costantemente per ottenere la supremazia». «Ma quale dei due vincerà?» chiede curioso il nipote. «Quello che nutri.» «E come dovrei nutrirlo?» «Con le parole e le storie che ascolti. Con i libri che leggi e le esperienze che fai. Con le persone che frequenti e con ciò con cui riempi il tuo tempo.»

Ecco, è proprio quello che voglio imparare a fare: voglio nutrire il mio lupo felice.

L'aereo taglia il cielo pennellando quel blu infinito con una scia bianca e intravedo i primi scorci di terraferma.

Mi lascio rapire dalla bellezza del mondo dall'alto e, al lieve sussulto della cabina quando le ruote si posano a terra, sento dentro un senso di meraviglia e gratitudine.

Sfilo il cellulare dal bagaglio a mano sotto il sedile, lo accendo e mando subito un messaggio ad Alice, che è rimasta in Thailandia per lavoro. *Va tutto bene.*

Proprio in quel momento, mi appare una notifica che porta il nome di Tommaso.

Cambio subito chat e i miei occhi si posano sulla fotografia che mi ha inviato Tommaso.

Ci sono la gente ammassata in piedi nel corridoio, gli sportelloni delle cappelliere aperti, il sole del primo pomeriggio che si riflette sulle pareti dell'aereo, ma per me è come se niente di tutto ciò fosse reale.

Rimango lì, con la chat di Facebook aperta e la luce della donna che sono diventata accesa come una lampadina.

Tommaso ha i capelli spettinati e il sorriso leggero di chi ha finalmente fatto pace con se stesso. Dietro di lui un vecchio camper scassato che riconoscerei fra mille, uno spicchio della finestra dalla quale è cominciato tutto, piccoli scorci di un campeggio che non ho mai dimenticato.

È tutto uguale ad allora.

Per un momento ho la sensazione di essere stata risucchiata dentro il vortice del tempo.

Mi torna in mente ogni cosa: il mio numero di telefono sul vetro appannato, le luci la sera del luna park, il bacio sul motorino, la duna dalla quale sono corsa in mare, il bar chiuso sulla spiaggia, il profumo inconfondibile dell'estate a diciott'anni.

Ehi, sono appena atterrata. Davvero è proprio quel camper?

Gli scrivo, mentre mi alzo in piedi e mi infilo nella coda di persone che spintona per scendere dall'aereo.

Tommaso mi risponde qualche minuto più tardi, quando sono in piedi, ferma davanti al nastro della consegna bagagli.

Sì. Il papà di Paolo non lo usava più e voleva rottamarlo. L'ho comprato per niente e l'ho rimesso in piedi. Te l'avevo detto che avevo fatto qualcosa di cui i noi due di vent'anni fa sarebbero stati orgogliosi…

Sto per rispondere, ma vengo interrotta da un altro suo messaggio.

Ti va di non rientrare presto, stasera?

Con la coda dell'occhio vedo la mia valigia davanti a me e la afferro trascinandola fuori dall'area bagagli.

Poi infilo il cellulare in tasca senza rispondere e rimango così per un attimo: immobile, con le braccia lungo i fianchi, in mezzo alle mille vite che mi sfrecciano vicino.

Ripenso a come in questi anni sia cambiato tutto tantissime volte: le persone attorno a me, il mondo in cui con tanta fatica ho creduto. Ripenso soprattutto a come sono cambiata io.

Ripenso alla Rebecca di diciott'anni, che non ha rinunciato a vivere un amore con la data di scadenza, anche solo per lo spazio di un'estate.

Ripenso a quanto mi manca la voglia di esplorare.

E a tutte le volte in cui ho messo le conseguenze prima della felicità.

Perché è vero che qualche volta è la vita che ti obbliga a farlo, ma tante altre volte no.

E allora riponi il libretto delle giustificazioni, quello che apri ogni volta che hai bisogno di un ragionevole motivo per non andare a prenderti la felicità.

Concediti la possibilità di infrangere le regole. Riscrivile se ne avrai l'occasione.

Qualche volta farai l'errore di credere che il treno continuerà a passare, che esistono momenti in cui sarai più pronta di così.

Ma la verità è che nessuno si sente mai pronto, la differenza la fanno quei due secondi in cui sei disposta a mettere da parte ciò che sei per la voglia di sorprenderti ancora.

Quei due secondi in cui hai il coraggio di mettere un punto al tuo dolore.

Quei due secondi in cui decidi di dare alla tua vita una nuova direzione.

In cui ti scrolli di dosso un ruolo che ti sta stretto.

In cui capisci che meriti più di così.

E allora guardati attorno.

Cogli la tua occasione.

Lasciati sfuggire quelle parole importanti.

Tuffati in quello sguardo che potrebbe cambiare tutto.

Lasciati travolgere dall'inaspettato.

Tieni la follia a portata di mano.

Perché la felicità è lì che ti aspetta.

28

Non devi avere paura di essere una donna che va avanti. Ma di diventare una donna che spegne i sentimenti

Tommaso

Oggi

È tutto uguale, eppure tutto è cambiato: il distributore di sigarette del campeggio è diventato un tabaccaio, i bagni sono tutti nuovi e puliti, la piazza di Alghero in cui una volta proiettavano i film è stata trasformata in un parcheggio.

Ma i tramonti che si ammirano da qui sono sempre gli stessi.

Il sole gioca con le foglie degli alberi e tinge lo spicchio di mare che scorgo da qui di sfumature arancioni.

Nella piazzola accanto, un gruppo di ragazzi ha acceso un fuoco che danza nell'aria lasciando che la fragranza del legno bruciato si mescoli con il vento fresco e umido della sera.

Rivedo in quei ragazzi seduti in cerchio i ricordi di ciò che siamo stati noi: io seduto sulle scalette del camper già in costume da bagno con i capelli ancora spettinati dal sonno,

Checco che faceva colazione con birra e brioche confezionate, Paolo che suonava la chitarra per tutti.

Indosso una T-shirt macchiata di salsa barbecue, con una mano prendo l'attizzatoio e spargo il carbone attorno, con l'altra faccio scattare l'accendino.

Qualche fiamma timida si alza nell'aria della sera, ma si spegne in un battito di ciglia.

Sospiro. Lo spicchio di mare è ormai diventato rosso e il sole è una mezza palla di fuoco tagliata dall'orizzonte.

Mi è mancato stare qui.

Mi è mancato come possono mancarti i posti della tua vita in cui ti sei sentito esattamente dove dovevi essere.

Si dice che la prima storia è importante, ma che è l'ultima quella che fa davvero la differenza.

Qualche volta però non smettiamo mai di desiderare che il primo vero amore possa essere anche l'ultimo.

E Rebecca, per me, è proprio questo.

Non ho trascorso gli ultimi vent'anni a soffrire per lei.

Anche i finali più brutti con il tempo smettono di fare male.

Ma un conto è abituarsi alle assenze, un conto smettere di cercare.

E nonostante tutta la vita con cui ho riempito il vuoto che ho sentito dentro il giorno in cui ho abbandonato Rebecca a casa sua, anche quando amavo un'altra donna e sognavo un futuro con lei, dentro di me avvertivo sempre un'invisibile consapevolezza, quella di quando hai la sensazione di esserti lasciato indietro l'amore giusto.

A volte dimenticare qualcuno significa solo trovare un modo per non continuare ad aspettarlo.

Non puoi sapere quando incontrerai gli occhi che diventeranno il posto nel quale non potrai mai più fare a meno di tornare.

Può succedere a cinquant'anni oppure a diciotto.

La vita non aspetta il momento giusto e l'amore non aspetta che tu sia pronto.

A volte, per quanto tu possa essere coraggioso, ti scavi lo stesso i rimpianti dentro.

Perché nella vita tocca scegliere.

E quando scegli qualcosa, escludi tutte le altre possibilità.

Non importa.

Quello che conta, nel tempo, è imparare ad ascoltarsi.

Tornare anche indietro, se pensi che sia il tuo modo di andare avanti.

E così, più di vent'anni dopo, eccomi di nuovo qui: con un camper che ho rimesso in piedi e che rappresenta un ricordo tangibile dell'estate di tanti anni fa, nello stesso campeggio, ad aspettare la sola e unica donna che io abbia mai amato davvero.

Quando ho incontrato i suoi occhi, circa un mese fa, è stato come aprire di nuovo la porta di casa dopo un lungo viaggio.

Che cosa succederà se non visualizza il mio messaggio?

Continuerò a cercarla oppure riuscirò finalmente a chiudere dentro di me quest'occasione per sempre?

Rebecca non ha risposto alla mia domanda.

Forse il silenzio è già una risposta.

Ho un po' paura.

Non solo che lei non mi raggiunga. Ma anche del fatto che, se lei non venisse, inizierei a pensare che la connessione che ho creduto ci fosse fra di noi l'ho soltanto immaginata.

A volte basta un appuntamento mancato per cancellare tutti quelli giusti che abbiamo vissuto.

Con una mano cerco di pulire senza successo la T-shirt dalla salsa barbecue, torno a spargere il carbone qui e là, faccio scattare di nuovo l'accendino.

Un'altra fiammella danza per un po'.

Poi diventa solo un filo di fumo che sale verso l'alto.

«Per fortuna che mi sono fermata a prendere delle mozzarelle. L'ho sempre saputo che quello bravo con il barbecue era Paolo.»

Mi volto all'improvviso ed eccola qui, Rebecca.

In un secondo è capace di rovesciarmi la vita.

Porta un giubbotto in pelle come quello di tanti anni fa, sopra un abito celeste che sembra fatto proprio su misura per lei.

Non ha più il viso di una ragazza ma quello di una donna, eppure il sorriso è lo stesso.

Mi guarda emozionata.

Rimaniamo a fissarci in un incrocio di sguardi che mi restituisce tutto il tempo che ho trascorso senza di lei.

«Non è che non so accenderlo. Solo che, visto che sono passati più di vent'anni, pensavo di avere più tempo.»

«Stavolta avevo la valigia pronta.»

Epilogo

Rebecca

Dieci mesi dopo

Sono sul balcone di casa mia, qui, a Firenze: è il mattino di un giorno qualunque, in quel periodo dell'anno in cui la fine dell'estate diventa l'inizio dell'autunno, e sono seduta per terra con le gambe rannicchiate a sorseggiare una tazza di caffè che oggi mi sono preparata con la moka, come una volta.

I raggi di un sole pallido mi accarezzano il viso, l'aria fresca si infila sotto la felpa due volte più grande di me che indosso, poco fa in soggiorno ho acceso un bastoncino di incenso che ho acquistato in Thailandia e che porta fino a qui il profumo che amo.

Da quando sono tornata ho imparato a non puntare più la sveglia all'ultimo e a prendermi il tempo di alzarmi lentamente, di aspettare il gorgoglio del caffè, di ritagliarmi qualche minuto ogni giorno per stare con me, prima di tutto.

Bevo l'ultimo sorso, a piedi scalzi scivolo in cucina, lavo la tazza e la ripongo al suo posto sulla mensola a sinistra, poi mi siedo su uno dei pouf a leggere un libro che ho acquistato qualche giorno fa in una vecchia libreria in centro.

Anche l'odore della carta ha ripreso posto nella mia vita.

Quando suona il campanello, sobbalzo appena. Faccio un'orecchietta nel punto in cui sono arrivata e vado ad aprire alla persona che sto aspettando.

Mentre sento il *clic* del portone principale al piano di sotto e i suoi passi salire lungo le scale penso che mi devo ancora abituare a vederlo arrivare in questa casa.

Giacomo entra nel mio soggiorno con la timidezza di un estraneo, ma mi saluta con un sorriso.

«Eccolo qua...» mi dice, allungandomi il passaporto che Marco aveva lasciato nella casa in cui un tempo vivevamo tutti e tre insieme.

Fra due settimane io e mio figlio andremo in vacanza in Giappone.

«Potevo passare a prenderlo io, lo sai...»

«Figurati. Nessun disturbo.»

«Ti fermi qualche minuto? Ti va un caffè?»

Giacomo mi ringrazia e scuote il capo. «Ho un appuntamento. Sono un po' di fretta.»

Dal suo tono di voce capisco che è sincero.

«Ma ti ho portato anche un'altra cosa. Ce l'ho in macchina. Aspetta. Torno subito» aggiunge poi.

Guardo il mio ex marito voltarsi e sparire lungo le scale.

Rimango ad aspettarlo ferma al centro del soggiorno.

Giacomo torna qualche minuto dopo con il grande mappamondo in sughero che era appeso nel suo appartamento il giorno in cui ci siamo conosciuti, quando ho bussato per chiedergli il latte, quello su cui abbiamo fissato con le puntine i nostri sogni la sera in cui abbiamo mangiato giapponese seduti per terra, quello che credevo avesse dimenticato in soffitta.

Dalla tasca del giubbotto sfila una scatoletta azzurra e me la porge.

Quando la apro e vedo un mucchio di puntine rosse, il mio sguardo cade d'istinto dentro il suo e per un attimo mi sembra di ritrovare quello dell'uomo che ho amato per tanti anni, quello che mi conosce a memoria, quello che non ha bisogno di spiegazioni.

«Ho pensato che servisse più a te che a me. E poi… è arrivato il momento di attaccare una di queste puntine al posto in cui hai visto gli elefanti in Thailandia, non credi? Mi sono detto che sopra i tuoi pouf ci starebbe benissimo…»

Mi volto un attimo a guardare la parete bianca, poi torno su di lui con lo sguardo pieno di gratitudine.

«Grazie, Giacomo.»

E, per la prima volta dal giorno in cui la nostra storia è finita, faccio un passo verso di lui e lo abbraccio.

Lo abbraccio come chi ha desiderato condividere la vita con qualcuno, ma si è reso conto che non ha funzionato.

Sento le sue braccia stringermi per qualche secondo, poi sciogliere lentamente la presa con un sorriso sincero.

Quello di chi ti ha amato e che in qualche modo ti amerà sempre.

Quello di chi avrà un posto accanto a te, nonostante tutto.

Quello di chi è riuscito a cestinare i momenti difficili, la rabbia, le incomprensioni, il rancore, le porte che qualche volta ci siamo sbattuti in faccia, e ha salvato nel taschino del cuore solo tutti i momenti indimenticabili.

Gli attimi che contano.

Quello di chi è felice quando tu sei felice.

«Comunque, mettilo subito nello zaino di Marco, il passaporto. Lo sai che si dimentica sempre tutto...»

Rido e una lacrima di commozione mi si incastra tra le ciglia.

«Lo farò.»

Giacomo mi saluta, mi rivolge un ultimo sorriso, poi si chiude la porta alle spalle.

Io rimango qualche secondo ferma lì, con il passaporto di Marco in una mano e il mappamondo in sughero nell'altra, indecisa se smettere o meno di lottare e far scendere lungo la guancia la lacrima di felicità che ti brilla negli occhi quando capisci che alcuni piccoli gesti, anche se a volte arrivano in ritardo, sono puntuali lo stesso.

Alla fine, decido di lasciarla andare, perché non sempre le lacrime fanno male.

Poi appoggio tutto sul tavolino e mi chiudo in bagno.

Tiro su i capelli in una coda ordinata e mi metto un filo di mascara e un paio di orecchini che mi fanno sentire bene. Nel frattempo di là sento il mio cellulare squillare.

Sono qui sotto.

Ormai questo messaggio lo conosco a memoria. Sorrido,

mi infilo un paio di sneakers bianche e scendo facendo le scale due gradini alla volta.

Quando apro il portone, Tommaso è lì ad aspettarmi con il finestrino abbassato.

Dal giorno in cui sono atterrata a Milano dalla Thailandia e invece di tornare a casa ho preso un altro volo per andare da lui, Tommaso e io abbiamo cominciato ad avvicinarci sempre di più a piccoli passi, ognuno con le proprie paure e le proprie incertezze, ma con la sicurezza di voler vivere quello che c'era fra di noi.

Quello che, in qualche modo, c'è sempre stato.

E così Tommaso si è trasferito a Firenze, è riuscito a organizzare il suo lavoro da qui, ci amiamo senza mai esserci detti "ti amo". Perché l'amore ha bisogno di tempo. E, per una volta, ho smesso di cercare un uomo "troppo". Uno di quelli con troppe parole e promesse troppo importanti. Per una volta, non voglio sapere come andrà. Voglio viverla. Senza aspettative. Senza preoccupazioni. Senza la paura di essere me stessa. Senza dimenticarmi che si può essere in due solo se ognuno dei due si ricorda sempre di essere prima uno.

È per questo che non viviamo insieme.

Perché non vogliamo inscatolarci in una convenzione che adesso non fa per noi. E mi piace.

Mi piace truccarmi e vestirmi finalmente su misura con me stessa, e immaginarlo a casa sua a fare lo stesso, aspettarlo seduta sul pouf con la certezza che nel giro di qualche minuto lo schermo del mio cellulare si illuminerà e sullo schermo apparirà il suo messaggio: *Sono qui sotto.* Mi piace scendere le scale con il nodo allo stomaco degli appuntamenti che contano, aprire il portone di casa e incrociare il suo sguardo attraverso il finestrino abbassato, leggere nei suoi occhi la stessa emozione di una volta.

Mi piace quando ci scambiamo qualche messaggio prima di dormire, o chiamarlo solo per dirgli che mi manca, trovarlo fuori dal negozio a fine giornata quando non me lo aspetto, sapere che il venerdì sera è il giorno in cui ci incontriamo senza darci appuntamento davanti al cinema dietro casa mia, perché proiettano i film in bianco e nero.

Mi piace, a volte, godermi da sola il silenzio del mio appartamento: lasciare il cellulare sulla mensola vicino all'entrata e dipingere sul balcone, dedicarmi il tempo di un bagno caldo, cucinare con la televisione spenta.

Mi piace l'idea di avere sempre un letto pronto per me e uno per mio figlio, che Marco possa dormire qui, che senta casa mia anche come casa sua.

Io e Tommaso abbiamo sostituito le promesse con l'"adesso" e, vivendo ognuno a pieno le proprie esperienze, abbiamo sempre tantissime cose da raccontarci.

Le nostre vite separate arricchiscono la nostra vita insieme.

Ogni giorno è sempre come il primo appuntamento.

E quel camper, quello con il finestrino attraverso il quale una notte di tanti anni fa Tommaso mi ha vista con le cuffie nelle orecchie, è diventato la casa che condividiamo.

Il posto in cui continuiamo a rifugiarci quando abbiamo voglia di chiudere il mondo fuori, proprio come allora.

È il nostro modo per scoprire qualcosa di nuovo.

Perché quando impari ad amare il mondo dentro di te, non c'è bisogno di andare lontano per riempirti gli occhi.

Sfioro le labbra di Tommaso con un bacio attraverso il finestrino, salgo e mi tolgo le scarpe, perché appoggiare i piedi sul cruscotto è un vizio che non ho mai perso, nemmeno adesso che ho smesso di accoppiare male i calzini.

«Allora, che cosa insegnerai oggi?» mi domanda Tommaso mentre ci infiliamo nel traffico di Firenze.

«Oggi parlerò di come dipingere sul vetro. Sai, per decorare bicchieri e altre cose. A proposito, puoi fermarti lungo la strada? Ho bisogno di acquistare qualche pennello in più.»

«Al solito negozio all'angolo?»

«Sì, esatto.»

Tommaso mi accarezza la gamba con la mano, io gli sorrido complice e lo sguardo mi cade sul piccolo tatuaggio al polso che ho fatto in quel negozietto in riva al mare e tutti i giorni mi ricorda il modo che ho trovato di essere felice: *armomia*.

Ci sono errori che non si verificano per caso.

Quel giorno, quando il tatuatore di Koh Kood ha confuso la N con la M, ho pensato fosse l'ultima lezione del mio viaggio. Perché non esiste un punto di equilibrio universale. Ognuno ha il proprio.

E la felicità consiste proprio nel trovarlo.

Una volta a casa, ho vissuto per un po' con il fiato sospeso nel tentativo di capire come mantenere quella promessa.

Per tanto tempo ho creduto di vivere una vita che non amavo.

Ho creduto di dover rivoluzionare tutto, per essere felice.

Che la soluzione fosse solo scappare da tutto ciò che ero prima.

Ma non era così.

Certo, ho dovuto lasciar andare tante cose.

Soprattutto, però, ho dovuto riempire il vuoto che hanno lasciato.

Perché per vivere in armonia con te stessa, per sentirti in equilibrio nella tua vita, non è sufficiente togliere peso da un piatto della bilancia. Ciò che conta è anche riempire l'altro con quello che manca.

E così ho lasciato un uomo con cui non riuscivo più a incastrarmi, ma non ho smesso di stargli accanto tutte le volte che serve, ho imparato a ritagliarmi tempo per me, ma non ho smesso di essere mamma e di desiderare di passarne anche con mio figlio, non ho rinunciato all'opportunità di abbandonarmi all'abbraccio di un uomo, ma non ho dimenticato di continuare a dedicarmi a conoscere sempre meglio me stessa.

Ho trovato l'equilibrio fra l'amare e l'amarmi.

Fra l'essere completa e il lasciarmi completare.

Perché nella vita stare bene da sole non significa fare sempre tutto da sole.

E così, proprio come in quello scambio dei *Peanuts* di cui mi ha parlato Alice, anche io ho cercato di capovolgere la prospettiva della mia vita.

È stato sufficiente spostarmi un po'.

E ho deciso di frequentare un corso che mi permettesse di tenere dei laboratori artistici. E adesso eccomi qui, seduta su quest'auto accanto a Tommaso, diretta alla scuola pomeridiana in cui vado due volte a settimana per far passare ai bambini un pomeriggio all'insegna della creatività.

Perché quel giorno, seduta sotto l'albero in mezzo al giardino del tempio, quando il monaco mi ha chiesto cosa stessi facendo l'ultima volta in cui ricordavo di aver perso il senso del tempo, mi sono vista con i miei colori, di fronte a una tela bianca. E così, nella ricetta della mia armonia, non ho dimenticato di aggiungere anche questo ingrediente.

Per farlo, non è stato necessario licenziarmi dal negozio in cui lavoro.

È bastato trovare il giusto equilibrio fra ciò che devo e ciò che voglio.

A volte non ci si può aggrappare solo ai sogni.

Quando hai tante responsabilità non puoi fare un salto nel buio.

Quello di cui avevo bisogno non era mollare tutto, ma trovare la giusta armonia fra la vita di sempre e quella che sognavo.

E soprattutto, ho smesso di vedere il lavoro di commessa come un momento morto delle mie giornate e ho cominciato a considerarlo come un'occasione per aiutare le persone a sentirsi belle, ad aumentare la propria autostima, a essere felici per un'occasione importante.

Ho iniziato ad apprezzare la possibilità di far sentire le altre donne come mi sono sentita io su quella spiaggia della Thailandia, quando dopo tanto tempo avevo indosso un vestito della mia esatta misura.

Un vestito che fosse a misura della mia vita.

È stato sufficiente capire che se sei triste, se qualcosa non va, se hai voglia di piangere, non dipende mai solo da quello che ti sta attorno, ma soprattutto da quello che hai dentro.

Tutti si dedicano sempre al mondo di fuori.

Invece non bisogna mai dimenticarsi di prendersi cura di quello che si ha dentro.

Di costruirsi un mondo in cui si ha voglia di vivere.

Non credere a chi ti dice che devi rovesciare la tua vita.

Cerca l'armonia.

Anzi, l'*armomia.*

Non quella che gli altri desiderano per te.

Quella che vuoi tu.

E, quando ne avrai bisogno, sussurrati una promessa.

"Ovunque io sia, torno a prendermi."

Perché non importa quanto tu sia finita lontana dalla donna che eri.

Quanta sofferenza abbia ostacolato i tuoi passi.

Non importa quanti compromessi tu abbia stretto con la vita.

O quante persone siano rimaste incastrate tra te e i tuoi sogni.

Non importa se qualche volta hai pensato non ne valesse la pena.

Di lottare per tenere viva la luce che hai dentro.

Di stravolgere tutto per vivere una vita su misura.

Non importa se qualche volta hai creduto che alcune parti di te fossero andate perse per sempre.

Ciò che importa è che da oggi, in quei momenti, avrai sempre una promessa a cui aggrapparti.

Ovunque io sia.

Perché per quante volte io mi possa perdere, non smetterò più di tornare a cercarmi.

Mi prometto di non lasciarmi più indietro.

Mi prometto di allungarmi sempre una mano nei momenti in cui tutto sembrerà avere più importanza di me.

Ovunque io sia, nel mondo o negli angoli di me, torno a prendermi.

Ovunque io sia porto con me la voglia di crederci sempre.

Ovunque io sia, avrò sempre un posto dentro di me in cui tornare.

Ovunque io sia, sarò fedele a me stessa.

Ovunque io sia, non nasconderò più i sogni sotto il tappeto.

Ovunque io sia, saprò sentirmi a casa nel mio corpo.

Ovunque io sia, ci sarò sempre io con me.

Ovunque io sia, posso essere sempre la mia casa.

Sì.

Ovunque io sia.

Me lo prometto.

Ovunque tu sia

L'idea di questo romanzo mi è venuta circa un anno fa, quando ho letto su Instagram il messaggio di una lettrice.

Diceva così:

Vorrei che tu portassi nel tuo prossimo libro il dolore che noi donne molto spesso proviamo.

Il dolore di quando ci sentiamo in difetto per non aver fatto abbastanza.

Per non aver cercato ancora un po' quella complicità.

Per non aver continuato un altro anno.

Un altro mese.

Un altro giorno.

Perché quando mi è capitato mi sono spaventata.

Mi sono spaventata nel momento in cui mi sono seduta con gli occhi chiusi a chiedermi chi fossi, e non ho saputo rispondere.

E ho pianto.

Non riuscivo più a riconoscere i momenti di felicità.

Il mio colore preferito.

Le mie passioni.

Nulla.

Solo vuoto.

Ecco, vorrei scrivessi un libro per fare in modo che nessuna donna arrivi mai a quel limite.

Per fare in modo che possa fermarsi sempre un passo prima.

Non so se questo romanzo sarà all'altezza di tale compito. Spero di sì.

Durante la scrittura, ho pensato spesso a mia madre.

Oggi mamma è meno presente nella mia vita rispetto a prima. E io ne sono felice.

È cambiato tutto quando la vita ha portato via a me papà, a lei l'uomo che aveva scelto di amare.

Il loro è stato un matrimonio felice, e mamma ha amato papà fino all'ultimo giorno.

Ma è stato anche un rapporto difficile, fatto di incomprensioni, di litigi, di qualche pianto di troppo.

Perché papà aveva un suo modo di amare.

Un modo di amare che magari non coincideva sempre con quello di mamma.

Lei ha sofferto. Lo so.

Anche se a volte fatica ad ammetterlo.

Perché è sempre brutto attribuire errori a chi non c'è più.

Mamma ha vissuto molti anni della sua vita dimenticandosi di essere donna.

È stata una madre sempre presente. Mi aiutava a preparare la cartella, mi interrogava prima dei compiti in classe, mi portava il caffè a letto. Quando tornavo da scuola non si dimenticava mai di chiedermi: «Com'è andata oggi?».

È stata una moglie premurosa.

Ha saputo perdonare, capire, giustificare, tenere duro.

Quando papà si è ammalato, ancora di più.

Tutto il suo mondo siamo diventati noi. La sua famiglia.

Non dimenticherò mai la sua capacità di tenere la mano a papà, quando ormai le sue erano troppo fragili.

Non dimenticherò mai i suoi pianti in cucina per non farsi vedere debole.

Non dimenticherò mai che è venuta alla mia laurea qualche ora dopo che i medici le avevano detto che papà non ce l'avrebbe fatta.

E non me l'ha detto.

Per farmi vivere lo stesso la mia festa.

Mamma ha vissuto sentendo la responsabilità di essere all'altezza.

All'altezza di una mamma di cui sarei stato orgoglioso.

All'altezza di una moglie perfetta.

E lo è stata.

Ma a quale prezzo?

Lei lo sa.

Sa quante volte le ho detto: «Mamma, perché non vai a farti una passeggiata in montagna?», «Mamma, perché non ti prenoti un massaggio?», «Mamma, perché non esci a cena con le tue amiche?».

Mamma, perché non ti ricordi che sei anche una donna?

Era questo che cercavo di dirle, a modo mio.

Ed è quello che vorrei dire a voi.

Mamma oggi ha un compagno che amo moltissimo, ma soprattutto si è ricordata del mondo al di là della famiglia.

Ha cominciato ad andare in montagna, a viaggiare, a prendere l'auto e a fare tanti chilometri anche solo per mangiare la pizza perché "lì la fanno buona".

Mamma ha riscoperto le sue passioni, i suoi sogni, i suoi desideri.

Ha ricominciato a prendersi cura di sé e ad amarsi.

È luminosa come non mai. E qualche volta, quando la chiamo al telefono, non risponde. Prima non succedeva mai.

Ma io sono felice. Perché so che sta facendo qualcosa per se stessa.

Le donne spesso vivono con un senso di colpa nello stomaco. Quello che trasforma l'essere mamma in essere *solo* mamma.

Io, invece, da figlio, alle mamme vorrei dire che c'è una cosa più importante di avere una madre sempre presente.

Avere una madre felice.

Non dovete scegliere.

Potete essere fantastiche mamme e fantastiche donne.

E fantastiche mogli.

E se un giorno essere mogli vi farà sentire lontane da voi stesse, cercate di farvela, quella promessa.

Ringraziamenti

Ho scritto questo romanzo fra la Thailandia, la Cambogia, la Malesia, il Giappone, il Vietnam e Bali.

E allora, prima di tutto, volevo ringraziare Ftima.

La donna che amo e che quest'anno è stata la mia casa nel mondo.

Questo libro, senza di lei, non sarebbe così com'è.

La ringrazio per tutte le ore in cui è rimasta seduta con me a confrontarsi su come strutturare questa storia, per i consigli preziosi e per tutte le volte che mi ha detto: «Sì che ce la fai» quando pensavo di non farcela.

Voglio ringraziare gli amici della mia casa editrice, Rizzoli, perché se questo libro è qui fra le vostre mani è soprattutto per merito loro, e la mia redattrice, Clara Serretta, che ha curato con gentilezza e attenzione tutti i miei romanzi.

Come sempre, ringrazio anche la mia famiglia: mamma, papà, le mie nonne, Antonio; tutti i miei amici in Italia, in particolare Lorenzo, Mattia, Massimiliano, Leonardo, Roberto, Francesca, Eleonora, Michele, Edoardo, Laura e Damiano; ma anche Paolo e Betta.

Ringrazio anche tutta la famiglia di Ftima: Dafne, Nunzia e Germana. Un grazie in particolare a quest'ultima, perché mi ha accolto come un figlio fin dal primo giorno, perché siamo soprattutto amici e perché riempie la mia chat di video che molto spesso nemmeno guardo, ma che lei continua a mandarmi lo stesso.

Ringrazio anche le persone che ho conosciuto quest'anno in Asia, perché alcune delle conversazioni che abbiamo avuto sono state di grande ispirazione e perché il modo in cui siamo subito entrati in connessione mi ha commosso più volte; soprattutto Craig, Veronica, Darren, Busra, Alejandro, Miriam, Erika, Massimo e Roberta.

Grazie anche alle canzoni che ho ascoltato a ripetizione migliaia di volte durante la scrittura di questo romanzo; soprattutto *All I Need*, Within Temptation; *Yellow* e *Everglow*, Coldplay; *A Drop In The Ocean*, Ron Pope; *This Woman's Work*, Greg Laswell; *Holding On And Letting Go*, Ross Copperman.

Infine, ringrazio anche te, che hai deciso di ritagliarti il tempo di leggere queste pagine, nella speranza che possa averle sentite tue.

Spero tu possa prometterti il mare ogni giorno.

Ovunque tu sia.

Finito di stampare nel mese di novembre 2023
presso Grafica Veneta, – via Malcanton, 2 – Trebaseleghe (Padova)
Printed in Italy